江苏青年批评家文丛

圆满
即匮乏

何同彬 著

江苏凤凰文艺出版社

图书在版编目（CIP）数据

圆满即匮乏 / 何同彬著. —南京：江苏凤凰文艺出版社，2023.12
（江苏青年批评家文丛）
ISBN 978-7-5594-7762-0

Ⅰ.①圆… Ⅱ.①何… Ⅲ.①中国文学-当代文学-文学评论-文集 Ⅳ.①I206.7-53

中国国家版本馆 CIP 数据核字（2023）第 090767 号

圆满即匮乏

何同彬 著

出 版 人	张在健
总 顾 问	丁 帆
主 编	郑 焱
执行主编	丁 捷
责任编辑	孙建兵
特约编辑	王晓彤
责任印制	杨 丹
出版发行	江苏凤凰文艺出版社
	南京市中央路 165 号，邮编：210009
网 址	http://www.jswenyi.com
印 刷	江苏凤凰通达印刷有限公司
开 本	880 毫米×1230 毫米 1/32
印 张	9
字 数	197 千字
版 次	2023 年 12 月第 1 版
印 次	2023 年 12 月第 1 次印刷
书 号	ISBN 978-7-5594-7762-0
定 价	56.00 元

江苏凤凰文艺版图书凡印刷、装订错误，可向出版社调换，联系电话 025-83280257

江苏青年批评家文丛
编委会

主　任　徐　宁
副主任　毕飞宇　郑　焱
委　员　丁　捷　贾梦玮　鲁　敏
　　　　杨发孟　高　民

前　言

　　江苏是创作大省，也是评论强省，有着一批勇立潮头的当代文学批评领军人物。前辈学者不仅有陈瘦竹、吴奔星、叶子铭、许志英、曾华鹏、陈辽、范伯群、董健、叶橹、黄毓璜等批评界先驱，其后继、师承者，如丁帆、朱晓进、王尧、王彬彬、汪政、丁晓原、季进、何平等，如今也都是学术界的翘楚和骨干。继往开来，承前启后，学术实践的推进、引领，向来需要更为年轻的队伍为其不断补充新鲜的营养、血液。这意味着，青年批评家的成长必须作为一个要紧的方向性问题得到把握、关注。

　　客观地讲，与青年作家的培养、成长相比，青年批评家的培养和成长要更为复杂和艰难。有鉴于此，为进一步培育江苏青年批评新力量，打造江苏青年批评新方阵，系统加强江苏青年批评人才的推介力度，展示新一代批评家的成绩和风采，2022年，在省委宣传部的大力支持下，江苏省作协经专家评选论证、党组书记处审议通过"江苏首批青年批评拔尖人才名单"，沈杏培、何同彬、李玮、李章斌、叶子、韩松刚、臧晴、刘阳扬等8位"80后"青年批评家入选。

　　作为江苏青年批评的代表，他们的"集体亮相"，不仅标志着江苏青年批评家群体的初露峥嵘，更意味着新一代批评家已经有了相当的学术积累,具备了相对稳定、成熟的批评风格。他们虽在当代文学现场同场竞技,但却各有专擅,各具锋芒。很大程度上,他们的成长不仅参与、见证了当代文学研究、批评格局的建构,也促进了当代文学研究、批评领域的对话、交流,集中体现了江苏青年批评家在介入当代文学的"当下问题""文学现场"时,所保持的学术锋芒与责任担当。

本套《江苏青年批评家文丛》共推出8名入选"江苏首批青年批评拔尖人才"队伍的青年批评家,每人收录一部彰显其风格与水平的作品,共计8本,他们有思想、有态度、有锐气、有实力,不仅是江苏青年批评的中坚力量,也是中国当代文学批评的青年代表。我们真诚地希望这套书能够成为他们各自成长的一次回顾和见证,同时,也能够成为中国当代文学批评的重要成果和收获。

2017年,江苏省作协与江苏当代作家研究中心联合推出《江苏当代文学批评家文丛》(20卷),现今,《江苏青年批评家文丛》(8本)也将付梓出版。这其中,既能够看到江苏文学批评历史代际之间的血脉联系和学术传承,也能够见出青年批评家们在文学理念、学术路径、批评方法等方面,不断精进、沉潜转化的内在轨迹。我们相信,在前辈学人的指引和带领下,在新一代批评家的努力和奋斗下,江苏的文学批评也必将焕发更新的活力,产生更大的影响。

江苏青年批评家文丛编委会

2023年11月

目录

第一辑

3　批评的敌意

6　直言、逃兵与批评的"异时代"性

20　浮游的守夜人
　　　——从北岛《午夜之门》谈起

23　知识者的倦怠之书
　　　——我看《春尽江南》

28　圆满即匮乏
　　　——阿来《云中记》管窥

41　文学的深梦与反抗者的悖谬
　　　——韩东论

61　忠实于我的时刻越来越"多"
　　　——对小海近期创作倾向的考察

79　小说的极限、准备与灾异
　　　——关于《众生·迷宫》的题外话

93　关于青年写作、文学新人的断想
103　青年写作同质化：作为真问题的"伪命题"
108　赞美成为文坛的一种灾难
　　　——看《朱雀》
112　关于《独唱团》的"二重奏"
117　反抗，何以成为失败的一部分？
　　　——朵渔《这世界怎么啦》（组诗）有感
129　"正确"的文学生活笔记

第二辑

143　边界互渗的生机与险境
　　　——浅谈江苏新世纪诗歌的民间力量兼及民间的困境
154　晦涩：如何成为"障眼法"？
　　　——从"朦胧诗论争"谈起
171　当代汉语诗歌"公共性"想象的政治边界
　　　——从唐晓渡《内在于现代诗的公共性》谈起
178　"历史是精神的蒙难"
　　　——对当下文学史思维的思考
191　漫谈当前"诗歌热"中的两种错误"依赖"
197　普罗米修斯，重新学习"火种"和"盗术"

第三辑

207　亡灵的声音与晚期的界限
　　　——欧阳江河浅议
223　《有生》与长篇小说的文体"尊严"
232　关于胡弦诗歌的四个关键词

238　静默与无名的"问题性"
　　　　——《我的名字叫王村》读札
249　关于"局部"作家曹寇
255　"人在最饥饿的时候会做什么？"
　　　　——关于孙频的《松林夜宴图》
260　天真的、感伤的，或"成为另外一个人"
　　　　——《月光宝盒》读札
265　霉味的火焰，时光的小漩涡
　　　　——读禹风《蜀葵1987》有感
271　"结尾将走向开放 或者戛然而止"

第 一 辑

批评的敌意

"一切障碍都在摧毁我。"伴随着年华的啃噬，我似乎越来越明白卡夫卡这句话的"重量"。

我越来越感觉自己是一个思想和文学的病患，被眼前"浮动的盛宴"摧毁之后，就躺在了波德莱尔所说的"人生的医院"里，和所有病人一样，天天"渴望调换床位"。所以，我就常常跟那些问候我的人说：我很忙，我很忙……但为什么这么忙？忙什么？这样的问题最好不要思考，不然会有一股医院消毒水遮掩下的腐尸气味扑面而来。

德勒兹说："文学似乎是一项健康事业：并不是因为作家一定健康强壮……相反，他的身体不可抗拒地柔弱，这种柔弱来自在对他而言过于强大、令人窒息的事物中的所见、所闻，这些事物的发生带给他某些在强健、占优势的体魄中无法实现的变化，使他筋疲力尽。"我躺在"医院"里最主要的任务就是思考，思考如何面对那些"过于强大、令人窒息的事物"，但除了时光被冰冷地打发掉之外，我一无所获。"柔弱""筋疲力尽"不过是可耻的标签，引发"强健、占优势的体魄"恶意的哂笑；失望乃至绝望让我变成一个虚无主义者，对那些自称极具疗效的"药丸"和医术高明的"大夫"越来越充满敌意。

敌意真的不错。本来在这么年轻的时候就沦落为一个和自己职业背道而驰的虚无主义者，简直就是一场灾难，但由此兑换的敌意让我觉得我还活着，或者说，我还不至于病死。敌意让我保留了适度的愤怒，以及由这种愤怒激发的反抗的意志；而懂得反抗让我勉强对得起"青年"二字，让我知道失败和哭泣未必是一桩丑闻。

我经常做勇士或煽动家的梦，在梦里我反复引用海德格尔评价尼采的话："虚无主义"眼下毋宁就意味着：一种摆脱以往价值的解放，即一种为了重估一切价值的解放。我站在广场的高台上振臂高呼，呼喊我的同龄人组建尼采召唤的"青年之国"："如果世界被从这些成年和老年那里拯救出来，肯定是对世界更好的拯救！"开战！向一切老于世故的僵尸们开战！

然而，"梦是好的，否则，钱是要紧的"。当我满头大汗醒来的时候，往往面对的都是那张中老年医生和蔼的面孔：小朋友，乖，该吃药了。当我惊慌失措地把"批评"的矛奋力刺出时，发现对面空空如也……

"荷戟独彷徨"是不是有英雄般的悲壮呢？如今，假扮英雄的戏子们如过江之鲫，真的英雄罕见且无助。此时"不如多扔些破铜烂铁/爽性泼你的剩菜残羹"，悲壮固然没有了，但捣乱的趣致却总还会有些吧？

"说话说到有人厌恶，比起毫无动静来，还是一种幸福。天下不舒服的人们多着，而有些人们却一心一意在造专给自己舒服的世界。这是不能如此便宜的，也给他们放一点可恶的东西在眼前，使他有时小不舒服，知道原来自己的世界也不容易十分美满。苍蝇的飞鸣，是不知道人们在憎恶他的;我却明知道,然而只要能飞鸣就偏要飞鸣。"

我的理想就是以批评的"敌意",做这样一只令人厌憎的"苍蝇",这就好比病人插上了纸糊的翅膀,总是生造了几分逃出病房的幻觉或希望。

直言、逃兵与批评的"异时代"性

> 我们是这个时代的"幸存者",之所以得以"幸存",仅仅是因为,我们渴望这样"幸存"。
>
> ——题记

一

尼采旗帜鲜明地反对瓦格纳的时候,表达过这样的忧虑:"音乐中演员地位的上升:一个重大的事件,这不仅让我思考,而且让我害怕。"在这样的状况下,音乐或音乐家的"本真"和"正直"就会遭遇可怕的危险,而"俗人"会取得巨大的成功,当然,他们凭借的不是"真实",凭借的是"演技"——"人必须成为一个演员":"在衰败下去的文明里,当俗人被允许起决定性作用的时候,本真就会变得肤浅、偏颇、令人不快。由此他的黄金时代到来了,他的以及那些和他有着各种联系的人的黄金时代到来了。"[1]

---

[1] [德]弗里德里希·尼采:《尼采反对瓦格纳》,陈燕茹、赵秀芬译,山东画报出版社2002年版,第49页。

同样，我们目前也身处于这样一种文学的"黄金时代"，我们也应该把"文学中演员地位的上升当作一个重大事件"，只不过我们不需要为此"害怕"，相反，应该为此"欢呼雀跃"——当然，我们一直在这样做，简直无法停止。所以，此时继续借用并改写尼采的"直言"不会有任何不恰当的感觉："这个作家（或批评家）正在变成一个演员，他的艺术也越来越成为一种说谎的工具。在我的主要著作中有一个章节叫作'艺术的病理学'，我将有机会更全面彻底地论述文学作为一个整体是如何转变成装模作样的闹剧的，这和生理学上的疾病恶化的情形一样，或者更准确地说和歇斯底里的症状一样，和任何一种个体的腐败也一样……"[1]

"疾病是生命的阴面，是一重更麻烦的公民身份。"（苏珊·桑塔格）这是我们讨论当代文学（包括文学批评）的某种难以启齿的起点，是一个容易被有意忽视的"公民身份"。这样一种疾病，一种"演员"地位的上升，给文学生态带来了太多鲁迅意义上的"做戏的虚无党"或"体面的虚无党"："善于变化，毫无特操，是什么也不信从的，但总要摆出和内心两样的架子来。……却虽然这么想，却是那么说，在后台这么做，到前台又那么做……"[2]他们懂文学，善于谈论文学，或者就是这些文学"演员"塑造着当代文学，甚至像音乐中的瓦格纳一样（或者类似于阿伦特批评的1920年代欧洲文化

---

[1] [德] 弗里德里希·尼采：《尼采反对瓦格纳》，陈燕茹、赵秀芬译，山东画报出版社2002年版，第36页。
[2] 鲁迅：《华盖集续编·马上支日记》，《鲁迅全集》（第三卷），人民文学出版社2005年版，第346页。

阶层中的"国际名流"[1]），他们创造出了当代文学的"最高成就"，但我们仍旧需要像尼采抵制瓦格纳一样，抵制这些文学"演员"给文学带来的那种副作用、那种危险：过于精明、轻浮、虚夸、做作、伪善，让文学变得不重要。

文学"演员"显得更爱文学，而那些以清醒、冷峻的责任感感知文学的人，反而觉得文学不重要，经常显得毫无意义。由于"演员"构筑了当代文学的灵魂，他们迎合了时代的趣味和"规训"，给文学带来了精致，也带来了颓废。文学变得细碎、微小，像琐屑，充满了诸多片面的可能性、合理性和智慧的裂隙，已经无法作为任何重要的时代讨论的起点。所以，在当下重大的关乎希望和勇气、恐惧与反抗的严肃的人文论争、社会论争中，文学人是"理所应当"的隐身人，文学话语也无足轻重。因此，恰当地、正确地讨论文学、写作文学，目前已经堕落为一种非常恶俗的能力和习惯。

是的，我们已经积极主动地把文学和作家们"抛回到""轻飘飘的、无关紧要的个人事务当中，再次脱离'现实世界'，被私人生活'悲哀的不透明性'（épaisseur triste）所包裹，这种私人生活除了自身什么都不关心。"[2] 这种看似合理的"小小的孤独游戏"和自我关

---

[1] ［美］汉娜·阿伦特：《责任与判断》，陈联营译，上海人民出版社2011年版，第9页。"一战之后存在着一个奇特的社会组织，至今仍没有引起职业的文学批评家、历史学家和社会科学家注意，它可以最恰切地被描述为一种国际性的'名流协会'；即使今天要列出其成员名单也非难事，但是人们在这些名流中找不到一个后来对那个时代有重大影响的作者。确实，20年代的这些'国际名流'中无一人很好地回应他们对30年代的团结的集体期望，但是我觉得同样不容辩驳的是，相比于他们每一个人的崩溃，那个非政治性的协会自身的突然崩溃要更迅速，它也把其他人置于更深的绝望。"

[2] ［美］汉娜·阿伦特：《过去与未来之间》，王寅丽、张立立译，译林出版社2011年版，第1—2页。

注,把文学及相应的主体与社会、现实相隔离,或者忽而打开,忽而隔离,貌似打开,实则隔离。文学在严峻的现实面前意味着某种特别的逃逸和腐败,而文学主体则陷溺于尼采所说的"时代的懦弱",而且几乎没有底限。然而,即便如此,即便缩小为时代的局部、细节,即便躲藏在颓废的片面性的一隅,文学主体仍旧需要被迫隐忍更多的剥夺,而且每一次这样的剥夺都会被合理地"担当"下来、解释过去:这就是我们的命运,我们只能戴着"镣铐""跳舞"。最后,他们直至麻木到不知道自己到底是喜欢"镣铐"还是喜欢"跳舞"。

在这种"大前提""大背景""大整体"之下,我们该如何讨论文学批评才是合理的?像那些操弄大行其道的社交式批评、巫术式批评、劳模式批评、广告式批评、伪士式批评、鸡汤式批评的批评家那样,是做一个尽职尽责、"装模作样"的"演员",还是重塑所谓健康的批评伦理,建构系统、合理的批评话语体系,以实现和完成批评的功能、任务?生产诸如此类的批评话语很容易,但结果都逃不脱谎言或无效的陈词滥调的命运。也包括对文学批评的批评。比如,"文学批评的缺席与缺德"[1]"学术黑话与红包批评"[2]"中国的文学批评从没像今天这么软弱"[3]"文学批评本身最大的问题就在于它整体的'甜蜜性'"[4]……这些对当前批评现象的"批评"均是合法的、讲道理的,甚至可以说是"切中肯綮"的,但与那些批评

---

[1] 张闳:《文学批评的缺席与缺德》,《解放日报》2012年7月13日。
[2] 赵勇:《学术黑话与红包批评》,《法制周末》2014年7月30日。
[3] 张茹:《许子东:中国的文学批评从没像今天这么软弱,没用》,"澎湃新闻网"2015年1月16日。
[4] 孟繁华:《甜蜜的批评与僵化的考评》,《文艺报》2016年10月24日。

当前文学创作的诸多言论类似，最后又都失效了——不断被生产，又不断被遗忘。我们揭示问题的目的似乎仅仅是展现、阐释、争论，而根本没有任何解决问题的能力或必要。此外，操持批判性话语的主体是否就绝对避免被卷入他所批判的"病症"呢？比如，有没有批评家敢于坦荡地表明"我的批评从未染指过红包""我的批评从来不甜蜜""我的批评坚决不用学术黑话"……这样的逼问同样没有意义，因为批评性话语本身也不过是一种话语方式，或者是"演员"的固定台词。文学或者文学批评成为一种"病症"，或者它们的那种疾病的"公民身份"，让每个人都轻易地成了安东尼·吉登斯所谓的"反思性的存在"（reflexive—being）——谁都有权利对一个病人说三道四。只不过与这样的反思一起到来的，不仅有史无前例的批评、批判的自由（当然，我们的自由还是有明确"限度"的），也有"史无前例的无能为力"。齐格蒙特·鲍曼把社会这种"接受批判"的特性比作是"路边旅馆模式"（caravan site）："这种地方对它的每一个成员和付得起房租的任何一个过客开放。旅客来了又走了；没有人会太在意这个房子是怎么来的……"也即，最终"我们也不能看清那些把我们的行动和结果联系在一起并决定它的结果的复杂的机制，更不用说去看清使得这些机制正全力运行的条件"[1]。或者，比这样的结果更糟、更可悲：我们看得清，却装作没有看清。

二

如何从事文学批评，斯坦纳似乎看得很清楚，一方面，"当批评

---

[1] ［英］齐格蒙特·鲍曼：《流动的现代性》，欧阳景根译，上海三联书店2002年版，第34—35页。

家回望,他看见的是太监的身影。如果能当作家,谁会做批评家?"另一方面,也是更重要的,我们很不幸成为"后来者",或者说是克里斯特娃所说的"遗产继承者"……这就是一种无法回避的前提、起点,一切严肃而重要的思考,或者文学批评实践都无法绕开它。这"前提"给我们带来了我们不愿意面对的真相:"文学研究中培养出的道德智慧思路和社会政治选择中所要求的思路之间","有巨大的鸿沟和对立";对文学、文字生活的"训练有素""坚持不懈",或者那种"认同于虚构人物或情感的能力",会削减我们面对现实和生活的"直观性"和"尖利锋芒",即"相比于邻人的苦难,我们对文学中的悲伤更为敏感"……斯坦纳甚至认为必须"赞成"这样的可能性:"研究文学和传播文学或许只是微不足道的事情,像保存古玩一样属于奢侈的激情。或者,从最坏上说,它只是转移了我们的注意力,使我们没有时间和心思用于更迫切负责的地方。"[1]

斯坦纳的思考实际上与阿伦特所谈到的艺术"私人性"的魔力与宏伟的"公共领域"之间的转换问题、齐格蒙特·鲍曼所寻找的"私人"与"公共"相遇的 agora 的问题、理查德·罗蒂试图统合私人与公共的"自由主义的反讽主义者"(liberal ironist)的问题,或者也与唐晓渡在诗歌领域里探讨的"内在公共性"的问题均有着很强的相似性,即探究艺术、文学(包括文学批评)是否能够以自己的方式有效地面对"毁灭"或"正在毁灭"的公共性"前提"。当然,他们基本上都是乐观的、有信心的,就像斯坦纳一样,虽然清醒地设定了一个"毁灭"的前提,却并不认为文学批评无所作为:

---

[1] [美]乔治·斯坦纳:《语言与沉默——论语言、文学与非人道》,李小均译,上海人民出版社 2013 年版,第 9—12 页。

"批评有其谦卑但重要的位置"。继而他列举了批评的三个功能以及文学批评的任务。

然而，从"毁灭"的前提到找寻文学批评的合理位置之间那个巨大的转折或者裂痕是如何弥补的呢？即，厘清了所谓文学批评的功能和任务是不是就可以弥补"毁灭"，或者改造这种"毁灭"呢？回到中国的文学批评所面对的同样的"毁灭"性前提，这样的问题仍旧很重要，也同样难以回答。那些习惯于正确而安全地讨论、创作文学的"演员"们，已经形成了固定的话语习性，那就是永远坚信"文学"本位能拯救一切：爱文学，忠诚于文学，不要把文学置于其无法面对的困境，尽管文学的力量软弱、文学只是"微光""微火"，只要我们坚持下去，我们仍旧能用这"无能的力量""安慰你度过这个时代的夜晚"……虽然我非常感佩这些观点中饱含的热情和执着，但作为一个保有清醒的理智和基本的感受力、洞察力的文学性个体，作为一个目睹着时代的懦弱和颓荡向着极限快速倾斜的知识人，我无法信任这样的"愿景"，也无法认同固守于如此"软弱的"文学就能得到"抗辩"现实所需的力量。当然，我也不能对这一切言辞进行有效的"证伪"，因为它们无论如何都是正确的，哪怕是文学的意识形态天敌也非常乐意认可这样专业的、无公害的观点——"软弱"恰恰是它所需要的。

但我们真的相信"以柔克刚"，相信"软弱"的文学主体可以靠自己的"无能的文学力量"来面对艰难的时世，甚至获取显赫的文学名声和职业成功吗？恕我直言，这毫无可能，给我们带来成功的恰恰是"无能的文学力量"的敌人，或者是"演员"们对"无能"有意无意的伪饰、矫饰。"软弱""无能"对文学主体而言只能是一种特别的耻辱，我们无论借此获取了怎样的"成功"和"奖励"，都不能回避我们对"毁灭"的无视、对整体的伤害。诚如尼采论述的"词语""句子""段落"对"全文""整体"的破坏:"词语受到重视,从它们所从属的句子中跳出来;句子也非法越出边境,模糊了整个段落的内容,而整个段落又顺次以牺牲全文为代价取得优势地位,从而整体不再是整体。但这正是每一种堕落风格的公式:原子内从来都是混乱无序的,意志遭到分解。从道德的角度来说是'所有个体的自由',扩展到政治理论就是'每个人都有平等的权利'。同样的生气、同等的活力,而当生命的所有震颤、搏击和活力都被挤压进最小结构的时候,余下的便几乎毫无生命可言了。到处是瘫痪、破坏和麻痹,或是敌对和混乱:人升入的生命组织形态越高,便越是遭到这两者的愈加猛烈的打击。整体已不复存在:它是组装、计算起来的整体,虚夸、做作而不真实。"[1]

我们、或者说是"文学",即是这样的"词语""句子""段落",我们越是活跃,越是"繁荣"、生机勃勃,整体就越虚妄,越没有希望。这就形如齐格蒙特·鲍曼所揭示的"个体自由与集体无能同步增长",文学越自由,文学主体越是认同于这种自由给他带来的那种幸福感,那集体就越无能,整体也就越混乱。当然这里的自由是局部的、虚假的,是消费主义与意识形态合谋后的自由,是那些正确的文学"演员"们自我麻痹的自由。

然而,文学"演员"也是我的一个无比厌憎又无法逃脱的"公民身份",因此我才始终坚持强调要逾越狭窄的文学边界,拒绝重复性地遵循"堕落风格的公式",用"直言"性的批评去直面"毁灭"

---

[1] [德] 弗里德里希·尼采:《尼采反对瓦格纳》,陈燕茹、赵秀芬译,山东画报出版社2002年版,第37页。

或向更深的毁灭坠落的整体与现实。

三

我们需要说出一些"秘密",这些"秘密"能够成为"秘密",本身就是一桩丑闻。直言的目的就是说出这些伪造的"秘密",而直言性的批评也是要揭穿"演员"们对文学自足、自洽,文学本位或"纯文学"的那种看似正确、实则荒诞的拥护。

借用伊格尔顿为"政治的批评"的辩护:"'纯'文学理论只是一种学术神话","文学理论不应因其政治性而受到谴责,应该谴责的是它对自己的政治性的掩盖或者无知,是它们在将自己的学说作为据说是'技术的''自明的''科学的'或'普遍的'真理而提供出来之时的那种盲目性,而这些学说我们只要稍加反思就可以发现其实是联系于并且加强着特定时代中特定集团的特殊利益的。"[1]直言性批评也是一种不可避免的"政治的批评",凡是直言,其批判的锋芒永远无法回避与"特定集团的特殊利益"之间的对峙,因此直言性批评总是更有公共性,总是对自由的言说有着更强烈的渴望。

在福柯的研究中,"直言"在法语里是"直言不讳",英译为"自由言说",而在德语中则是"坦率"[2]。福柯在专门论述"直言"与坦率的关系时,强调"直言者"是一个说出他心里所想的一切的人:"他不隐藏什么,而是通过自己的话语向他人完全敞开心扉。"

---

[1] [英] 特雷·伊格尔顿:《二十世纪西方文学理论》,伍晓明译,北京大学出版社 2007 年版,第 197 页。
[2] [法] 米歇尔·福柯:《自我技术:福柯文选Ⅲ》,汪民安编,北京大学出版社 2016 年版,第 288 页。后文相关论述均引自此著作,第 288—295 页。

只有这样,自由的言说才能到来,公共领域也才能敞开,此时,直言者避免使用"任何有可能掩盖其思想的修辞"[1],"使用他能找到的最直接的词语和表述形式"。而在我们当下的文学批评生态中,能够在修辞上做到这种直接和敞开的批评话语是非常罕见的,很多批评家都极力动用各种形态的修辞手法、修辞格,目的却是隐藏自己的真实判断、装点虚假的批评话语。而"直言者"相反,用福柯的话来说,"他既是阐释的主体,也是相信阐释的主体——他自己就是他所说之观点的主体",也即"直言者是通过尽可能直接地展示他实际相信的东西来对他人的心灵产生作用"。以这样一种"真实"来从事批评,才能避免成为鲁迅嘲讽的"做戏的虚无党",也才无需检查他们的"珠泪横流"是不是手巾浸了"辣椒水或生姜汁"的结果。[2]

在"直言"与真理的关系中,福柯实际上明确把直言者道德化了:"当某人拥有某些道德品质时,那便是他通达真理的证据——反之亦然。"而在我们的文学批评语境里,很多作家和批评家经常明确地反对批评的道德尺度,他们经常在否定"虚假道德"的同时把与真理和"直言"相关的真诚的道德品质也一并否定了,目的往往都是隐藏和掩盖自身显而易见的道德残缺。而另外一些"伪士",在并不拥有相应的道德品质的前提下,却轻易地去谈论真理或试图伪饰

---

[1] 在后文专门讨论"修辞"时,福柯进一步强调:"它是不具有任何修辞的修辞格,因为它是完全自然的。直言是那些能够强化听众情绪的修辞手法中的零度修辞。"[法]米歇尔·福柯:《自我技术:福柯文选Ⅲ》,汪民安编,北京大学出版社2016年版,第299、300页。

[2] 鲁迅:《华盖集续编·马上支日记》,《鲁迅全集》(第三卷),人民文学出版社2005年版,第345页。

自己是可以通达真理的。

真理难以抵达,不是真理多么晦涩难懂,而是因为"言说真理的时候存在着某种风险或危险","直言者就是冒着风险的人":"他要自己选择做一个真理言说者而不是一个对自己虚伪不忠的人。"但在我们的批评家中,"对自己虚伪不忠的人"比比皆是,他们不是"无风险可冒的""国王或暴君",而是对风险避之唯恐不及的"聪明人"。"直言"避免不了批判,而福柯特别强调这种批判是"自下而上"的,也即"一个批评小孩的教师或父亲"不是"直言者","当一个哲学家批评暴君,当一个公民批评大众,当一个学生批评他的老师的时候",言说者才有可能是"直言者"。按照这样的标准,我们有信心在当下的批评家群体里寻找真正的"直言者"吗?那些知名的作家、批评家或掌握较多的文学权力、文学资源的各色人等,每有新作面世,或者发表什么"鸡毛蒜皮""无足轻重"的言论,都有老中青三代作家、批评者(尤其是很多所谓青年作家、青年批评家)异口同声、山呼海啸般的溢美之词流布在报纸、期刊和微信等各种媒介之中,荒诞、滑稽,同时让人倍感绝望。此时我的头脑中惟余那个伊格尔顿反思的概念:"特定时代中特定集团的特殊利益。"

既然没有勇气做一个"直言者",那我们就不配拥有更好的文学时代。

四

"相传为戏台上的好对联,是'戏场小天地,天地大戏场'。大家本来看得一切事不过是一出戏,有谁认真的,就是蠢物。但这也并非专由积极的体面,心有不平而怯于报复,也便以万事是戏的思想了之。万事既然是戏,则不平也非真,而不报也非怯了。所以即使路见不平,不能拔刀相助,也还不失其为一个老牌的正人君子。"[1]

直言者匮乏的结果便是"老牌的正人君子"大行其道,或者说是"演员"、"名流"的大行其道。不是演戏,就是看戏,反正文坛就是剧场,文苑就是舞台,"虽然明知是戏,只要做得像,也仍然能够为它悲喜,于是这出戏就做下去了;有谁来揭穿的,他们反以为扫兴。"[2]

然而扫兴的人是不可或缺的,正如直言者是不可或缺的——尽管他们的言语往往"不合时宜"。罗兰·巴特说:"同时代就是不合时宜",阿甘本根据这句话和尼采的《不合时宜的沉思》,系统定义了同时代性:"同时代性就是指一种与自己时代的奇特关系,这种关系既依附于时代,同时又与它保持距离。更确切而言,这种与时代的关系是通过脱节或时代错误而依附于时代的那种关系。过于契合时代的人,在所有方面与时代完全联系在一起的人,并非同时代人,之所以如此,确切的原因在于,他们无法审视它;他们不能死死地凝视它","以便发现它的黯淡、它那特殊的黑暗"。[3]

当陈思和、黄子平、金理、杨庆祥等不同代际的批评家不约而同地强调"同代人"的批评的时候,实际上是在狭义地使用"同时代"或"同时代人"的概念,无论是八九十年代所谓理想的"同时

---

[1] 鲁迅:《华盖集续编·马上支日记》,《鲁迅全集》(第三卷),人民文学出版社2005年版,第345页。
[2] 鲁迅:《华盖集续编·马上支日记》,《鲁迅全集》(第三卷),人民文学出版社2005年版,第345页。
[3] [意]吉奥乔·阿甘本:《裸体》,黄晓武译,北京大学出版社2017年版,第20、21、25页。

代"的批评,还是当下正在逐步形成、甚至固化的新的代际批评家的"同时代"的批评,最终导向的都是所谓"不齐而齐"(金理),都很难摆脱与时代及其强大的权力机制、意识形态显著的依附、"契合"的关系。这样的"同时代"的批评不是匮乏,而是过量,其在前一个代际所努力构筑的批评格局和文学生态有目共睹,而"以过去和现在的铁铸一般的事实来测将来,洞若观火!"(鲁迅)。曼德尔施塔姆为什么决绝地说:"我不是任何人的同时代人"?也许,我们对自己所处时代的了解还不够深刻,也许我们深谙这个时代,却没有"直言"的勇气。

布朗肖说:"如果你倾听'时代',你将听到它用细小的声音对你说,不要以它的名义说话,而是以它的名义让你闭嘴。"[1]或者借用另一位"同时代"的青年诗人的话:"我不屑于为任何一个时代代言,如果我不能说出每一个时代。"[2]倘若我们不能用真诚的"直言"说出我们的"同时代",那某种意义上讲,我们也就失去了继续言说它的权利。而那些敢于触及真理和危险的"直言者",其所冒险揭示的那种黯淡及"特殊黑暗"的"同时代性",其实已经不再是大多数陷溺其中的"同时代",相反,成了某种表达异见、呈现精神异端的"异时代性"。

倘若我们还没有足够的勇气成为这个时代文学批评的"直言者",那我们可以首先试着在我们的批评生活中成为一个"逃兵":"逃兵是一个拒绝为他同时代人的争斗赋予一种意义的人。……他厌

---

[1] [法]莫里斯·布朗肖:《灾异的书写》,魏舒译,南京大学出版社2016年版,第83、84页。
[2] 泉子:《诗之思》,《钟山》2017年第2期。

恶像一个小丑那样参与大写的历史的喜剧。他对事物的视觉经常是清醒的，非常清醒……它使他从同时代人中分离出来，使他远离人类。"[1]

然而，在一个"简化的声音的屋子"里做一个"逃兵"并不比做"直言者"容易，你也许连一个像样的"敌意"都得不到，或者不出意外地得到"长者"们宽容的善意，以至于最终让你陡然醒悟：自己并没有成为一个"异时代"的"逃兵"，而是沦落为一出肥皂剧里的"匪兵甲"……

---

[1] [法] 米兰·昆德拉：《帷幕》，董强译，上海译文出版社2006年版，第144页。

浮游的守夜人
——从北岛《午夜之门》谈起

不知道被北岛引为知己的苏珊·桑塔格如何评价北岛的散文。她曾这样描述诗人们的散文:"诗人的散文,主要是关于做一个诗人。而写这样一种自传,写如何成为一个诗人,就需要一种关于自我的神话。被描述的自我是诗人的自我,日常的自我(和其他自我)常常因此被无情地牺牲。诗人的自我是那个真正的自我,另一个自我则是承载者;而当诗人的自我死了,这个人也就死了。"

关于自我的神话?从《午夜之门》(也包括《时间的玫瑰》《失败之书》《青灯》和《蓝房子》等)我看到的是一个诗人自我的消散,消散在世俗生活里、历史里和各种各样的国际版图的文学事件里。琐碎的、絮叨的"见闻杂记"罗列出一个漂泊的诗人绝对的漂泊生活,一个本应在流浪中被抛掷的"日常的自我"并没有在北岛的散文中消隐,而是经常显得极其庞大。无论是苏珊·桑塔格所认可的诗人散文的"使命感""激情"还是"特别的味道、密度、速度、肌理",在北岛散文的整体风格里都并不显著,它们作为某种可贵的品格会在某些篇什中闪现,但仅是吉光片羽,这里面有"挽歌",有"回顾",但却既不悲壮也不坚硬,甚至连忧伤也显得那么无力、犹疑。

北岛对布罗茨基"自以为是的劲头"(《蓝房子》)颇为反感，也许，当布罗茨基阅读了北岛的散文之后，他的自以为是就更加鲜明了。布罗茨基认为，诗人转向散文写作，永远是一种衰退，散文是一个相当懒惰的学生，他甚至在《诗人与散文》中认为诗人将会在自己的散文写作中一无所获。北岛不会一无所获，他会获得赞誉，获得激赏，获得他坦诚表露的"养家糊口"，还有那种避免疯狂的放松。但他同时也获得了衰退与懒惰的表征，他的散文是老人的散文，弥漫着苍老的暮气和冗长乏味的时光之流。似乎，后革命时代，一切当有和不当有的柱石都烟消云散了，让一个曾经怀揣匕首的人茫然无措。空间的闪躲挪移仅仅留下一些散乱的足迹，而空间的诗学意义已经被"丰富"的生活缝补得严丝合缝。

我不知道孟悦是如何找到这些文本标识的，她认为北岛"和许多以其他方式介入当代生活痛痒的创作一道，成为走到后现代人狭小的心灵之外，寻找家园、寻找亲友、寻找生命和自由的先行者"。而我找到的则是一个失魂落魄的诗人，在拼命填充自己的"孤独"，漂泊异乡，孤独感被分化和混淆，为了弥合孤独的裂痕，北岛走得无疑愈来愈远，他在不停地奔波交际中损害着自己宝贵的、属于诗人的孤独感，而属于中产阶级的生命逻辑却日益地明显，这种逻辑在欧洲或美国有可能成为一种积极力量，但在中国无疑显得无足轻重。可这并不影响北岛散文在中国知识界的风靡，这也许要归功于某种身份。

我们有很多这样的读者，他们是迟钝又懒惰的猎犬，有能力经由想象生产出骨头，他们可以经由身份的关联放大一个个符号，以获取文本本身无法传达的快感。北岛留有某种历史的印记，他残存的身份标识成为读者认领或冒领的辨别障碍,可是这与北岛无关,身份背后的语言迷宫由"聪明"的读者自掘坟墓,而北岛只是得到一种不断被重复的或悲或喜、亦悲亦喜的"追认"。

当然,北岛的散文无疑是素朴的,易亲近,易辨识,但我们不缺乏素朴的行吟,反而它们的过量变成了某种危险。我不知道,在这样模糊而混杂的现实生活之内、在肉体附累变得愈来愈"亲切"的时代,庄重、严肃的思想该如何呈现,尖锐、奇崛的精神向度该怎样支撑呢?真的为午夜守门的人在哪里呢?

"关于死亡的知识是钥匙,用它才能打开午夜之门。"(《午夜之门·题记》)北岛,一个曾经的守夜人,把希望寄托于关于死亡的知识,而在苏格拉底那里,当肉体存在的时候,人的灵魂和知识无法充分地接触,便得不到纯粹的知识,必须走向死亡,在灵魂对前世的回忆中寻找对事物的真实认知。北岛散文传达的真实自我的死亡趋势,是一种消极的堕入死亡的危险,而不是勇敢赴死的决绝。因此,把死亡知识化的北岛恐怕找不到那把打开午夜之门的钥匙,甚至于作为一个守夜人,他都已经离开了自己的位置,既非流浪,也非漂泊,而是在浮游,而这里的"浮游"不是那个共工的臣子,那个反叛失败后自杀的怨灵,这里的浮游没有任何不祥的征兆……

知识者的倦怠之书
——我看《春尽江南》

出于对"实力派作家"格非的某种信任,在阅读《春尽江南》的时候我始终在寻觅布鲁姆在谈论阅读时所说的"有难度的乐趣",但无奈这部小说根本就没有挑战读者的野心,也没有培育"读者的崇高"的热情,它只不过是一个暮年的知识者站在某一代际立场上的无力的自我辩护,没有难度,也没有乐趣,到处是拖沓的经验漩涡里的无力和倦怠。这让我想起格非在其《小说叙事研究》中评价"新写实小说"时所讲的一段话:

> 但是从整体上来看,这一类小说由于过分沉醉于琐屑的日常生活经验的陈列,从而丧失了个人对存在本身独特的沉思。他们所描绘的烦恼虽然带有某种普遍性,但只是早已为大众所熟知的概念化的烦恼。这是一种沿袭和借用,而并非源于作家自身的生命体验,更谈不上灵魂对于存在终极价值的反思。从某种意义上说,作家一旦放弃了对自身人格的塑造,放弃了对自身行为方式的自信与执著,不仅对于现实的深切把握无从谈起,就连想象力本身也必然受到有力的扼制。

这段话用来说明《春尽江南》的问题似乎再贴切不过了。譬如"过分沉醉于琐屑的日常生活经验的陈列"在这部长篇小说中已经到了让人匪夷所思的地步了，几乎呈现了一种宣泄经验的偏执。格非在谈到这部小说的创作时曾经讲到"经验对我不是问题，甚至是太丰富了"，这种过度丰富在作品中表现的最明显的是带有"广告"性质的物品罗列，几乎每一个物品出现都是要带着"商标"的。当然有一些是交代小说背景所必需的，但同时有大量的物品信息根本就没有必要交代得那么清楚：馄饨要是湾仔的、盖笔筒的是《都柏林人》、化妆品是兰蔻古奇香奈儿CD、超市是家乐福、汽车是奇瑞的、咖啡是星巴克的、超市是Seven-Eleven、翻毛皮靴是UGG……就连谭端午的儿子睡觉时压的那本书都要告诉我们是曹文轩的《青铜葵花》，真的有这个必要吗？即便读者需要了解谭端午是一个喜好古典音乐的文人，那也似乎不需要到处塞满相关的音乐、文学信息：胆管、古尔德、鲍罗丁、唱片版本信息、《荒原》、荷尔德林……这种叙事之中毫不克制的经验陈列不就是所谓的"过分沉醉于琐屑的日常生活"吗？为了罗列的便利，格非甚至屡屡把大段大段的QQ聊天记录、对话，以及环保、食品安全、法制事件等社会问题连篇累牍地塞进小说，这种"投机取巧"除了证明作者在叙事技巧上的懒惰和贫乏之外，也许还可用来对应小说封底的一句"广告语"：这部小说，信息量大。在一个信息过量、媒介发达的消费主义时代，这恐怕算不得是一个优点吧？

在人物塑造上格非也没有摆脱"经验陈列"、信息传递的窠臼，端午、冯延鹤、陈守仁、王元庆、庞家玉、绿珠……几乎每一个人物都要"承担"作者对时代精神的不同"透视"，因此在叙事中他们都拖曳着太多或文化、或历史、或现实、或哲理的说教，就连诗会上那两个偶尔出现的"首都师范大学的教授和社科院社会学所的研究员"都要连篇累牍地谈上十几个社会话题。这些信息无论算作毛尖在评价《山河入梦》的时候所说的"警世钟",还是"芙蓉诔",都未免太符号化、太直白了吧,以至于其中的很多人物都经常显得过分戏剧化、脸谱化。通过《春尽江南》我们知道格非对于"时代精神疼痛的症结"的确做了一些思考,但其"切中"的方式也太简单了,就像104页出现的那个单独被特殊强调的黑体字:钱——太像标语口号了,与苏童的《河岸》中那些同样被强调的"文革"标语有"异曲同工之妙"。这是否就是格非所说的:《春尽江南》是我站在地上写的,树都被砍掉了没有遮挡,我要挣扎着直面这些现实问题……但这些直面根本看不出"挣扎",所描绘的烦恼虽然带有某种普遍性,但只是早已为大众所熟知的概念化的烦恼,几乎谈不上什么独特性,唯一可以称得上独特的也许就是端午这样一个诗人形象所折射的1980年代知识分子的颓废的、没落的、酸腐的集体怀旧。

格非说:"我觉得端午实际上是一个很有勇气的人,他实际上是在做反抗,他有勇气抛弃掉那些世俗的东西,然后在一个正在腐烂的办公室,拿2000元钱的工资坚持写诗,我觉得很不容易。在妻子眼里,他是一个无能的人,但他其实有丰富的内心世界,只是他不说。他知道1980年代已经过去不会再回来,他很清醒地认识到这一点。我现在还有朋友会像端午那样,虽然境遇不是太好,但永远是高兴的。他有他的原则,他保留着1980年代的精神。我非常尊敬这种人。"这段话意味深长,格非对端午的肯定即是他们这一代人的绵延不绝的、隐秘的自我辩护、自我安慰,前提是建立在对"勇气""反抗"这两种立场的有意曲解之上。二十一世纪以来,思想文化界对1980年代的怀旧情结日甚一日，一代人的衰老势不可挡、触目惊心，斗志全无的他们也许已经到了需要为自己树碑立传的时候了。虽然他们深切地体会到自身在俗世生活中的那种奢靡、颓废、无助、堕落，但又不愿意浃沦肌髓地反省和否定自己，反而通过一些文学书写、思想史的价值虚构来彰显一些疲惫不堪的、死气沉沉的知识性睿智和文化性趣味。这在端午的身上体现得尤为明显，也无不渗透于《春尽江南》的文本肌理之中。一个稍具常识的人都清楚，这个时代，文化趣味、文学情趣习惯性地维系着与权力和财富的密切关系，他们所谓的勇气和反抗无非仍旧周旋在体制性利益的边缘地带，若即若离，端午不就是这样的吗？还有那些现实中诸多的文人情怀、文化趣味、文学交际不也只是凸显了知识者的怯懦和虚荣吗？如果端午都值得尊重的话，那这个时代值得尊重的知识者就太多了。

因此，《春尽江南》就有了一层让人哀伤的悼亡色彩，当然这和格非试图表达的那种哀伤非常不同，这是属于读者的哀伤："从某种意义上说，作家一旦放弃了对自身人格的塑造，放弃了对自身行为方式的自信与执著，不仅对于现实的深切把握无从谈起，就连想象力本身也必然受到有力的扼制。"格非在写《春尽江南》的时候真该好好看看他自己的《小说叙事研究》，该更深入、更无情地反思一下一代人如何"放弃了对自身人格的塑造"，是什么在扼制着他们在小说书写中应该具备的想象力。

对于《春尽江南》而言，"江南"只是一个文化凭吊中无处安顿的象征，一个古典主义的憔悴身影，格非的惋惜和哀叹是不难体会的，但真正应该哀叹的又怎么会是"江南"这样一种封闭的地理文化记忆、文化符号呢？历史上，江南不仅意味着富庶和文化繁荣，同时江南文化在精巧、优雅之外也往往是堕落的、颓废的（参见孔飞力《叫魂：1768年中国妖术大恐慌》），而格非所哀叹、惋惜的当代江南文化不也纠缠着诸多知识者和文人的堕落和颓废吗？诗人柏桦在论述"诗歌风水在江南"的观点时，曾经以杨键的这样一句诗证明"吴声之美"、证明江南诗人的敏锐的想象力和神来之笔："一阵风吹过肛门上的毫毛，/风好干净"。这样一个纠缠着过度的文化趣味的狭隘的江南情怀又有什么价值呢？"春尽江南"并不怕，怕的是"冬尽江南"，我们更需要面对一种凛冽的严酷。

米兰·昆德拉在其《生命中不能承受之轻》中说道："我们常常痛感生活的艰辛与沉重，无数次目睹生命在各种重压下的扭曲与变形，平凡一时间成了人间最真切的渴望。但是我们却不经意间遗漏了另外的一种恐惧——没有期待、无需付出的平静，其实是在消耗生命的活力与精神。"《春尽江南》不过是一个当代知识者的极尽倦怠的书写，一个一流小说家盛名下的三流作品，如今却得到了那么多的称赞，这一现象似乎才真正切中了"时代精神疼痛的症结"：我们集体性地有意遗漏了另外的一种恐惧。

圆满即匮乏
——阿来《云中记》管窥

一

在《云中记》的题记中,阿来特意"向莫扎特致敬",并强调"写作这本书时,我心中总回响着《安魂曲》庄重而悲悯的吟唱"。这两段话同时醒目地出现在《云中记》图书的腰封上,而"安魂曲"也频繁被媒体作为宣传报道《云中记》的标题。阿来在后来的访谈、创作谈中也多次提到莫扎特的《安魂曲》在《云中记》创作缘起中起到的特殊作用:

> 而除了哭声,我们没有办法对死亡完成一个仪式性的表达。比如我们不能唱一首歌,因为当此时刻我们所有知道的汉语歌声,都似乎会对死亡形成亵渎。我实在睡不着,就翻出来莫扎特的《安魂曲》,我感觉在那个时刻放出这样的乐音,应该不会对那些正被大片掩埋的遗骸构成亵渎。而且,当乐声起来,那悲悯的乐音沉郁上升,突然觉得它有个接近星光的光亮,感觉那些生命正在升华。[1]

---

[1] 阿来:《阿来〈云中记〉献给地震死难者的安魂曲》,《北京青年报》2019年7月2日。

安魂曲是罗马天主教会一种祈愿仪式弥撒使用的歌曲，具有特定的仪式含义，最显著的一层含义是代表了死亡，无论是它的歌词语义还是产生的历史背景、使用的场合，都与死亡有着密不可分的关系。所以，面对汶川大地震引发的巨大的灾难、哀痛和死亡，阿来想到安魂曲是一种很自然的情感反应，同时也是我们自身的文化系统、音乐文献中缺乏对应的音乐形态所导致的一种无奈的西方化"选择"[1]。但这仍不能真正有效解释莫扎特的《安魂曲》与《云中记》之间的联系。欧阳江河认为，《云中记》中阿巴去安抚那些死后的魂灵，去寻找它们的过程，其实是一个自我寻找——他想寻找死后的他。这一伏笔跟莫扎特的《安魂曲》有一个对位关系，它化成了小说叙事一个非常有意思的元素[2]。但这种对位在形式和内容上如何展开，欧阳江河并没有详细阐述，就好像《云中记》的图书推广中强调的"乐章式叙述"，恐怕都是很难从文本的内部进行有效的分析和解释的。

2008年末，中国作曲家关峡创作了《大地安魂曲》，并于2009年5月12日汶川地震一周年之际首演。作曲家、小说家，乃至与之相关的听众、读者，还有出版社、媒体从业者，在面对汶川大地震的时候联想到"安魂曲"，或者说需要"安魂曲"，并不是偶然的，

---

[1] "我们之所以喜欢音乐，就是因为音乐好像很简单就能直接突破我们的那些表征，用一种单纯的声音组合来让我们得到共鸣。""中国从古至今有关悼亡的文字，面对巨大灾难的，好像一直鲜有，更别说具备莫扎特《安魂曲》那种力量的。""我们的音乐，包括我们其他的很多东西，跟我们庞大的现实不能对应。今天中国的音乐经验过于关注那种小情小趣。"阿来：《阿来〈云中记〉献给地震死难者的安魂曲》，《北京青年报》2019年7月2日。
[2] 阿来：《阿来〈云中记〉献给地震死难者的安魂曲》，《北京青年报》2019年7月2日。

同时也不是"必然"的。比如说,为什么阿来想到的是莫扎特的《安魂曲》,而不是柏辽兹、威尔第、李斯特、弗雷、德沃夏克、勃拉姆斯的安魂曲?也不是同样具有"安魂"功能的其他的宗教音乐体裁?答案也许是莫扎特的《安魂曲》是最有名气的,而且还包裹着一个具有神秘的死亡气息的故事。或者从音乐史的角度来看,安魂曲的体裁发展到莫扎特所处的古典时期,作曲家们已经摆脱了弥撒使用的歌曲没有情节性的抽象、概括,开始赋予宗教音乐更多的歌唱性、世俗性,死亡越来越戏剧化,尤其音乐天才莫扎特,他的宗教音乐已经逾越了宗教的樊篱,《安魂曲》表达的是人的声音、世俗的欢乐。所以说,阿来的《云中记》与莫扎特的《安魂曲》之间的关联没有丰富的宗教因素,这种关联模糊而"晦涩"(并非如表征那么明朗、清楚),两者的审美契合其实更多的和"安魂"这一必需的仪式有关,或者说,当阿来在处理汶川地震这样的题材、在谈论《云中记》的时候谈到莫扎特的《安魂曲》是恰当的、合适的……莫扎特及其《安魂曲》既偶然又必然地附属于一种公共仪式的审美需要,附属于一种与国家命名的公共事件有关的话语系统。

一切仅与"安魂"有关,一切仅与我们所需要的"安魂"有关。关峡的《大地安魂曲》中看不到西方安魂曲的相关范式:进台经、慈悲经、圣哉经、震怒之日、求主垂怜……它的四个乐章分别是"仰望星空""天风地火""大爱无疆"和"天使之翼"。

二

围绕着《云中记》,作者阿来、其他作家、评论家、媒体记者和出版人的相关谈论、表情都是仪式性的,合乎情理、恰到好处,遵从着相关仪式和话语系统所需的谨慎、友好和"动情"。所有这一切都是诚恳的,但在肯定、褒奖阿来及其《云中记》的同时,也显而易见地构成了某种"抑制",或者说这种抑制对于《云中记》而言是命定的、先验的。

神性、神迹、废墟、勇敢、放弃、承担、使命、回归、传统、现代性、颂歌、伟大、尊严、和解、失败者、人与自然、时代同行、创伤记忆、泪流满面、灵魂洗礼、心灵净化、大化天成、大爱无疆、生命的坚韧、人性的温暖和闪光、内心的晦暗照见了光芒、对生命和死者的再认识……诸种相关话语呈现出的宏大聚集,掷地有声又含混不明,它们形成的限定性、规约性使得异质、多元地讨论《云中记》变得很困难,或者变得"毫无必要"。

"都在哀叹当代没有伟大的小说,我说,《云中记》就是伟大的中国小说。"(谢有顺)"伟大"是一个很重、很大的词,它的出现要么意味着一个重要的"文学事件"出现了,要么意味着我们不需要认真对待这个"伟大"。正如我们说到"爱",说到汶川地震等灾难面前常常出现的"大爱无疆"的"爱",这个"爱"或"大爱"我们能否说清?其实根本就没有必要说清,你只需要跟着说就可以了。"你可以谈论爱的任何事情,但是你不知道要说什么。爱存在,就是这样。你爱母亲、上帝、自然、女人、小鸟和鲜花——这个词,变成了我们深受感动的文化的主题词,变成了我们语言中最强烈的情感表达的主题词,但也是最冗长、含混和费解的主题词。"[1]我们为什么要反复地、信誓旦旦地说出这样的词呢,因为"爱是一种普遍的答案、一种理想的快乐期待、一种融合世界关系的虚拟。""通过

---

[1] [法]让·波德里亚:《致命的策略》,戴阿宝译,南京大学出版社2015年版,第139—140页。

意志的神奇，通过剧场的姿态，人注定会相互爱恋；通过离奇的想象，人们意识到'我爱你'，人们彼此相爱。我们爱彼此吗？这里，我们正面临吸引和平衡的普遍原则的最疯狂的筹划，纯粹的幻觉。主体的幻觉，绝佳的现代激情。"

"我们爱彼此吗"？我们爱"阿巴"和"云中村"吗？《云中记》真的能给我们带来"灵魂洗礼"和"心灵净化"吗？它是不是一部伟大的小说？所有相关的、类似的"冗长、含混和费解的主题词"都不需要解释和分辨，它们自身就"是一种普遍的答案、一种理想的快乐期待、一种融合世界关系的虚拟"。正如我们谈到汶川地震的时候就应该悲伤，某些特定的场合一定要起立默哀，一定要喊出"一方有难八方支援"，赈灾的晚会一定要叫作"爱的奉献"，一定要有一个"让世界充满爱"的合唱……作为一个被国家反复命名的灾难，它自身生产了太多仪式化、普遍性、规约性的主题词，这些主题词对于《云中记》来说既是一种巨大的烘托和激励，也是一种极具挑战性的"阻碍"。

所以阿来从一开始就十分慎重地对待汶川地震这一题材：

> 那时，很多作家都开写地震题材，我也想写，但确实觉得无从着笔。一味写灾难，怕自己也有灾民心态。……让人关照，让人同情？那时，报刊和网站约稿不断，但我始终无法提笔写作。苦难？是的，苦难深重。抗争？是的，许多抗争故事都可歌可泣。救助？救助的故事同样感人肺腑。但在新闻媒体高度发达的时代，这些新闻每时每刻都在即时传递。自己的文字又能在其中增加点什么？黑暗之中的希望之光？人性的苏醒与温度？有脉可循的家国情怀？说说容易，但要让文学之光不被现

实吞没,真正实现的确困难。[1]

但在有效规避了"灾民心态",以及简单化的"苦难""抗争""救助"等思维之后,阿来和《云中记》是否未"被现实吞没"呢?是否避免了成为一个理所当然的"深受感动的文化的主题词"?正如他自己意识到的:真正实现的确困难。或者说,"用颂诗来写一个陨灭的故事""让这些文字放射出人性温暖的光芒""歌颂生命,甚至死亡!"(阿来)这些同样"冗长、含混和费解的主题词",其所指自始至终和"灾民心态"是暗合的,最后仍然会让小说导向"普遍的答案""理想的快乐期待""融合世界关系的虚拟"。只要面向汶川地震,就很难避免这一灾难背后的国家话语、公共话语的限制,就必然要担负起必须的功能和使命。就像"阿巴"一定要去安魂一样。"阿巴"的侄子"仁钦",作为云中村抗震救灾领导小组的组长,他劝导作为祭师的舅舅一定要去做"安抚鬼魂"的工作:

> 村里人再这么下去,再这么顾影自怜,心志都散了,云中村还怎么恢复重建。您得做些安抚鬼魂的事情,也就是安抚人心。

可是"阿巴"不知道怎样才能安抚鬼魂,所以他去其他的村庄找到一位老祭师,请教怎样安抚那些鬼魂:

---

[1] 阿来:《不止是苦难,还是生命的颂歌——有关〈云中记〉的一些闲话》,《长篇小说选刊》2019年第2期。

祭师说：怎么安抚鬼魂？就是告诉他们人死了，就死了。成鬼了，鬼也要消失。变成鬼了还老不消失，老是飘飘荡荡，自己辛苦，还闹得活人不得安生嘛。告诉他们不要有那么多牵挂，那么多散不开的怨气，对活人不好嘛。

"安魂"安抚的并不是亡灵、鬼魂，安抚的是活人、人心，死亡、死者其实并不真的重要，或者说"安魂"作为仪式最重要的目的就是驱逐死亡可能会引发的反常和不安。

三

波德里亚在《象征交换与死亡》中把实用性大都市的全部文化简称为"死亡的文化"，一方面我们从内心深处觉得死亡是"有害"的，应该被"蒸发"：

老实说，人们不知道拿死亡怎么办。因为，在今天，死亡是不正常的，这是一种新现象。死亡是一种不可思议的异常，相比之下，其他所有异常都成无害的了。死亡是一种犯罪，一种不可救药的反常。死人不再能分到场所和时空，他们找不到居留地，他们被抛入彻底的乌托邦——他们甚至不再遭到圈禁，他们蒸发了。[1]

尤其自然灾害、非正常死亡，更容易引发我们的"不安"：

---

[1] [法]让·波德里亚：《象征交换与死亡》，车槿山译，译林出版社2006年版，第195—196页。

一场自然灾害是对现存秩序的威胁，这不仅因为它会引起真实的混乱，而且因为它会打击一切至高无上的、包括政治在内的合理性。所以地震时才会有戒严（尼加拉瓜），所以发生灾难的地方才要有警察（比游行示威时的警察力量更强）。因为谁都不知道事故或灾难引发的'死亡冲动'在这种场合会爆发到什么程度，会反对政治秩序到什么程度。[1]

因此在这个意义上，《云中记》中"阿巴"和"仁钦"对于"安魂"都有着某种迫切的需要，虽然原由因族群的使命或国家的需要而显得不是特别一致，但目的、功能是一致的：消除死亡引发的"不安"，避免相关的冲动对秩序存在的潜在破坏。

此外，"死亡的文化"的另一方面是"非正常死亡、事故死亡、偶然死亡"引发的"激情"和"幻想"：

于是全部激情都逃入非正常死亡，只有它才显出某种类似牺牲的东西，即类似集体意志带来的真实变化。死亡原因究竟是事故、罪行或灾难，这无关紧要——一旦死亡摆脱"自然"理性，一旦死亡成为对自然的挑战，它就再次成为集体事务，要求得到集体的象征回应——总之，它会造成人为的激情，这同时也是牺牲的激情。[2]

---

[1] ［法］让·波德里亚：《象征交换与死亡》，车槿山译，译林出版社2006年版，第251页。
[2] ［法］让·波德里亚：《象征交换与死亡》，车槿山译，译林出版社2006年版，第256页。

这种"集体激情"和"死亡幻想"是很难抵御和抗拒的,既有"主题词"的感染力,更具意识形态、制度乃至公序良俗的规定性,所以,我们会看到传媒、公众、知识分子、艺术家、政治家们都普遍对灾难性的、宏大的"非正常死亡"非常重视,当然,正如波德里亚所说的,死亡已经衍变为一种集体事务,我们有责任予以回应。所以汶川地震十年来,阿来念兹在兹的就是怎么样回应才是合理的,才有价值:

> 而如果我们不能参透众多死亡及其亲人的血泪,给予我们这些活着的人的灵魂洗礼、心灵净化,如果他们的死没有启迪我们对于生命意义、价值的认知,那他们可能就是白死了。如果我们有所领悟,我们的领悟可以使他们的死亡发生意义。[1]

很显然,这是典型的针对死亡的"人为的激情",而《云中记》中"阿巴"的形象和仪式性实践则更为突出地体现出"牺牲的激情"。阿来明确地带着熔铸一个更加恰当的仪式的目的、渴望来创作《云中记》,但是他似乎忽视了一个与我们的文化精神、文学的仪式功能有关的核心的缺失:"我们已经没有吸收死亡及其断裂能量的有效仪式了,我们只剩下牺牲的幻想,只剩下死亡暴力的幻想……"[2]

所以,《云中记》最后实现的美学和氛围必然是"明朗"的,

---

[1] 阿来:《阿来〈云中记〉献给地震死难者的安魂曲》,《北京青年报》2019 年 7 月 2 日。
[2] [法] 让·波德里亚:《象征交换与死亡》,车槿山译,译林出版社 2006 年版,第 257 页。

"是一个世界的通透,不是世界的幽暗"[1]。这与陈超所说的地震"诗潮中大部分诗歌的语境变得较为透明"[2]是一致的。一切与死亡及其引发的"断裂"有关的悲惨的场景、极端的情绪、冲突性事件、不恰当的态度,都需要被洗礼、净化为一个圆满的形象("阿巴")和结局:

> 奇迹般的,这部旨在安慰我们的书却是以死亡结束。阿巴的死亡,云中村的死亡。这蕴含了崇高感和悲剧感的死亡覆盖了之前地震造成的仓皇的惨烈的死亡。在第二次死亡中,我们再次意识到自然的无情,意识到阿巴所携带的那个传统的世界无限远离了我们,也意识到死亡所蕴含的新生。这里有悲伤,但慰藉也将不期而至。[3]

"使他们的死亡发生意义"的前提是"覆盖",尽管《云中记》最后是以死亡结束,但"阿巴"和云中村留下的仅仅是一种"牺牲的幻想""牺牲的仪式";死亡唯一的重要意义——断裂能量已经被弥合得失去力量和震荡的效应,使得死亡成为生者日常生活中具有激励作用的部分,也即"慰藉"与"新生"。

---

[1] 阿来:《阿来〈云中记〉献给地震死难者的安魂曲》,《北京青年报》2019年7月2日。
[2] "由于隐含读者的不同,这次诗潮中大部分诗歌的语境变得较为透明,以口语为主,即使有的诗人间以隐喻修辞,其出现的频率也较疏朗,它并不显得'隔'与'涩',这与诗歌特定的表达内容有关。"陈超:《有关地震诗潮的几点感想》,《南方文坛》2008年第5期。
[3] 岳雯:《安魂——读阿来长篇小说〈云中记〉》,《中国当代文学研究》2019年第2期。

四

2008年汶川地震引发的地震诗潮已经成为一个当代诗歌史上的重要事件，催生出大量良莠不齐的"地震诗"，也引发了很多诗学的、社会学的争论。"在废墟上矗立的诗歌纪念碑"，这样堂皇的、"主题词"式的盖棺论定显然无法呈现地震诗潮内部隐藏的复杂镜像，也无法解释多年之后地震诗"销声匿迹"的文本现实。"汶川之后，诗人何为？""地震震醒了中国诗人，不再自我迷恋""诗歌终于回到社会承担"……诗人们面对一个惨烈的、巨大的公共事件，面对"人道""使命""责任"的本能和压力，他们必须加入一种哀痛的合唱，承担起自己诗人的角色：

> 诗人，在此或许是深沉的集体哀痛仪式的——"祭司"式角色——表达者和个体生命的思者，他所要"祭奠和体悟"的，既是受灾地区的人民，同时也是对人类命运特别是生存状态潜在的危局的祭奠与呼告。正是由于这种写作意识的自觉，使得这些现代哀歌获具了独特的现代性功能。[1]

然而事实也许并非这么简单。诗人们承担了"祭司"式角色之后，他们的"现代哀歌"真的具有独特的现代性功能吗？那何以导致这些哀歌在后来的诗歌生活中被彻底遗忘？陈超在写出上面那段话之后，笔锋一转，道出他真实的想法和疑问：

> 我承认，当最初的强烈震动稍事减弱，作为诗歌批评从业

---

[1] 陈超：《有关地震诗潮的几点感想》，《南方文坛》2008年第5期。

者的"自重"或者是"自矜",又"可恨"地出现在我的意识中。对受难同胞的悲悼,对人类求生意志及伟大的援助行动的思考和赞叹……如此等等,这些诗歌都值得高度赞叹。但是处理这么明确的语境和类聚化的情感经验,作为艺术的诗是否能达到一定的艺术品位。我曾担忧我们的诗歌是否能承载得起。即使它可以承载,这种承载是否能有艺术上的价值。[1]

这也正是我面对《云中记》的最大的疑虑,陈超所说的"明确的语境和类聚化的情感经验",也正是我前文反复引用的波德里亚所谓的"最冗长、含混和费解的主题词",以及那些"普遍的答案""理想的快乐期待"和"融合世界关系的虚拟"。客观地说,对于汶川地震这样的"重大题材写作""主题写作"而言,阿来的《云中记》在艺术的层面上已经做得足够好,很多评论家对作品的分析和褒奖我也基本认同,但所谓的艺术上的卓越并未能赋予《云中记》关于死亡或灵魂的真正的独特性和创造性。

"阿巴"在慷慨赴死之前通过与各种人物的对话,达成了自身乃至多年前的地震与这个世界的和解,在这个过程中不仅死者和生者的痛苦、不安得到了安抚,那些宗教、历史、文化、传统、现代性等层面所可能产生的所有冲突、对抗、对立、断裂都实现了圆满的弥合。然而"阿巴",这样一个完美的、圆满的符号化人格的"殉难",并不能呼唤或构筑出当前我们关于灵魂、信仰和死亡的最真诚的心声和最有力量的回应,只能招魂出那个我们无比熟悉的"普遍的答案"。

---

[1] 陈超:《有关地震诗潮的几点感想》,《南方文坛》2008年第5期。

理查德·塞纳特在谈到"我们"的"团结"时认为："在'我们'中，所有可能带来差别感受更不用说是对立的东西，都已从共同体的这一镜像中被清除出去了。在这一意义上，共同体团结一致的神话，就是一个净化仪式……这一神话般的分享共同体的特别之处在于，人们认为他们互相属于对方，并且一起分享，因为他们是相同的……这种表达了追求相似性渴望的'我们'的情感，是一个人们避免相互深入了解对方这一必要性的方法。"[1]

《云中记》的"圆满"有意无意地通过一个"净化仪式"，强调并完善了那个"共同体一致的神话"，这一神话或者说是"相似性的共同体"被齐格蒙特·鲍曼"嘲讽"为"一个孤芳自赏式（I'amour de soi）的计划方案"，但在这样一个"相似性的共同体"中"令人不愉快的问题将得不到回答"，"而且通过净化而获得的安全可靠性，将永远不会得到检验"[2]。

正是在这样一个意义上，我"武断"地把《云中记》的圆满定义为匮乏：死亡的匮乏，灵魂的匮乏，以及阿来对《云中记》特别期许的那种"真正的公共性"[3]的匮乏……

---

[1]［英］齐格蒙特·鲍曼：《流动的现代性》，欧阳景根译，上海三联书店2002年版，第281页。

[2]［英］齐格蒙特·鲍曼：《流动的现代性》，欧阳景根译，上海三联书店2002年版，第282页。

[3] "前些年讨论知识分子，萨义德有过一本书，认为能够把个人或者少数人经历当中那些痛苦、经验跟人类普遍的命运联结在一起，这样的人就是公共知识分子。今天我们的文学、艺术作品要想获得真正的公共性（不是流行的商家的那种公共性），那也必须具备这种。"阿来：《阿来〈云中记〉献给地震死难者的安魂曲》，《北京青年报》2019年7月2日。

文学的深梦与反抗者的悖谬
——韩东论

一

韩东的文学形象总让我想起本雅明在论述普鲁斯特的一段话[1]，只不过鉴于两者文学语境和写作形态的巨大差异，这段话需要做某种必要的改写：我们时代无与伦比的文学成就注定要降生在不可能性的心脏。它既坐落在一切危险的中心，也处于一个无关痛痒的位置。这标志着那些花费了毕生心血的作品乃是一个时代的断后之作。韩东的形象是文学与生活之间无可抗拒地扩大的鸿沟的具有典范性的一流面相。这是文学为什么仍旧要严肃地关注和思考这个形象的理由。当然，这不是对韩东文学成就的"盖棺定论"，也不是盛行的对所谓"文学杰出贡献者"的廉价褒奖，它仅仅是一种描述，用以凸显韩东的创作及其文学行为的时代嵌入性和相应的复杂性。

钟鸣把二十世纪八十年代概括为一个"深梦"——"至今我们还必须躺在上面，不能卸鞍"，事实上，对于很多的50后、60后作家、诗人而言，整个1980年代就是一个无法醒来，甚至不愿醒来的

---

[1] [德]本雅明：《启迪：本雅明文选》，[德]汉娜·阿伦特编，张旭东、王斑译，生活·读书·新知三联书店2008年版，第215—216页。

"深梦",至今他们还顽固地浸淫在里面,不能卸鞍或假装不能卸鞍,然而梦境毕竟是梦境,事实不过如此:"爱死灰复燃,又旋即熄灭——跟两条精神矍铄的鱼,侥幸蹦到岸上喘口气赶忙闷回水里一样"[1]。韩东和其同时代的很多人成就于这一"深梦",也受困于这一"深梦"。然而在所有的梦游者中,韩东因其敏感、尖锐、孤傲、咄咄逼人、不留余地[2],而"显得更加清醒,更具有命名的气质和'观念终结者'的能力"[3];因其所处的政治转型、文学暴动的时代与"不可能的心脏"共同蕴育出的反抗的欲望,而把自己及同道者置入某种"危险的中心",又因为对这危险的迷恋及相应的挑衅而变得愈来愈"无关痛痒"。正如"'第三代诗'与其说是一场诗歌的革新与建设,还不如说是一场以偏激的形式展开的精神运动"[4]一样,韩东的所有探索也是"一个独特的精神现象"[5],仅仅从"诗到语言为止""回到诗歌本身""个人性""日常主义""口语化""民间""平民视角""反英雄、反文化"等固定的文学史、诗歌史阐释范畴中讨论韩东已经没有多少意义了,他及其文学实践从发端起就溢出了诗歌、美学的边界,以极其突出的开放性、冒险性和革命性,以"不无殉难者的英勇"[6]把自己以异端者、不合时宜者的标签置于波谲云诡的中国文化政治的核心场域之中,生动且不无悲情地演绎了

---

[1] 钟鸣:《新版弁言:枯鱼过河》,《畜界·人界——一个文本主义者的随笔》,上海人民出版社2010年版,第1页。
[2] 陈超:《韩东——精神肖像和潜对话之二》,《诗潮》2008年第2期。
[3] 张清华:《必然的终点和或然的起点——关于〈他们〉的过时言谈》,《上海文学》2005年第5期。
[4] 魏慧:《论第三代诗的语言策略》,《诗探索》1995年第2期。
[5] 小海:《关于韩东》,《诗探索》1996年第3期。
[6] 陈晓明:《异类的尖叫——断裂与新的符号秩序》,《大家》1999年第5期。

反抗者、革命者的快乐与痛楚。

作为"诗人中少数能把文章写清楚的人之一"[1]，韩东从一出场就表现出与其美学主张相悖的某种欲望和能力，他经常以宣言、文论、访谈等多种话语形式，滔滔不绝、旗帜鲜明地"标榜"自己的文学主张，冷酷、决绝地抛出自己的文学判断和美学立场，以极具理想主义和英雄主义的姿态彰显出文学主体与现实秩序的对立、对抗、反叛和断裂。但"反抗"与"断裂"不过是文学主体在历史罅隙中虚构的权利，"他固执地表示自己身上有某种东西'值得……'，要求人们予以关注。他以某种方式表明自己受到的压迫不能超过他认可的程度，以这种权利来对抗压迫他的命令。"[2]结果呢？这一切不过是文学深梦里的政治幼稚病，他大声地喊出："在一个充满诱惑的时代里诗人的拒绝姿态和孤独面孔尤为重要，他必须回到一个人的写作。任何审时度势，急功近利的行为和想法都会损害他作为一个诗人的品质。他是不合时宜的、没有根据的，并且永不适应。他的事业是上帝的事业，无中生有又毫无用处。他得不到支持，没有人回应，或者这些都实际与他无关。他必须理解。他的写作是为灵魂的、艺术的、绝对的，仅此而已。他必须自珍自爱。"[3]或者在《三个世俗角色之后》中想象性地把自己从政治、历史、文化中解救出来，或者通过"断裂"的行为、"民间"的话语想象，试图把自身从粗鄙、恶俗的文学秩序、社会法则中区别出来，最终这一切都只是印证了1980年代的文学深梦所具有的蛊惑性、煽动性和脆弱性，

---

[1] 陈超：《韩东——精神肖像和潜对话之二》，《诗潮》2008年第2期。
[2] [法] 加缪：《反抗者》，吕永真译，译林出版社2010年版第15—16页。
[3] 韩东：《"他们"略说》，《诗探索》1994年第1期。

印证了"他们"是如何低估了自己所反对的秩序和法则的强大，印证了文学主体有关个性化、革命性想象的虚妄和偏执。

"什么东西被终结？关于诗歌的意识形态的神话，关于历史和文化的'前现代式'的想像虚构，关于情感世界的种种脆弱的故事，关于种种成人的习惯性撒娇……"[1]，韩东力图去终结的一切对立物，最终无不投射到他自身之上，对于反抗者而言这才是最残酷、最悖谬和最无能为力的。"无中生有又毫无用处""'半明半暗'的处境"[2]"降低到一只枯叶的重量"[3]……韩东所有这些关于自我的"非中心化"、边缘化、去权力化的设想，最终都被文学实践中不断膨胀的自我中心化、自我戏剧化、"儿童般的领袖欲"（陈超）、"现代主义式的小团伙的意气用事"（陈晓明），以及权力话语巨大的吞噬性等，改写为一种新的秩序和权力话语的合作者、分享者；某种意义上，于坚所痛苦的"站在餐桌旁的一代""局外人"已经自觉或不自觉地成为分得一杯羹的局内人。"他们像是文学史上孤零零的群落，他们的符号价值无从界定，也无人界定，他们成为自己制作的符号系统的界定者。这使他们必然要以异端的形式出现，他们以非法闯入者的身份来获取新的合法性。正如皮尔·布迪尔在论及异端性话语与正统权威的关系时所说的那样：'通过公开宣称同通常秩序的决裂，异端性话语不仅必须生产出一种新的常识，并且还要把它同一个完整的群体从前所具有的某些不可言传只可意会的，或遭到

---

[1] 张清华：《必然的终点和或然的起点——关于〈他们〉的过时言谈》，《上海文学》2005年第5期。
[2] 参见韩东第二届"华语文学传媒大奖·2003年度小说家奖"答谢词。
[3] 常立：《"他们"作家研究：韩东·鲁羊·朱文》，上海三联书店2010年版，第205页。

压抑的实践和体验事例在一起，通过公开的表达和集体的承认，赋予这种常识以合法性.'这些被放逐的亚文化群体，也正是以与制度化生存对立的姿态才能迅速获得象征资本，这就像当年法国巴黎的一群波希米亚式的艺术家，以他们的特殊的异类姿态与上流社会作对，鼓吹他们的为艺术而艺术观念，从而迅速建立他们的象征资本。再或者如当年美国'垮掉的一代'所扮演的归来的浪放者的角色。同样的情形在不同的布景前面再度上演。"[1]韩东及"第三代诗"之后的"晚生代写作""下半身写作""垃圾派""第三条道路"等名目繁多、姿态各异的"异端"文学（诗歌）潮流类似，遵从着雷同的被符号系统、资本和权力话语收容、改写的命运。

  对于文学反抗者身上这种与生俱来、几乎不可抗拒的悖谬性，任何道德上、文化上偏执的反思、批判乃至得意扬扬的奚落都是不恰当的、市侩主义的，而把这种悖谬从韩东的文学形象上着重凸显出来的目的，一方面在于呈现韩东卓越的文学思想和文学实践在文学大变局时代所具有的转捩之功，揭示其在后来的青年写作者、文学反叛者中形成巨大共鸣的缘由；另一方面，悖谬本身并不绝对指向失败和无效，朱文对韩东所说的"我们要不断革命"[2]仍然有必要，且不会因悖谬的丑陋而断绝对后来的反抗者的召唤，而在这持续又微弱的召唤中，我们也得以与诗人分担生命深处共同的痛苦、共同的沮丧。

---

[1] 陈晓明：《异类的尖叫——断裂与新的符号秩序》，《大家》1999年第5期。
[2] 韩东：《备忘：有关"断裂"行为的问题——回答》，《北京文学》1998年第10期。

二

有论者这样评价作为"诗人"的韩东:"作为'第三代'诗人的突出代表之一,韩东的许多作品都曾陪伴我度过无数个青春时期的难眠之夜。毫无疑问,韩东一开始就成为我以及我这一代人的'诗歌接受史'中无法绕开的人物,尽管近几年他已经主攻小说而极少写诗,但我相信,无论在普通读者还是专业的文学史家心目中,他作为诗人的分量仍远重要于他作为小说家的分量。"[1]的确,在很多诗人和读者那里,韩东始终是一个拥有超凡创造力和鼓动性的"强劲有力的诗人",是一个拥有持续的影响力和号召力的领袖般的文学存在,甚或,在一些坚定的跟随者和支持者那里,他不啻是诗歌上的先知[2]、超越了英雄角色的圣徒[3]。但韩东在诗歌场域中的这种典范性,又始终伴随着某种片面性和普遍的误解,经过诗歌史反复的阐释和淘洗之后,韩东作为"第三代诗"或"后朦胧诗"的标志性人物,已经逐渐符号化了:"诗到语言为止""个人性""日常主义""口语化""市民化""民间""断裂"……或者就是那个写了《有关大雁塔》《你见过大海》《甲乙》的诗人。韩东曾经无奈地说道:"当年《有关大雁塔》发表以后,我的诗歌写作似乎再无意义。尽管我自认为诗越写越好,别人却不买账。由此我知道所谓'代表作'的有力和可怕。"[4]但这一困局无法破解,它是与文学深梦相关的时代性的必然结果,且并不仅仅针对韩东;而更为无奈和吊诡的是,正是这种片

---

[1] 刘春:《一个人的诗歌史》(第二部),广西师范大学出版社2010年版,第119页。
[2] 胡桑:《韩东论》,《赶路诗刊》2006年第4期。
[3] 朵渔:《面向真理的姿势》,《上海文化》2010年第3期。
[4] 韩东:《我的柏拉图·我的中篇小说(序)》,陕西师范大学出版社2000年版,第1页。

面而激烈的时代性最终成就了韩东和整个"第三代诗"。

韩东的诗歌写作受益于《今天》和北岛,后者的开创性、异质性的美学实践给韩东带来了"心神俱震"的持久体验,开启了他诗歌创作的"模仿期"和"开创期"[1]。此后,"今天派"(或朦胧诗)的写作方式及其标志性人物北岛成为了韩东及"第三代诗"的真正的"对手","阅读《今天》和北岛(等)使我走上诗歌的道路,同时,也给了我一个反抗的目标。此乃题中应有之意。有人说,这是'弑父原则'在起作用,姑且就这么理解吧。""1982年,我写出了《有关大雁塔》和《你见过大海》一批诗,标志着对'今天'诗歌方式的摆脱。在一篇文章中,我以非常刻薄的言词谈到北岛,说他已'江郎才尽'。实际上,这不过是我的一种愿望,愿意他'完蛋',以标榜自己的成长。"[2]整个"第三代诗"的发端和兴起均是来源于这样一种关于命名、身份乃至诗人主体性的焦虑,为了实现代际和话语权力的转换,他们急切地表达出反抗和超越的愿望。然而与他们名目繁多、意义含混的美学诉求("回到诗歌自身""回到语言""回到个体的生命意识"等)相对应的,却是战斗色彩和功利意识非常明显的各种政治性行为——这些行为被模糊地定义为"我的一种愿望"。

尽管韩东通过《有关大雁塔》等诗歌以极快的速度声名鹊起,但早期专门针对他诗歌的研究并不多,韩东和"他们"总是被放置在"第三代诗"的总体范畴中考察。不过这些考察都比较敏锐和准确地捕捉到韩东以及"第三代诗人"所首要面对的"主体性"困境,

---

[1] 关于韩东诗歌的分期可参考常立:《"他们"作家研究:韩东·鲁羊·朱文》,上海三联书店2010年版,第38页。

[2] 韩东:《长兄为父》,《韩东随笔小辑》,《作家》2003年第8期。

尽管他们常常把反抗的目的诉诸为语言、语感、意象、个人性等形式、美学的概念，但不可否认的是"第三代诗歌"作为一种反抗性的青年亚文化潮流，其精神的肇始无疑是一种新的主体意识的觉醒。"朦胧诗"完成的是一个理想主义的"大写的人"的主体性，而"第三代诗人""切合于不可逆转的时代转型和意识变迁，差不多是无可选择而又义无反顾地放逐了一个主体性的时代，开始了'自我'的碎裂、飘零、流浪、萎缩的心路历程。"[1]在这一放逐的过程中，因为时代的挤压和自我戏剧化的心理暗示的双重作用，"第三代诗人"成为于坚所说的"站在餐桌旁的一代""局外人"，程光炜所描述的"面对荒原""精神逃亡"的一代[2]，柏桦后来提出的"缺席的主体"[3]。而韩东则把他们那一代定义为"孤儿"："在文学上，我们就像孤儿，实际上并无任何传承可依。……无论人们是否同意我的划分，这却是我的实际感受。这种孤独无助感持续在几代（其实是几批）诗人作家中。"[4]同时他对根植于、受益于传统、政治意识形态、宏大叙事的写作饱含不屑，并着力于去消解、解构那些"大前提、大背景、大观照"[5]，比如他在《三个世俗角色之后》中声称摆脱了

---

[1] 陈旭光：《主体、自我和作为话语的象征——"后朦胧诗"转型论》，《诗探索》1995年第4期。

[2] 程光炜：《第三代诗人论纲》，《湖北师范学院学报（哲学社会科学版）》1989年第3期。

[3] 柏桦：《论当代诗歌写作中的主体变异》，《中国艺术批评》2008年1月。

[4] 韩东：《长兄为父》，《韩东随笔小辑》，《作家》2003年第8期。

[5] "从严格意上来讲，诗人是无视所有权威的，他首先是一种爆炸，他是没有前提的。现在，所有诗人都是在一个大前提、大背景、大观照下才能取得战果，这些成果显然是无意义的，他将随着他的系统置换而完蛋。这种状况很可悲。"韩东、张英：《大师系统与我无关》，《粤海风》2000年第6期。

政治、历史、文化三个世俗角色之后,"中国诗人的道路从此开始";在《格言与语录中》声称,"诗歌的方向是自上而下的。它是天空中缥缈的事物"。而作为"第三代诗""写作宪章"的《有关大雁塔》及《你见过大海》等代表作,也皆是这种解构意图的产物,与此相应的"诗到语言为止""口语化""日常主义""个人性""身体性",乃至后来的"断裂"行为、"民间"构想,无不开端于这样一种新的主体意识催生的疏离、反叛、对抗、回归的复杂意愿。在这一过程中,韩东的"真实贡献在于:首先,他剔除了诗歌中强加的伪饰成分,使之从概念语言回复到现实的本真语言并具体到个人手中;其次,他使诗歌这种艺术品种从矫情回到源头、回到表意抒情的初始状态。可以讲,他无意中完成了对诗歌语言的颠覆和内部革命,是对诗歌语言的最早觉悟。……特别是诗歌中直指人心的语言魔力、独到的个人节奏、强悍的意志力和社会学的批评意义,使之成为一代诗人反抗的象征,这种抛弃传统的胆魄,使他的诗具有空前的尖锐性。当然,在摧毁现存诗歌原则的同时,必须要求诗人自身付出代价,即将自身处于没有回旋余地的悬崖绝壁,其冒险性从创作动机和实际效果看是一目了然的。"[1]而所谓冒险性之"险"也不仅仅指涉着反抗的政治代价、美学代价,同时指涉着韩东新的主体想象中先天的片面性。

后来的现实证明,"孤儿""缺席""局外人"等"第三代诗人"的自我描述更多的是一种不无矫饰的自我关注和自我戏剧化,韩东从薇依那里领悟到的"弃绝自我"以及对"诗歌名义下的自我膨胀、

---

[1] 小海:《关于韩东》,《诗探索》1996年第3期。

侵略和等级观念"[1]的反对,也反过来成为批判和省察"第三代诗歌"运动的一面镜子。他们专注于反抗者、反叛者的正确性的特权,在代际焦虑和"文学革命"的宏大节日里提出的诸多诗学宣言往往过于高蹈和抽象,信誓旦旦又彼此矛盾;常常流露出"一种在反贵族倾向中飘逸出的神情无定的心灵色彩",也无法掩饰某种优越感背后无所依傍的无聊感和"更深刻的软弱"[2]。

1980年代中期到九十年代、二十一世纪,韩东笔耕不辍,先后写出《温柔的部分》《为病中于小韦所作》《甲乙》《哥哥的一生必天真烂漫》《我听见杯子》《爸爸在天上看我》《这些年》《西蒙娜·薇依》等许多更为优秀和成熟的作品,但评论界关注并不多。这一现象固然与韩东所说的"代表作的有力和可怕"有关,更是九十年代之后诗歌边缘化的题中应有之义,似乎也与韩东多年来对评论界的"蔑视"不无关联。专注于写小说之后的韩东,"诗仍然在写,并自觉成绩显著"[3],但评论界却不无这样的声音:"与韩东旗帜辉煌的诗歌宣言理论相比,他的九十年代诗歌创作则相当疲软",他的"诗歌理论话语的背后却缺乏强有力的创作支撑,也没有针对诗坛的现状提出真正有建设性的诗学主张。因而在其决绝反叛的背后,是一种'无根'意识的悬浮和虚无情绪的流露。"[4]尽管这样的批评声音不无以偏概全的嫌疑,也有意无意地忽视了诗歌生态衍变的客观现

---

[1] 韩东:《自述和主张——写于第二届刘丽安诗歌奖》,《韩东散文》,中国广播电视出版社1998年版,第161—162页。
[2] 程光炜:《第三代诗人论纲》,《湖北师范学院学报(哲学社会科学版)》1989年第3期。
[3] 韩东:《"诗九首"编后》,《韩东散文》,中国广播电视出版社1998年版,第150页。
[4] 刘继林:《在话语的反叛与突围中断裂——韩东诗歌行为的回顾性考察》,《学术探索》2005年第5期。

实，但也一定程度上切中了韩东诗歌观念、诗学策略的某种"要害"。客观来说，韩东的诗学主张、宣言与其诗歌创作、诗人主体实践之间的断裂从根本上是无法避免的，正如我们前面的分析，他的那些空中楼阁般的观念构筑是几乎无法完整呈现的。随着一个消费社会、极端世俗化社会的到来，"口语""日常生活""身体性""民间""个人主义"等能够提供的新颖性、革命性、深刻性，已然被逐步吸纳、改写、榨干、耗尽，然后留下的是一个以重复、啰嗦、浅俗、口水化等为表征的诗歌的废墟景观，以及一群继续疲倦而亢奋地标榜革命、先锋、独立、自由的诗歌投机者，而那些所谓复杂、深刻、独到的生命体验只有在厚描式的反复阐释和声嘶力竭的自我描述中才能勉强成立。在这样一个新的"大前提、大背景、大观照"之下，韩东尽管仍旧会因为诗歌而获得新的奖项、颂扬，但作为一个无奈的随波逐流者，其价值和意义已经消耗殆尽，其"示范意义和导引作用"也只能局限在一个旨趣相近的"圈子"和利益共同体内。而这一逐渐衰微的精神轨迹也极其清楚和自然地投射到他的小说写作之中。

三

1990年代之后，韩东转而专心投入到小说写作之中，尤其是九十年代中期之后，他虽然继续写诗，但更重要的、产生更多影响的身份是小说家。至于为什么转向小说、两种不同的文体对于韩东写作的意义，他在很多访谈中都讨论过[1]，在他看来，诗歌的形式有

---

[1] 参见刘利民、朱文：《韩东采访录》，《韩东散文》，中国广播电视出版社1998年版；林舟：《清醒的文学梦——韩东访谈录》，《花城》1995年第6期；常立：《关于"他们"及其他——韩东访谈录》，《"他们"作家研究：韩东·鲁羊·朱文》，上海三联书店2010年版；姜广平：《韩东：我写小说不是为了……》，《西湖》2007年第3期等。

自身的界限，抑或是限制（比如诗歌太敏感，本质上是轻的，不能承载太多重量，容量不够等），"不能与作家的混合性状态相适应"，经常"有劲使不出""憋屈"；而"小说容量大""使得上力气"，对诗人而言，小说（尤其是长篇小说）是最好的"补偿方式"，它是"消耗性"的，是"琐碎"的，"与日常的责任紧密相连"。至于这种解释是不是绝对客观，或过于含混，是否回避了更复杂的文体的社会学、经济学背景，以及个人的功利性渴求，我们不得而知；但对于读者和评论家而言，他们最初关心的不是两者的区别，而是两者的联系。

在那些较早研究韩东小说的评论家那里，建立韩东的诗歌与小说、诗人身份与小说家身份之间的内在关联，已经成为当时及其后较长一段时间的书写惯例；"作为诗人的韩东、那曾照亮过他的心灵空间的思想和艺术的光源，同样也延伸到他的小说创作之中"[1]，或"小说正是韩东的另一种写诗的方式，是诗对于小说的主动进入，也是小说对于诗的主动迎纳。实际上，在韩东的艺术世界里小说和诗是合二为一的"[2]，诸如此类的观点频频出现，几乎已成为普遍的共识。有的评论家言简意赅地从写作与现实的关系、语言风格两个方面概括性地描述了这种关联[3]，就写作与现实的关系而言，韩东从其诗歌观念那里继承来的是一种对知识、文化、传统的"避让"，或者说是"解构"（谢有顺）、"消解"（林舟），他不在乎传统小说的故事性，专注于对现实、生活的更多的可能性和丰富性的挖掘、表现；

---

[1] 林舟：《论韩东小说的叙事策略》，《小说评论》1996年第4期。
[2] 吴义勤：《与诗同行——韩东小说论》，《当代作家评论》1996年第5期。
[3] 汪政、晓华：《避让与控制——再读韩东》，《作家》1997年第1期。

而在语言风格上，韩东在其小说创作中继续贯彻他诗歌语言的干练、简洁、节制、精确等特点，"虽然不动声色"，但"对于描写对象来说却具有令人惊叹的穿透力和表现力"[1]。而在这两种关联之上，其实蕴含的仍旧是韩东在诗歌思维中培养的"主体意识"的延续。

在凸显自己的诗歌观念的时候，韩东反复阐释的实际就是两个主体意识很强的问题：什么是诗？什么是诗人？而到了标记自己的小说观念的时候，他承继了这种追问形式：什么是小说？什么是小说家？与同时期的小说家相比，韩东在解决这样的本质性问题时，无疑表现得更急切、更自信。在《有别于三种小说》《小说的理解》《谈小说写作》《小说家与生活》《信仰与小说艺术》《小说与故事》《小说是艺术，是美》等文章及各种访谈中，他"连篇累牍"、孜孜以求的就是确认什么是真正的小说、怎样才是理想的小说家。其中维系着他在"第三代诗歌"运动时期培育的宣示、断言与命名的热情，在一种不无优越感的等级观念中决绝地"区隔"："如果我们的写作是写作，那么一些人的写作就不是写作，如果他们的那叫写作，我们就不是写作。"[2]这种傲慢的优越感，或者执拗的自信，同样来源于他在诗歌创作中构筑的、与创新梦想和反抗诗学有关的"主体意识"："我"的写作是个人的，个体化的，独特的，真实的。当然，信誓旦旦的"区隔"并不意味着一种全新的小说美学的创制[3]。而且，这种傲慢背后常常渗透出醒目的自省和虚无感，自我阐释、命

---

[1] 吴义勤：《与诗同行——韩东小说论》，《当代作家评论》1996年第5期。
[2] 韩东：《备忘：有关"断裂"行为的问题——回答》，《北京文学》1998年第10期。
[3] 其多数的写作与王朔、新写实、新生代、传统现实主义及后来的很多个人化、个体化写作的区别并不明显。

名和肯定中饱含缝隙和矛盾[1],再次印证其等级强烈的命名、宣示,与美学的关联并不大,更像是一种专注于反抗者特权的政治修辞,或者是与文学深梦有关的一种感伤而执拗的"唯心主义"——总是被点燃,又熄灭,再点燃,再熄灭。

韩东最初以知青("文革")生活、校园生活和当下的现实生活为主要创作内容的中短篇小说,颇得评论界的关注和激赏。这些小说主要呈现了边缘、异端、异类的"反抗性"人群的现实生活,这样的群体被批评家们描述为"漫无目的游荡者"(葛红兵)、"都市的老鼠"(陈旭光)、以现代书生和庸众为代表的"卑污者"(郜元宝);由于异端、反抗者在艺术领域中始终具有一种反对体制的"正确性",并且具备区别于宏大叙事之外的某种私人性、个体性的"真实",所以这类写作被高度评价就是可以理解的了:"韩东凭着对这两个人群的了解,为真实性日益稀薄的'当代文学'提供了可贵的内容","应该对这些江苏作家脱帽致敬。像他们似的不断掘下去,多少还能掘出中国生活与中国心灵的一点真实来,而一味涂抹,粉饰,虚飘,真不知末路会怎样"[2]。有关于"真实性"的渴望在那样一个阶段成为中国当代文学的某种特别的焦虑,以至于研究者普遍对韩东以及其他钟情于挖掘日常生活、个体生活或社会心理、身体叙事、性爱叙事的小说写作寄予厚望。但日常生活和个人化叙事具有天生的琐碎性、琐屑性,它们不仅可以消解、解构体制、秩序、

---

[1] 比如他承认自己的小说"只有一条真实的路,那就是指向虚无",但虚无最终指向的是真理和价值(《清醒的文学梦》),或者一方面把小说文本、小说家分成三六九等,一方面认为"试图高级是一种极端的功利,高级可以达成,但必降低。"(《关于文学、诗歌、小说、写作……》)。

[2] 郜元宝:《卑污者说——韩东、朱文与江苏作家群》,《小说评论》2006年第6期。

规范、宏大叙事，同样也可以消耗、掩埋小说写作中有限的智性和叙事张力。况且，真实永远是相对的，"真实性"这一概念本身过于含混、松散，难以成为小说写作赖以维系活力和创造性的依据。因此，以下的担忧在韩东后来的长篇小说写作中越来越明显就是容易理解的了："韩东有没有自己的长篇计划呢？如果放到长篇里，能设想没有明晰的思想，没有复杂的情节和性格鲜明的人物吗？《三人行》式的叙述是不能承担长篇的，即使是中、短篇，如此个性的写作也已有了重复的嫌疑，有时过于晦涩反而带来了因阅读的视而不见而被阅读理解成了平淡、拖沓和絮叨。"[1]

2000年之后，韩东专注于自己的长篇小说写作计划，先后发表出版了《扎根》《我和你》《小城好汉之英特迈往》《知青变形记》《中国情人》《欢乐而隐秘》(《爱与生》)等多部长篇小说。这一系列的长篇写作，最初得到了一些认可、肯定[2]，但也遭遇了很多的批评、质疑，甚至是有意无意的"忽视"。尽管很多作家、艺术家都

---

[1] 汪政、晓华：《避让与控制——再读韩东》，《作家》1997年第1期。
[2] 比如韩东因《扎根》获2003年度华语传媒"年度小说家"奖，批评家对于其观察生活的独特性、精确性的肯定："韩东的小说总是从一个生活的细小缝隙入手，并沿此缝隙深入钻探，钉子一样慢慢敲入存在的深处或低处，展露出自己对生活的独特认知。这种对交叉跑动的人世的书写，在我看来，正是韩东小说最为独特的贡献。如果说他的小说随时间推移而有了明显的变化，我觉得是韩东从过多的对情感和欲望问题的关系体察，逐渐深入到对事物和时代错位的体认，因而小说也逐渐厚重起来。这一趋势尤其表现在从《扎根》开始的一系列长篇里，并在《小城好汉之英特迈往》和《知青变形记》中达到了顶峰。不过，谈论韩东小说对单薄的摆脱，只算得上一个额外的表彰，并不是他小说的题中应有之义，因为韩东的小说拥有的从来不是深厚博大，而是精微准确。"（黄德海：《后来者的创造——韩东的诗歌和小说》，《创作评谭》2015年第5期。）

给予韩东的长篇小说以极高的评价,如"他以特有的方式改变了中国当代小说的景观"(北岛)、"韩东洞悉那些显而易见却不被我们发现的事情,成为我们这个时代最不动声色却最惊心动魄的讲述者"(贾樟柯)等,但这些赞誉往往带有强烈的"圈子"内、朋友间互相"吹捧"的痕迹,也因出版机构、相关媒体的介入,而带有宣传语言"语不惊人死不休"的特征。实际上,韩东的长篇小说较少得到所谓学院内、体制内的专业批评家的持续关注,或充分肯定,而且这种状况有"愈演愈烈"的趋势。与此相反,每有新的长篇出版,韩东都会通过访谈等媒体形式进行宣传、阐释,给予自己的新作以充分的自我认证、自我肯定[1],同时表达对当前小说创作的不满(如认为很多小说和时代不相称、没有技术含量等),并反击针对自己的各种批评(如指斥批评家对《扎根》"拼凑""重复"的非议是"机关单位才有的攻击方式"[2]等)。

事实上,韩东长篇小说写作与其中短篇写作、诗歌写作遭遇的困局有着一脉相承的联系,日常化、个人性、身体与欲望,或"把真的写假、写飘起了"(韩东),"年过半百的人世体会"(曹寇)等各种或明确、或含混的写作策略、创作观念,从根本上是无法回应乃至解决虚构叙事文学(或者整个文学观念)所遭遇的危机的。而韩东执拗于从八十年代培育起来的个体文学进化论和体制外、民间写作的正当性(包括某种迫害"妄想"),或者他自己否定的"诗歌名义下的自我膨胀、侵略和等级观念"等,在面对危机和质疑的时

---

[1] 如在《中国情人》出版时,韩东认为它在自己五部长篇中排第一,而在推出新作《爱与生》时,又强调"这可能是他写得最好的一部小说",另外还特别指出"我写出来的小说绝对能让人不停顿地一口气看完"等。
[2] 姜广平:《韩东:我写小说不是为了……》,《西湖》2007年第3期。

候形成了一种混杂着焦虑、傲慢、自信、虚荣和虚无的复杂心态，用一种夸父逐日般的职业态度和精神劳作（或文学生产），试图突破这一困局、解决这一危机，结果是愈陷愈"深"。一边是庞大的长篇写作计划[1]，一边是极其有限的生活经验和日益逼仄的美学可能性，韩东的努力不过是"文学深梦"中一种不无英雄主义悲情的虚妄的"执念"——或许还要更加复杂和难以"启齿"。

四

以诗人和小说家的身份来完成对韩东的文学形象的构筑是远远不够的，我们熟悉的"他们"(《他们》)、"民间""断裂"等三个关键词，对于凸显其形象的时代性、冒犯性和"危险性"来说也许更加重要。当然我们没有必要再赘述它们与韩东的创作和文学精神的紧密关联，也似乎不需要穷究其性质的简单或复杂，正确还是错误，它们被讨论得过多，以至于我们找不到恰当的态度来面对。或者可以借用钟鸣的话："时过境迁，即使是单纯的人，单纯的事，正确的人，正确的事，做出来也恍惚严重错位。"[2] 总之，韩东曾经是一个能够制造真正的文学"事件"的强劲的艺术家，他有着卓越而清醒的思考能力、孤傲的反抗精神、专注而赤诚的职业态度，又先天拥有革命家和煽动家的"领袖"气质。这使得韩东以反抗和个人独特性的符号特征，在1980年代以来中国当代文学的精神版图上，留下

---

[1] "我手头至少还有十部长篇的素材"，见李勇、韩东：《最伟大的书只能由佛陀这样的人写成》，《文学界（专辑版）》2011年第10期。
[2] 钟鸣：《新版弁言：枯鱼过河》，《畜界·人界——一个文本主义者的随笔》，上海人民出版社2010年版，第12页。

自己卓异而持久的印记,对于那些具有强烈的反叛冲动或者与社会、体制之间有着明显的疏离倾向的青年写作者而言,韩东始终具有着强大的典范性和指引性。而对于整个文学史、诗歌史而言,韩东及其作品的经典化在二十一世纪前后也已经基本完成,此后他的成功或失败都委身于这一经典化的光环或阴影之下,当然这一境遇适用于很多同时代的作家,也同样适用于整个时代的文学观念及其主体意识:"我们离开了'主体'时代,进入了'遗产人'时代。"[1]当然,韩东拒绝进入"遗产人"时代,他通过写作、言论、行动试图把自己遗留在"主体"时代,遗留在文学的"深梦"里,由此必然引发种种属于反抗者的悖谬。早在1989年他就完成了对自己写作生涯的某种概括、总结:

> 我们猜想一定是什么地方出了问题。要不是我们理解的东西错了,要不,我们根本无写作的能力。
> 我们处于极端的对立情绪中,试图用非此即彼的方式解决问题。结果,我们失败了。
> 这是一个异常曲折的过程。一方面我们以革命者的姿态出现。一方面,我们怀着不能加入历史的恐惧。
> 可以说整个诗歌运动都暗含着这样的内容和动机。我们的努力成了某种政治行为,或个人在一个政治化的社会里安身立命的手段。[2]

---

[1] [法]朱丽娅·克里斯特瓦:《反抗的意义与非意义》,林晓等译,吉林出版集团2009年版,第10页。
[2] 韩东:《三个世俗角色之后》,《韩东散文》,中国广播电视出版社1998年版,第121—122页。

明知失败，明知无法逃离政治、文化、历史这样的"三个世俗角色"，韩东仍旧固执而义无反顾地用自己否定的"理想主义"姿态来反抗这一切，结果不仅是失败，也有"成功"，而"成功"则把失败推向了最为反讽的绝境："……流派高蹈，泥沙俱下，文马百驷，藏污纳垢。锋颖者猝折，滑疑者图耀，在千千万万尚未流露的恶的细节中，诗人彼此间大概也都是受够了的，谁说起来都好像是受害者、被叙及者，又都仿佛是祸殃。"[1]反抗谁？反抗自己吗？在中国，身陷无物之阵、"两间余一卒，荷戟独彷徨"，或者自我的异己化，一直都是反抗者最终的宿命。二十一世纪初，韩东曾经留下这样一首《自我认识》：

多年来，我狼奔豕突/又回到原地/变化不大//多年来，我鸡零狗碎/进三步退两步/空耗时光//多年来，我的野心/和我的现实/总不相称，一味地/自我感动/我精神恍惚/目光迷离/总也找不准方向//看着看着，我就眼花了/坐着坐着，我就心慌了/既想被什么牵引/又想被自己推着//总之是太聪明/不够笨/总之是小聪明/大笨蛋//我是庸碌之辈/却于心不甘/雄心勃勃/却少应有的平静//多年来，风景如画/一晃而过/剩下的时间/已经不多了

如此沦肌浃髓的反省、自识也不可能给韩东带来"应有的平静"，所谓的"庸碌之辈"的"于心不甘""雄心勃勃"不过仍旧是反抗者无法放弃天赋权利的宿命。二十一世纪以来，韩东的书写和

---

[1] 钟鸣：《新版弁言：枯鱼过河》，《畜界·人界——一个文本主义者的随笔》，上海人民出版社2010年版，第14页。

言谈继续秉持"敏感、尖锐、孤傲、咄咄逼人、不留余地"的品质，滔滔不绝、"信誓旦旦"地表达着一位"旧时代"的反抗者的愤怒、洞见乃至偏执、"狭隘"。也许，克里斯特瓦说的是对的："幸福只存在于反抗中。我们每一个人，只有在挑战那些可以让我们判断自己是否自主和自由的阻碍、禁忌、权威、法律时，才能真正感到快乐。在反抗的过程中涌现出幸福的内心体验，这证明了反抗是快乐原则的内在组成部分。"[1] 也许，钟鸣对此类人的概括是准确的："他们的坚持，说明他们很清楚自己在做什么，但他们所表现的是和愤世嫉俗相反的那种激进态度，带着明显的悲剧意识——也就是齐泽克分析的，出于'无情的道德命令，我还是不得不做'，或我不得不写。"[2] 当然，也有可能以上皆虚，一切不过是政治性的矫饰或自我戏剧化，不过是韩东曾经孜孜以求的"梦的语言"的歧变，不过是种种绝望挣扎的循环。也许从最初就是错误的：把文学作为反抗的起因和目标，在其构筑的迷人幻境中坠入"深梦"——有的人不愿醒来，有的人偶尔醒来，有的人则永远在假寐……即便如此，我们仍旧要对韩东这样的文学形象表达足够的敬意，与那些同样经历过某种革命的文学氛围却堕入权力的温床的"成功者"相比，韩东的书写和实践无疑显得要真实和诚恳得多，作为一个"事件"、一种症候和精神现象，他起码经得起注视和辩驳；而他的同时代人，曾经的革命者或者至少分享过革命欢乐的人，如今则过得腐朽而毫无生气，抑或"生机勃勃"到令人绝望……

---

[1] [法] 朱丽娅·克里斯特瓦：《反抗的意义与非意义》，林晓等译，吉林出版集团2009年版，第25页。

[2] 钟鸣：《新版弁言：枯鱼过河》，《畜界·人界——一个文本主义者的随笔》，上海人民出版社2010年版，第11页。

忠实于我的时刻越来越"多"
——对小海近期创作倾向的考察

> 当诗歌想到它自己的自娱必须被看成是对一个充斥着不完美、痛苦和灾难的世界的某种蔑视,那么抒情诗那种活力和逍遥,它对于自己的创造力的品尝,它那快乐的张力等等,都将受到威胁。
>
> ——西默斯·希尼[1]

分担诗人的痛苦

为一个成名已久的诗人写"新"的评论是艰难的,因为关于他们的研究和论述已经呈现出一种过度饱和的状态,弥漫着水果因为过分成熟而散发的那种甜腻又腐败的气息。所以如何接近一个诗人及其作品,对于如今的批评语境和批评者而言,将不得不采取或创造一种回避了虚与委蛇的更为尖锐、锋利的切入方式。既然布鲁姆认为每一种阅读总是一种误读,那我们就尽力去做一个"高明有力

---

[1] [爱尔兰] 西默斯·希尼:《希尼诗文集》,吴德安等译,作家出版社 2001 年版,第 241 页。

的读者"[1]，这种高明有力不是体现在某些"过度阐释"的文本细读或哲学联想那里，而是体现在布鲁姆所说的读者与作者之间如何确定"自己同真理的原始关系"、如何揭示和展露彼此的"痛苦"这样共有的困境之中。

在阅读小海近期诗歌作品的时候，我一直激励自己去做这样一个"有力"而未必"高明"的读者，尽管批评在哈特曼看来是"一种次要的流言蜚语"，但我仍旧希望我的莽撞但诚恳的流言蜚语能实现"读者是作者的幽灵"（巴什拉）这样一个"有力"的结果。在我梳理小海的相关资料的时候，我发现早就有一位"高明有力的读者"如幽灵般地缠绕着他、逼视着他。从韩东1989年的《第二次背叛》[2]一文和2005年他与杨黎、小海的对话[3]之中，我能清晰地感觉到什么是文学上的"朋友"，什么样的批评方式才是"有力"的，那种"有力"不在于某些评价和判断的卓越的洞察力，而是"交谈"的过程中所表现出来的那种愈来愈可贵的坦诚和"粗暴"。尤其在那篇"关于小海"的谈话中，韩东的咄咄逼人的提问和质疑，迫使一个温和的、游移的抒情诗人说出一些与他的抒情天分和诗性特质相悖的"追求"，一个天生的抒情者的脆弱在那一刻暴露无遗。也许如小海所说的，韩东是"他们"的"灵魂"人物，"这么一些年，我感到韩东对我的一种压力"，但小海无疑是"他们"中的异类，与其他人，尤其是韩东，在诗学旨趣上还是有明显的差异的，虽然韩东在《第二次背叛》中所忧虑的小海的"保守态度"和"现代思维环境中

---

[1] ［美］哈罗德·布鲁姆：《误读图示》，朱立元、陈克明译，天津人民出版社2008年版，第1页。
[2] 韩东：《第二次背叛》，《百家》1990第1期。
[3] 《小海·韩东·杨黎：关于小海》，《中国诗人》2005年12月6日。

所处的不利位置",在小海后来的创作中的确"应验"了,可应验的方式却不像韩东对小海九十年代诗歌"混乱"局面的尖刻评价那么简单。一个丢失家园的抒情诗人如何寻找家园,如何在失去返乡之路后构筑诗学的"家宅",又如何在这个虚拟家宅的羸弱那里暴露自我的脆弱,这样一个过程实际上折射出的是所有当代诗人甚至当代人的共同的抒情困境。

  写作的途中充满了秘密,这些秘密都是"黑色"的,在特朗斯特罗姆的《途中的秘密》里:"天空好像突然被暴雨涂黑/我站在一间容纳所有瞬息的屋里——/一座蝴蝶博物馆",在小海的《屈从》中:"一只鸽子落进黑土地/它也由此变成黑色,黑色的/尾羽,我见到无数的鸽子/不断落下/像刮起黑色的风暴"。这黑色的"屈从"、这黑色的风暴是小海九十年代之后苦苦挣扎和探索的"足迹",所有的黑色足迹形成一个抒情的漩涡,"像遭到串肠河遗弃的漩涡/一个寒冷的漩涡,消失//一条狗,打扮一下,爬上岸"。这又与特朗斯特罗姆的诗歌形成一种有趣的"互文":"如同深入梦境/返回房间时/无法记得曾经到过的地方/如同病危之际/往事化作几点光闪,视线内/一小片冰冷的旋涡(《足迹》)"。小海九十年代的诗歌探索绵延至今,与他的近期创作一同结构为宏大的"黑色"背景下的"冰冷的旋涡",或者"世界微缩成茅屋里的一豆灯光"(《题庞德晚年像》),从小海当下诗歌中比比皆是的衰败和死亡的气息中,我们可以看到一个抒情诗人为了寻求灵魂在场的片刻宁静所付出的代价。想象力的"蝴蝶博物馆"可以营造语言的狂欢、抒情的自娱,却不能安顿抒情主体的焦虑和绝望,此时,越来越尖锐的提示频频发生:对于诗人而言,辨析并扬弃"自我"似乎是比品尝创造力更严峻、更紧迫也更无希望的时刻,虚构一种形式化或风格化的诗歌精神永远无法替代一个主体精神的建构需求。此时无论小海如何表达他的"自信",如何通过他所谓的"反叛""自我怀疑""自我焦虑"来建构"国家""民族""古典"等"冠冕堂皇"的诗学想象,都掩饰不住他在诗歌中无法控制的绝望,一个抒情诗人苦苦求索却又无处逃遁的绝望。韩东说小海九十年代的诗歌"混乱",事实上二十一世纪以至当下才是小海诗歌创作最具多面性、也最混乱的时期,而晚近的《大秦帝国》和《影子之歌》是一次勇敢却"徒劳"的冲刺,一种结构的"企图"显现的却是一个解构了的世界的"荒芜"。也许一切如小海所说的,我们"在人世间陷得如此之深",那个在《村庄组诗》的开篇埋怨"忠实于我的时刻越来越少"的歌者,最终在顽固的日常生活面前不得不用诗歌"坦陈":忠实于我的时刻越来越多!

  以下的一种考察也许并不符合小海对批评的期待,或者恰恰带有小海所反对的那种"庸俗社会学批评"[1]的痕迹,但我不得已采取这种方式的原因,一方面在于小海认可的那种从文本入手的批评已经很多了,其中很多杰出的批评家对于小海诗歌的艺术面貌已经做了很精到的研究,我实在没有狗尾续貂的必要和能力;另一方面,在这样一个严峻的时代面前,我既不信任诗歌,也不信任诗人,我更关心一个主体如何在冷酷又平庸的现实之中确认"自我",喜欢发现并"分担诗人自己的痛苦"[2],即便那也许仅仅是我延迟的误读的想象性"痛苦"。

---

[1] 小海:《回答沈方关于诗歌的二十七个问题》,《必须弯腰拔草到午后》,河北教育出版社2003年版。
[2] "我希望,通过促进一种更加对立的批评,即诗人同诗人相对立的批评,来告诫读者:他也必须分担诗人自己的痛苦,如是读者同样可以从他自己的迟到中找到力量,而不是苦恼。"[美]哈罗德·布鲁姆:《误读图示》,朱立元、陈克明译,天津人民出版社2008年版,第80页。

抒情者的"疼痛"

小海因为对"村庄"和"田园"的书写,很早就被定义为一个抒情诗人,但人们在分析他的抒情诗的时候往往关注的都是那些围绕着乡村世界展开的作品,而小海在二十世纪九十年代后期至二十一世纪,大量的诗歌作品是和他始终无法割舍的乡土记忆没有本质关系的,这一方面是小海生活环境和体认世界方式的客观变化,另一方面也是一个诗人在成长和探索的过程中创造和尝试更多的抒情可能的一种不得不做的选择,有时候不是"好坏""成败"可以概括的,也许正如本雅明在分析波德莱尔的抒情诗的时候所说的,无论是抒情诗人还是"积极接受抒情诗"的那些读者,因为自身"经验结构的改变",都在抒情需求那里谋求新的答案或新的途径,以面对陌生的环境[1]。虽然小海对自己九十年代之后的诗歌非常自信,但从他不断尝试和改变诗风的"自我焦虑""自我怀疑"来看,他并没有找到一个合适的、新的抒情途径,仅仅是建构了很多用韩东的话说是"冠冕堂皇"的"场面话",譬如"国家的代表性诗人""诗歌民族化""承继着我国古往今来悲天悯人、天人合一、独抒性灵的优秀抒情传统""中国的诗神"[2]等等,这些诗歌远景的规划和小海的具体的诗歌创作无法构成有效的对应,似乎仅仅是他用来"辩护"的一些"说辞",他事实上是比较绝望的,"我已经找不到你们/就像我找不到诗歌中抒情的力量/感悟的不能上升/飘忽的又如此颓废"(《错误》)。

---

[1] [德]本雅明:《启迪:本雅明文选》,[美]汉娜·阿伦特编,张旭东、王斑译,生活·读书·新知三联书店2008年版,第168页。
[2] 小海:《面孔与方式——关于诗歌民族化问题的思考》,《人民日报》1999年11月6日第7版。

也许小海不应该有那么多的焦虑,他也不需要为自己设置那么多诗歌的"远景",被"村庄和田园"抛弃了的小海的抒情质地仍旧如一只温柔的大手,一直在抚慰着他、"引诱"着他,只是这抚慰往往被小海误解为一种"新"的抒情需要,并试图为它找一个同样"新"的抒情形式。这只温柔而有力的手也许就是叶橹先生所说的:"它以对日常生活的叙述和回顾表现出一种智慧,在最平淡的事物中寄寓着内心的疼痛。"[1]这种生命的"始终如一"的疼痛感和小海敏感的天性、平和的心态有着密切的关联,当他面对北凌河、面对村庄和田园的时候,那种抒情结构的形成是自然而然的,无需雕饰的。小海对北凌河的回忆一如普鲁斯特对贡布雷镇的童年时光的回忆,这种形式的回忆被普鲁斯特称之为"非意愿记忆[2]"或者"智性的记忆"。普鲁斯特进一步指出,"非意愿记忆"是一种特殊的过去,"在某个理智所不能企及的地方","我们能否在有生之年遇上它们全仗一种机会"。对于小海和北凌河而言,他的抒情诗人的天才性赋予了他这种机会,当然,这种机会也不是永远驻存的。尽管小海认为自己的诗歌是一以贯之的,没有什么"重要的分水岭",但我却执拗地认为1996年的一首《北凌河》似乎在提示我们某种重要变化的发生:从"非意愿记忆"到"意愿记忆",从"回忆"到"记忆"[3]。

---

[1] 叶橹:《心灵关注的朴实与诡异——论小海的诗歌品质》,《中外诗歌研究》2000年第2期

[2] [德]本雅明:《启迪:本雅明文选》,[美]汉娜·阿伦特编,张旭东、王斑译,生活·读书·新知三联书店2008年版,第170页。

[3] "雷克写道:'回忆功能是印象的保护者;记忆却会使它瓦解。回忆本质上是保存性的,而记忆是消解性的。'"[德]本雅明:《启迪:本雅明文选》,[美]汉娜·阿伦特编,张旭东、王斑译,生活·读书·新知三联书店2008年版,第172页。

在这首诗里诗歌情感的张力弱化了,一种缓慢而忧伤的抒情叙事凸现出来。更为剧烈的变化来自那股中年式的感喟后面不断扩大的裂缝——横亘在小海和他的"故乡"之间。小海开始了正式的"返乡",因为他离那里越来越远。他开始区别于北凌河里的鱼、海安上空的鸟和那些互掷桃核的情人们,他不再是他们中的一员,《北凌河》一诗不正是把自己从一个当局者变成了旁观者了吗?当小海清楚地知道自己的"根"在村庄和田园、在海安、在那些日渐消淡的童年的时候,他就已经蜕变成了这一切的局外人了。在今后的生活和诗歌创作中,小海的那种揣摩和观察世相的"对立"姿态已经非常明显,在新的生活和新的抒情需要那里,保存性的"回忆"没有了,而那些消解性的"记忆"纷至沓来,诗人只能被迫"反抗",尽管最终只是反抗的内容、反抗的形式乃至反抗本身的瓦解。

"诗人倾尽一生的努力和心血,要用语言触及所有虚妄和现实的世界,去消除'在语言和诗由以产生的情感之间总会有的紧张和对立',建立起语言和命名对象天然的亲和力,获得词与物之间言辞意义上的和谐对应关系,这是我作为一个中国诗人的理想。比如我本人创作的《村庄》《田园》《北凌河》等系列组诗,就是在这方面的一些具体尝试。"[1]在2009年的一次访谈中,小海自己认可的那种"天然的亲和力""和谐对应关系"的诗歌仍旧只能是那些"非意愿记忆"时代的作品,而那样的一个"机会"已经一去不复返了,新的抒情经验的结构以及小海自身确立的与现实的那种暧昧的、"保守的"关系,决定了他晚近的作品的那种形式化、风格化的多元尝试的"混乱"局面。"就像看着镜子中的自己(温热的泪水)/慢慢习

---

[1]《关于当代诗歌语言问题的访谈》,《广西文学》2009年第1—5期。

惯,与残酷现实的联系/永别了,画境南方/再见吧,烟水江南/故乡,是雨水棺材上的最后一枚铁钉"(《雨水是棺材上的最后一枚钉子》)。故乡已经远去,在一种新的"混乱"的抒情格局中,它把主体推入绝望的"棺材","残酷现实"制造的疼痛把抒情诗人逼到死亡的绝境。那这一切是否是可以避免的呢?对于小海这样的抒情诗人来说恐怕很难,这事实上恰恰取决于他"与残酷现实的联系",而并不在于他采取何种形式,以及试图建构何种风格。

小海晚近的诗歌尝试了很多形式和风格,长的、短的、宗教的、历史的、民族的、格言的、叙事的、怀古的、游历的、赠答的……也发表了很多关于诗歌的观点和看法,这体现了一个抒情诗人持之以恒地寻找更"准确"的抒情方式的决绝,创造的狂喜或忧伤,会让自由更自由,也是诗人面对"残酷现实"所必需的"净化"方式。弗里德里希在评价波德莱尔的《恶之花》时,这样评价"形式"的意义:"形式力量的意义远远超过修饰,远远超出适度的维护。它们是拯救的手段,是诗人在极度不安的精神状态下极力寻找的。诗人们历来就明白,忧愁只有在歌吟中才会冰释。这便是通过将痛苦转化为高度形式化的语言而使痛苦净化(Katharsis)的识见。"[1]但是形式与内容的有机统一往往是非常艰难的,不会像小海表述的那么简单[2],要么形式压倒内容,要么内容压倒形式,在小海近期的创

---

[1] [德]胡戈·弗里德里希:《现代诗歌的结构——19世纪中期至20世纪中期的抒情诗》,李双志译,译林出版社2010年版,第26页。
[2] "我希望达到的效果也是随心所欲而又不逾矩。或者更直接地说,我不希望我的诗中形式大于内容,我要求两者的有机统一。有的时候我也在想,应当在诗中看不到我的才能好呢。因为才能常常会遮蔽掉许多东西。"《诗歌寂寞的力量——苏野专访诗人小海》,《华东旅游报》2006年1月5日。

作中这种倾向越来越明显，它带来的主要问题是表面的风格化背后的过度混乱，以及苏珊·桑塔格在谈论"风格化"的时候所指出的，因风格化和题材之间的"距离"调整的不恰当而引发的艺术作品的"狭窄和重复""散了架""脱了节"[1]等后果，这在近期的《大秦帝国》和《影子之歌》那里尤其明显。韩东在二十多年前的《第二次背叛》中的提示似乎有着某种穿透历史的特殊洞察力，"小海仅凭个人天生的才能就把已有的形式发挥到极致"，因此"不需要创造属于个人的排他性极强的形式，不需要任何特殊的主题"。尽管小海有足够的理由采取新的形式，也有足够的生活的依据提供着必需的、新的题材，但这其中的"度"他控制得并不好，似乎过于"随心所欲"了。虽然抒情的疼痛在新的形式、新的题材中得到了延续，但这疼痛被一种铺张的"混乱"稀释了、耗散了，归根结底并不是新的探索的问题，而是小海与现实或历史的关系因为其性格和缺少戒备的态度，最终影响了抒情的"强度""力度"和疼痛的凝聚。

历史即现实

如今一种如此高密度的生活，对诗人而言实在是一场灾难，平庸的恶、赤裸裸的丑陋无处不在，一个诗人及其诗歌的力量被死死地压制着，此时一种悖谬的、无法化解的两难处境日益形成：坚决地抗争和彻底的逃匿都是毁灭，难道我们只能中庸甚至犬儒吗？不过，诗人或艺术家总是有一个永恒的为自己辩护的理由，那就是对纯粹的诗和自由的追求，正如希尼所说的："诗歌无论多么负责，总

---

[1] [美] 苏珊·桑塔格：《反对阐释》，程巍译，上海译文出版社2003年版，第23页。

是有着一种自由无碍的因素。在灵感的内部总是存在着一定的欢欣与逃避责任的东西。那种解放与丰富的感觉是与任何限制与丧失相关的。为了这个原因，抒情诗人从心理上感到在一个明显是限制与丧失的世界上需要为自己的存在辩护。"[1]但这种"辩护"必须要一个模糊却坚决的界限，人对现实感的过分逃离或过分沉溺对诗歌的威胁都是毁灭性的。对于中国当代诗歌而言，艺术的理由一直在被滥用，结果是诗歌表征的繁荣与本质的腐败并存，但诗人往往缺乏足够的勇气，与后者划清界限、表达对立，甚至采取冲突。这最终导致日常生活的暴政的肆虐，诗人没有未来感，只有一些空泛又密集的现实感，一些充满想象力却又贫弱的历史感。现实即历史，每一分钟的现实都在一分钟后成为空洞的历史。诗人对现实的屈从即是对历史的屈从，对历史的反叛却相反，成为对现实的逃离。

小海是一个温和而宽厚的人，他忠诚于写作，因此他对现实不满，但他对现实的要求不高，只需要更多的写作时间，需要一种"生活的稳定感"，所以他为了老婆、孩子、家庭不会辞职，他唯一的反叛是"写作"[2]。也许对于小海而言，并不十分需要一个外在的社会性的自由，他只要通过诗歌构筑一个巴什拉所谓的"圆形的内在空间"，一个抽象的家宅，"家宅庇佑着梦想，家宅保护着梦想者，家宅让我们能够在安详中做梦。并非只有思想和经验才能证明人的价值。有些代表人的内心深处的价值是属于梦想的。梦想甚至有一

---

[1] [爱尔兰] 西默斯·希尼：《希尼诗文集》，吴德安等译，作家出版社2001年版，第229页。
[2] 《小海·韩东·杨黎：关于小海》，《中国诗人》2005年12月6日。

种自我增值的特权。它直接享受着它的存在。"[1]但这种家宅会时时受到现实的"黑色风暴"的侵袭,维持一种强度极高的孤独是非常艰难的,如果一个诗歌的抒情主体不能采取一种尖锐而锋利的方式面对强大的现实,那这个家宅的封闭性就是脆弱的,它庇佑的梦想也越来越缺乏有力量的情感和想象。小海晚近的诗歌有很多的"小疼痛",都是与现实碰撞后留下的淡淡的伤痕,这些诗歌最晦涩的地方也即小海最孤独的地方,最孤独的地方也即他最疼痛的地方,但即便是最疼痛也是一些小小的疼痛:彷徨、游荡、忧伤、惆怅、无奈、绝望……这些诗歌是潮湿的,是梦想被过度饱和的水分浸泡后的软弱无力,它们尽管有足够感染和感动我们的力量,但却会让我们郁积更多的挫败感,会把小海和他的读者带向衰老和死亡。"窗外的葬礼/似乎将我压扁了/放倒在床上"(《窗》)"从沙漠里的一具尸体,我认出了自己"(《从一开始》)小海近期的诗歌越来越弥漫着这种苍老的氛围,他似乎没有勇气把那些小疼痛聚集成一种大疼痛,那样的大疼痛会逼迫他与现实"决裂"。但他也不甘于死在这种小疼痛之中,希望用一种诗歌形式的聚集来结构一个更大的家宅,以便更自由一些、更"稳定"一些,就像那些急于买一个大的房子解决拥挤问题的人,他们并没有意识到在一个拥挤的世界、拥挤的心灵里"宅第"的大小并不关键。

《大秦帝国》和《影子之歌》是小海选择的疼痛的聚集方式,一种不恰当的现实态度与历史意识的合谋、狂欢,最终疼痛不会聚集,而是裂变、分散,以至于消隐。至于小海采取的是"诗剧""史诗"还是"长诗"的形式,在我看来都不重要,用小海的话说,这不过是

---

[1] [法]加斯东·巴什拉:《空间的诗学》,张逸婧译,上海译文出版社 2009 年版,第 4—5 页。

"游戏"。对于《大秦帝国》,我不太认同德武"英雄史诗"的评价[1],这倒不仅仅是文体界限的问题[2],关键是《大秦帝国》的那种强烈的后现代特征使得它更像是一部解构"史诗"的颠覆之作。正如江弱水在评价柏桦的《水绘仙侣》的时候所说的:"这正是后现代主义发散式的'稗史'(Les Petites histories)写作。其体制本身就是一个隐喻,暗含了作者对理性整合的现代秩序的反叛,而与后现代主义声气相通……中心被消解了,连续性和统一性被打破了,整体被解构为无数片断。柏桦用这样的抗拒一体化的尝试,把他反宏大叙事的'养小'型思维发挥到极致。"[3]小海的《大秦帝国》同《水绘仙侣》一样,在大的宏大叙事的框架下实际上是一些"养小"的思维,但这种"小"不会像江弱水认为的那样产生"思想的黄金",与当下诗歌创作中越来越多的历史题材写作一样,只是思想贫弱的一种表现。无论是后现代的外壳,还是虚假的英雄浪漫主义外壳都有"无病呻吟"和语言狂欢的一面,都往往不过是无力面对现实之外的一种历史逃逸,或者就是尼采所说的人类的"第二本性",那种映衬时代弊端、缺陷和残疾的"历史学热病"[4]。

《影子之歌》同样有着明显的"历史"外观,而且与《大秦帝

---

[1] 李德武:《一部真正的英雄史诗——读小海的诗剧〈大秦帝国〉》,《作家》2010年第7期。

[2] 我们对"史诗"的使用早就泛化了,中国当代文学中无论诗歌还是小说,"史诗"太多了,多到我们都无法确定一部达到一定长度和容量的作品"如何才不是史诗"。

[3] 江弱水:《文字的银器,思想的黄金周——读柏桦的〈水绘仙侣〉》,《读书》2008年第3期。

[4] [德]尼采:《不合时宜的沉思》,李秋零译,华东师范大学出版社2007年版,第167、136页。

国》一样，对小海来说最重要的是"长度"和"跨度"，用长度和历史感培育一种新的"自信"，一个更大的家宅。但无论是史诗还是长诗，对当下的读者来说都是一种折磨，因为那种游戏、"养小"的思维无力维持一部宏阔的作品始终如一的吸引力，从而暴露它们拼贴、拼凑和堆砌的一面。爱伦·坡作为一个"高明有力"的作者和读者坚持认为："一首诗必须刺激，才配称为一首诗，而刺激的程度，在任何长篇的制作里，是难以持久的。至多经过半小时，刺激的程度就会松弛——衰竭——相反的现象跟着出现——于是这首诗，在效果和事实上，都不再是诗了。"或者仅仅是"一系列无题的小诗"，伴随着"刺激和消沉的不断交替"。而对于史诗，他的评价就更加尖刻了："纵然是天下最好的史诗，其最后的、全部的、或绝对的效果，也只是等于零。而这恰恰是事实。""荒谬"的"史诗狂""认为诗之所以为诗，冗长是不可缺少的因素"[1]。如今你还会重读海子、杨炼、昌耀、周伦佑那些庞大的长诗或史诗吗？很短时间之后，人们就会忘掉《大秦帝国》和《影子之歌》，小海也许又要寻找新的方式和主题了。我们的生活太冗长，冗长得没有尽头，最终导致我们对于长度、对于诗性往往缺乏真正的耐心，这对读者和作者是一样的。

韩东所忧虑的"保守态度"和"现代思维环境中所处的不利位置"，对于小海来说是命定的，与其早期的抒情诗人的确立相关，也与其近期创作的复杂、混乱相关。小海在工作上做了一个勇敢的决定，这样他就有更多的时间写诗了，但他因此更孤独了吗？大量的

---

[1] [美]爱伦·坡:《诗的原理》,《准则与尺度——外国著名诗人文论》，潞潞主编，北京出版社2003年版，第16页。

书写、大量的展示只会损伤孤独,真正的孤独是有其"凄厉""邪恶"的一面的。小海是一个公认的"好人",这对一个抒情诗人而言是可怕的障碍。他小心翼翼地保护着自己,还想保护好亲人,维护与朋友们的关系……那么多的写给亲人、朋友的诗,那么多急切的短章,那么多庸碌的生活流,那么多塞满日常生活的短暂疼痛的吟哦,复活的是面目一致、整齐划一的"兵马俑"而不是"末日刺客":"无畏,是因为丧失痛感/岁月不再眷顾/无法感知疼痛的一个孩子,一个士兵/贴着封条,出土/成功预言你的出生:——末日刺客"(《人物志:兵马俑复活》)。这个刺客只有勇气指向自身,兵马俑倒地,引发的是一个多米诺骨牌的效应,什么朋友啊,亲人啊,生计啊,聚会啊,聊天啊,吃饭啊,发表啊,研讨啊,奖项啊,全都是残酷生活戴着温情脉脉的面具对诗人们的诱杀![1]最终延迟或扼杀了布鲁姆所说的那种"庄重地为孤独的'自我'说话"的"强劲的"抒情诗人的产生。"白白浪费十年/被废话活埋/搬运风景的侄子/被敌人搜查到的文字/——最后的家"(《十年》)"我老了,不再是一个人/曾经折磨过的人性/像随波漂荡的柳叶儿/在人世间陷得如此之深"(《宇宙的律动——悼念陈敬容先生》)。

自我戏剧化

当小海谈论"国家""民族""传统"的时候,韩东说他"反

---

[1] 即韩东所说的"文学关系",小海逃离了"他们"进入的不是一个"个人",而是一个更庞大的"我们",不过这已经是中国文学最顽固的生态,韩东自己也深陷其中。见《小海・韩东・杨黎:关于小海》,《中国诗人》2005年12月6日。

动"，"以老诗人自居"，表现的是"老了的心态"[1]。在年初的一次聚会中，顾前说："我不愤怒了，不生气了，老韩（韩东）也一样，我们现在心态都很好！"显然，韩东也老了，不再是断裂时那个愤怒的人了，第三代诗人与他们的前辈一样，集体走向衰老。欧阳江河这样为"中年写作"辩解："整体，这个象征权力的时代神话在我们的中年写作中被消解了，可以把这看作一代人告别一个虚构出来的世界的最后仪式。"[2]但他们真的告别了吗？没有，他们与这个艳俗的尘世缠绕得更紧密了，告别只是一个仪式，一个不断开场、花样翻新的"戏剧"。在关于"中年写作"的论述的结尾，欧阳江河引用了孙文波的《散步》："老人和孩子是这个世界的两极，我们走在中间。/就像桥承受着来自两岸的压力；/双重侍奉的角色。从影子到影子，/在时间的周期表上，谁能说这是戏剧？"可这的确是不断上演的中年人恐惧步入老年的"自我戏剧化"。

艾略特在研究莎士比亚的时候，"指出了莎剧某些主人公的一个为人忽略的共同特点：在悲剧性的紧张关头，为鼓起自己的劲头来，逃避现实，于是出于'人性的动机'，采取一种'自我表演'的手法'把自己戏剧化地衬托在他的语境里，这样就成功地把自己转变为一个令人感动的悲剧人物'"[3]。这在当代中国很多诗人的生活和写作中成为一种普遍现象，他们的诗歌与他们的生活不一致，前者存在强烈的"自我戏剧化"；他们关于诗歌的谈论、参与的诗歌行为与他

---

[1]《小海·韩东·杨黎：关于小海》，《中国诗人》2005年12月6日。
[2] 欧阳江河：《1989年后国内诗歌写作：本土气质、中年特征与知识分子身份》，《站在虚构这边》，生活·读书·新知三联书店2001年版，第59页。
[3]《莎士比亚与西奈卡的苦修主义》，转引自江弱水：《抽丝织锦——诗学观念与文体论集》，北京大学出版社2010年版，第3页。

们的诗歌又不一致，前者比后者的"戏剧化"更为严重。即便如此他们仍然无法回避自己在一个提前到来的艺术的晚期所遭遇的绝望、无助、衰败、死亡，这在小海近期的作品中俯拾皆是："被击瘪的脑袋""灭顶之灾""和跳离的死亡不期而遇""漫天飞翔的/尸体上的白幔""枯萎的老妇""寿衣依然挂在风中""雨水棺材""你死后，夜降临""没有铁轨，把你放在我/枕头般的灰烬上"……随手打开一本刚刚收到的、"新鲜出炉"的诗歌刊物，诗行中同样是漫溢着"衰老"的诗人们的徒劳感喟，"这就是我每天的生活/惭愧，徒然，忧心忡忡"（宋琳《给臧棣的赠答诗》）、"每个人都困于自己的处境里……/捕获同样的猎物/网住唯一的自己"（韩东《蜘蛛人》）、"性感的时间又一次朝我逼近/而那些孤魂野鬼/还在继续寻找着爱"（芒克《一年只有六十天》），还有唐晓渡的《哀歌》、梁晓明的《死亡》、朵渔的《唯有死亡不容错过》……可在诗人与尘世的拥抱中，这些"死亡"都是表演，这些"绝望"都是虚构，这一切都是梦境。如《圣经》中所说：你们中的年轻人将见到天国，而你们中的老人则只能做梦。

小海说："悲哀、绝望也能带来'行动的力量'，这种力量对创作者是消解也可能是抗争。"[1] 可对于一个读者而言，我看到的只有消解，没有任何的行动，一个诗人仅仅只需要"忠于自己的诗歌"吗？恐怕没那么"形而上学"。事实上，小海在离开"北凌河"之后，一直在寻找一个完满的、替代性的"自我"，以确立自己写作的目的和意义，只是这种探寻永远在一个夭折的轮回中。在《自我的现身》里，找到的最佳方式就是"禁闭自我"，"随后而来的，蚕食

---

[1]《诗歌寂寞的力量——苏野专访诗人小海》，《华东旅游报》2006年1月5日。

铁锹的雨水/而形成一个自我独自留在外面/无人问津","我为我所见的事物/现身"。在《秘密的通道里》,"许多人就这样销声匿迹/从睡梦中抹去/就像依然在草丛中游动的灯光/回复空寂的深处/——那通向自我的路上"。也许如小海所认为的,"诗人的自我定位解决不了诗人面临的根本问题,个人才能无论怎样发挥到极致也只是诗的一部分问题,因为真正的诗歌一直在那里。我对诗歌心存敬畏,我指望我在写作中消失,包括所谓的才能。"[1]但这种自我辩护的说法仍旧是一种回避,一种特殊的"自我戏剧化"。诗人一如诗歌,对于世界而言只是影子,而一个主体的自我问题事实上关系着诗人面临的"根本问题"。诗人绝无充分的理由进行一种威胁环伺的"抒情自娱",而我们一直这样做的原因是过多地忠实于一种片面的、消极的"自我"。

　　克里希纳穆提认为,自我是邪恶的,"因为自我分裂性——自我是自我封闭的——活动,不管有多高贵,都是分离性和隔离性的"。"对此你一定曾经扪心自问过——'我看到"我"始终在活动,并且总是带来忧虑、恐惧、挫折、失望和痛苦。不仅对我来说是这样,而且对我周围的人来说也同样如此。有可能令自我完全地而不是部分的消融吗?'我们能够触及它的根部然后摧毁它吗?"[2]克里希纳穆提指出的方式是"整体性地有智慧",是爱,或者统一起来讲就是一种"整体性的爱"。中国当代诗人往往因为怯懦,因为某种程度上的世故,在"自我戏剧化"的表演中把诗歌的功能封闭化、抽象化,

---

[1]《诗歌寂寞的力量——苏野专访诗人小海》,《华东旅游报》2006年1月5日。
[2][印度]克里希纳穆提:《最初和最终的自由》,于自强等译,华东师范大学出版社2005年版,第66—70页。

这实质是对自我的溺爱,根除它的方式虽然简单,却很危险。希尼引用赫伯特的话说,诗人现在的任务是"从历史的灾祸中至少拯救出两个词,没有了这两个词,所有的诗歌都将是意义与外观的空洞游戏,这两个词就是:正义与真理",写作"弃绝抒情品质的抒情诗","享受诗歌吧,只要你不是用它来逃避现实"[1]。在中国当下,诗人们在生活中失去的,绝不会在诗歌中实现,除非我们的诗人继续耽溺于"自我戏剧化"。

每一个人都是一个潜在的抒情诗人,这就是我可以与小海分担痛苦的原因,这种分担的片面(刻意回避了对小海那些抒情杰作的赞美)最终把诗歌的问题又扩张为一个关于"正义"与"真理"的问题,这种削足适履式的"误读"也许会让小海感到"厌恶",但这的确是我"向心致敬"的粗鲁却诚实的方式:"这信仰的玻璃山/还有瑕疵/就无法漂浮起来/我害怕对镜/意味着要过/严厉而羞怯的一生/依然归于昏朦/我说过的话/摆脱的爱/变成了呼喊/和忍辱、死亡一样/活着是对诚实的测试"(《向心致敬》)。

---

[1] [爱尔兰]西默斯·希尼:《希尼诗文集》,吴德安等译,作家出版社2001年版,第229页。

小说的极限、准备与灾异
——关于《众生·迷宫》的题外话

> 这样的作家并不是病人,更确切地说,他是医生,他自己的医生,世界的医生。世界是所有症状的总和,而疾病与人混同起来。
>
> ——德勒兹
>
> 小说几乎吸收并凝聚了所有作家之力,却看似从此走上了穷途末路。
>
> ——布朗肖

一

严肃而恰当地谈论黄孝阳及其作品,是艰难的。作为一个拥有罕见的写作意志的小说家,他把任何一次写作当作一项写作学、精神现象学、谱系学和博物志的极限运动,对于小说的本体(或者按照他的说法:小说灵魂)充满了言说和实践的乐趣(欲望),试图在不断"挑衅"边界、界限的书写中,激发小说那似乎取之不尽的活力。

《众生·迷宫》是黄孝阳有关绝对、极限的又一次练习。延续了他在《众生·设计师》之中关于"当代小说""探索一种新的小说美学"[1]的宏伟构想,《众生·迷宫》同样是一部充满未来感的"野心"之作。"五十年后,我或许会被人谈论;又或许被彻底遗忘。"[2]正如黄孝阳提出"量子文学观",力图用"最前沿的物理学研究所提供的各种前瞻性理论,为未来千年文学指引方向"[3],《众生·迷宫》并不仅仅着眼于启发当下,黄孝阳早已经预设性地把它放置在卡尔维诺"未来千年文学备忘录"和布朗肖有关"未来之书""小说之光"的范畴中:"幻想精神"、不竭的探索,指引方向,或者显现可能。

此时,黄孝阳再次化身卡夫卡《城堡》里的土地测量员K,他手持一根多节的手杖(笔),自己委派自己去做一项"边界勘定"的工作,对于当代中国小说固有的秩序和边界而言,这一工作无疑是"开战"宣言,具有显著的越界性和挑衅性。而且,"在土地测量员的术语中,K代表kardo,这个名词来源于'它把自己指向天空中的方位基点'。"[4]所以,才有"众生"的俯视性,才有"看见上帝""看见人子"和"星辰"的喜悦[5],才可以"于万丈高空中审视这条苍茫的文字之河"[6],才会经由"维度"之高目睹"让人情不自禁屏住呼吸的光影奇迹与宇宙意志"[7],才能像卡夫卡所计划的那样:"反思人类与人类之上的、超越人类的事物之间的边界问题。"

---

[1] 黄孝阳:《众生》(后记),《钟山》2015年第3期。出版时改为《众生·设计师》,作家出版社2016年版。
[2] 黄孝阳:《众生·迷宫》(后记),《钟山》长篇小说专号2017年A卷。
[3] 黄孝阳:《写给对小说灵魂有兴趣的人》,《艺术广角》2011年第5期。
[4] [意]吉奥乔·阿甘本:《裸体》,黄晓武译,北京大学出版社2017年版,第63页。
[5]《众生·迷宫》(后记),《钟山》长篇小说专号2017年A卷。
[6] 黄孝阳:《写给对小说灵魂有兴趣的人》,《艺术广角》2011年第5期。
[7] 黄孝阳:《小说的现代性——从斗战胜佛说起》,《太湖》2017年第2期。

对应于这样一种也许过于高蹈的"天空"的基点,关于《众生·迷宫》,黄孝阳有一套涉及"塔罗牌""123"乃至"太极两仪三才四象五行六合七星八卦九宫"等的神秘主义话语[1],有意无意地在为读者的阅读设立"路标",意图在于指引和限定。这是黄孝阳特有的写作策略和话语方式,在有关《人间世》《旅人书》《乱世》《众生·设计师》等作品的书写、讨论和引证中,我们会经常看到他非常专注、认真地分享着自己的写作意图、构想,以及读者、研究者的心得、体会[2]。阅读者如果过于重视这些"路标",或者方向的指引,往往会被导向一种正确的"歧途",或者错误的对话关系。

已有的、有限的针对黄孝阳及其作品的评论、批评构建的对话关系往往是社交性、敷衍性的,沿着黄孝阳的"路标"和指引进入既定的小说历史的范畴,在批评的仪式残余及主体虚荣心的残余之处所反复演练和形成的那种友好和默契,其价值和意义非常有限,甚至是对黄孝阳及其作品的一种特别的轻慢;阅读者一旦被卷入"极限"和那些可移动的边界,在获得辽阔和无限的同时,也会被无法接近的晦暗和漫无边际裹挟,要么在惯有的话语中"迎合"、扩展[3],要么失语、放弃。因此,在与《众生·迷宫》及黄孝阳对话之前,必须越出"极限",站在"天空"的基点之外,回到小说和写作者的肉身,以架构一种追问和质辩的关系。

---

[1] 黄孝阳:《众生·迷宫》(后记),《钟山》长篇小说专号2017年A卷。

[2] 在《众生·迷宫》(后记)里,黄孝阳就有意无意列举了弋舟、李宏伟、程德培及一些读者对这部作品的肯定。黄孝阳:《众生·迷宫》(后记),《钟山》长篇小说专号2017年A卷。

[3] 比如黄孝阳所期待的:"若有必要,是不是可以用十倍的篇幅阐释它,不仅是评论与解析(如《微暗之火》)。"黄孝阳、郭洪雷:《这人眼所望处——关于一些文学问题》,《艺术广角》2014年第1期。

简单讲,《众生·迷宫》到底写了些什么,于我而言,并不重要(我甚至不觉得有重读的必要),就如同面对黄孝阳关于小说的那些滔滔不绝、"振振有词"的雄辩论述,它们是否正确,是否能够在文本实践中实现,也不重要。在德勒兹看来,"写作是一个生成事件,永远没有结束,永远正在进行中,超越任何可能经历或已经经历的内容。这是一个行程,也就是说,一个穿越未来与过去的生命片段。"[1] 而在黄孝阳孤绝的小说观念里:"小说是一场一个人的战争。一个人开始,一个人结束,甚至是一个人的阅读。"[2] 一种有效的批评和对话,就是要呈现极端的"个人性"中风暴一样的"事件性",即《众生·迷宫》的出现是一个值得关注的"文学事件"[3],作为一个极端的写作行为,它为什么出现,将把我们引向何种希望(困境)才是重要的。伊格尔顿告诉我们,好的文学批评应该关注的是文学的这种"事件性","是作者的写作策略和读者的阅读策略,是文本、读者和作者之间的戏剧性对话,是这种策略和背后的深层'语法'(grammar)。"[4]

遵循这种批评的路径,我只能把自己关于《众生·迷宫》的评说称之为一个溢出了文本边界的"题外话"。这部作品首先让我想到了罗兰·巴特的《恋人絮语》,马尔蒂给予的评价是:"这是一本极其个性化、自恋的著作,是一个当时的知识分子在思考过程中列入

---

[1] [法]德勒兹:《批评与临床》,南京大学出版社2012年版,第1页。
[2] 黄孝阳:《写给对小说灵魂有兴趣的人》,《艺术广角》2011年第5期。
[3] 这部作品在践行着黄孝阳所设定的"当代小说的任务":"那些少有读者光临的小说深处,世间万有都在呈现出一种不确定性——而这是唯一能确定的事件。"黄孝阳、郭洪雷:《这人眼所望处——关于一些文学问题》,《艺术广角》2014年第1期。
[4] 但汉松:《把文学还给文学:伊格尔顿〈文学事件〉》,《天南》2012年第9期。

现代性的某种主观的题外话，是一本孤独的书。"[1]《众生·迷宫》本就是中国当代小说的"题外话"，因此也就无可选择地成为一部孤独之书，黄孝阳在《众生·设计师》的"后记"中宣告："人是孤独之子。孤独是人的一个精神器官"，"它让自我更清晰，让你更懂得与世界的沟通方式，对现实抱有更深的热情。"卡夫卡在写《城堡》、写那个自己给自己发放勘察边界的委任状的K的时候，也描述过类似的孤独。孤独来自一次"精神崩溃"，这一崩溃切断了卡夫卡内在世界和外在世界的联系，促使他"内心所产生的狂野"陷溺于一场"追逐"——不停歇地追逐表象，向着与人性相反的方向。此时，孤独达到顶点，并且走向疯狂，游荡在迷路和歧途[2]。也许，黄孝阳在书写《众生·迷宫》的时候经历了同样的心路历程，尽管他对孤独自身的向度更乐观，但却无法掩饰文本所表现出的疯狂——对边界无节制的攻击。正如卡夫卡深知，远离了疯狂，也就远离了上升，黄孝阳为了上升至"天空中的方位基点"，为了"一种诗意的神学"，他必须选择疯狂，选择孤独："当代小说最重要的职责将是启人深思，帮助人们在喧嚣中发现孤独，发现生命，在众多一闪即逝的脸庞上瞥见天堂。"[3]当然，他也很清楚孤独的"副作用"："你很难不被别人视作怪物"[4]。

---

[1]〔法〕埃里克·马尔蒂：《罗兰巴特：写作的职业》，胡洪庆译，上海人民出版社2011年版，第143页。

[2]〔意〕吉奥乔·阿甘本：《裸体》，黄晓武译，北京大学出版社2017年版，第64—65页。

[3]黄孝阳、郭洪雷：《这人眼所望处——关于一些文学问题》，《艺术广角》2014年第1期。

[4]黄孝阳：《众生·设计师》（后记），《钟山》2015年第3期。

二

黄孝阳对中国当代小说的不满经常是溢于言表的，为此他留下了太多新颖的、极端的观点和理论，同时笔耕不辍，试图用自己满怀诚意和野心的小说实践来启发当下，拓展更具当代意识和广阔视野的小说道路。这一过程类似德勒兹借普鲁斯特之口探讨的"写作的问题"："正如普鲁斯特（Proust）所言，作家在语言中创造一种新的语言，从某种意义上说类似一门外语的语言。他令新的句法或句法力量得以诞生。他将语言拽出惯常的路径，令它开始发狂。同时，写作的问题同看或听的问题密不可分：事实上，当语言中创生另一种语言时，整个语言都开始向'不合句法''不合语法'的极限倾斜，或者说同它自己的外在（dehors）展开了对话。"[1]在写作的某一时刻，黄孝阳关于小说的意识到达一个令其再也无法满足现状的峰值，他开始反复地痛苦思索关于小说和语言的本体问题：小说是什么？它有什么样的传统，是否已经耗尽自己，沦为"被遗忘的存在"[2]？什么是当代小说？……无论是由此衍生的信誓旦旦、言之凿凿的小说宏论，还是卷帙浩繁的小说文本实践，均呈现出罕见而偏执的向"不合时宜"的极限倾斜的努力。这些努力严格意义上是"反小说"的，它们溢出了传统小说观念和当代中国小说普泛的美学边界，凭借其极端性及显豁的"写作意志"而在当代小说模糊的创新期待中获得看似"不菲"的肯定，但这些肯定基本上毫无诚意，根本不足以对应黄孝阳为达到"极端时刻"所付出的努力和蕴蓄的"期望"。这一悖谬、失落或"幸福的转向"与巴塔耶描述的"性快

---

[1] ［法］德勒兹：《批评与临床》（前言），南京大学出版社2012年版，第1页。
[2] 黄孝阳：《写给对小说灵魂有兴趣的人》，《艺术广角》2011年第5期。

感"、情色，有着某种奇妙的对应性："对人而言最有意义的东西，最强有力地吸引他的东西，就是生命的极端时刻；这个时刻，因其挥霍的本质，被定义为无意义。它是一个诱惑，一个不应发生的时刻；它是人身上固执的动物性，却被人性献给了物和理性的世界。于是，最为初心的真理，落入了一片可憎又难以接近的晦暗之中。"[1]这种"晦暗"最终揭示了黄孝阳努力与小说的历史和现状所进行的对话，不过是他与自己（主体）的身体进行疯狂的、极端的对话的某种折射，或小说构成了他的激情和身体的某种"假象"。因此，看起来对小说的现状和未来忧心忡忡的黄孝阳其实关心的并不是"小说"，他只不过是通过小说来关心自己——通过幻想小说、小说的"大计划"来实现；所以他的小说理论和小说写作实际上已经离开了"小说"这一文体本身，黄孝阳也游离出小说家的主体范畴，开始向哲学家或诗人的维度倾斜。《众生·迷宫》于是不可避免地成为黄孝阳又一次关于小说的"题外话"，或者再次作为黄孝阳思索"人生问题"、回应主体焦虑的注脚，如同晚年的罗兰·巴特：黄孝阳每一部新的小说都像是为写一部"真正的小说"精心做着"准备"……

"回家后，空荡荡的寓所；这是困难的时刻：下午（我会再谈到）。孤身，忧郁，→腌渍态；我用心努力地去思索。一种想法浮现了，某种好像是'文学的'转换的事物——有两个老旧的字出现在心间：走进文学，走进写作；写作，就好像我从未写作过似的，除

---

[1] ［法］巴塔耶：《幸福、情色与文学》，《文字即垃圾——危机之后的文学》，重庆大学出版社2016年版，第63页。

了写作什么也不要……"[1],熟悉黄孝阳的人看到罗兰·巴特在法兰西学院名为《小说的准备》的课程讲义,难免产生一种奇异的联想,作为哲学家的罗兰·巴特与作为小说家的黄孝阳,在"人生的中途"相遇了:"来自命运的一个事件可能突然到来,标志、开始、切开、连续,悲哀地,戏剧性地,这个逐步形成的沙丘,决定着这个十分熟悉的风景之逆转,我已称之为'人生的中途':这应归之于悲哀","一种剧烈的丧痛可能构成这种'个别性的顶峰';标志着决定性的转折:丧痛成了我生活的中途……","我将必须选择我的最后生活,我的新生……我应当从此黑暗之地离开;是重复工作的耗损和悲痛把我带临此境。"

罗兰·巴特从但丁那里引申出的"人生的中途"和年龄无关,只关乎一种生存状态,那一刻,他对一切"重复的内容"感到了从来没有过的厌倦,他想到了西西弗斯:"使他丧失自己的不是其工作的虚荣心,而是其工作的重复性。"于是他感觉到"丧痛",有了一种关于文学的"危险的感觉":消费主义、反智主义,小说还有机会吗?"自普鲁斯特之后,似乎没有任何小说'脱颖而出',进入到宏伟小说(grand roman)、小说巨著的范畴。……今日小说还有可能么?还有正当性么?"

黄孝阳与罗兰·巴特一样,甚至更严重地遭遇"人生的中途"——在我认识的作家里,我不知道有谁还像黄孝阳那样,把自己顽固而无奈地放置在那种孤独、忧郁、单调的"腌渍态"里。他所有对于文学的不满、狂想,都是对自己干瘪、无聊的日常生活的一次次报

---

[1] [法]罗兰·巴特:《小说的准备》,李幼蒸译,中国人民大学出版社2010年版,第21—22页。以下相关内容均引自《小说的准备》第13—35页。

复；他在日常生活中有多么单调，在小说实践中就会有多么自我戏剧化。写作，或者明确说，小说写作，此时对于黄孝阳来说隶属于"写作的幻想式"（fantasmes）："此词具有欲望的力量，即相当于所谓的'性幻想式'的用法。一个性幻想式＝包含一个主体（我）和一个典型客体（身体的一个部分，一次活动，一个情境），二者的联合产生一种快乐→写作幻想式＝产生着一个'文学对象'的我；即写作此对象（在此，幻想式通常抹削了种种困难和性无能），或者几乎终止写作此对象的我。"对于这样一种"快乐"而言，或者一种"属于色情领域"的"冲动的实践"而言，写作的幻想式是小说还是诗歌并不重要，关键在于写作的主体选择了何种代码。对于黄孝阳的《众生·迷宫》而言，写作的幻想式使用的代码是小说，但不满足于一般的小说代码的黄孝阳在这部作品中植入了太多"幻想式的变体"，也即他重新编码了小说，使之不再属于原有的代码：幻想式的层次"完全改变了我们使用'小说'这个词的方式（'方法'）"。

此时，"今日是否有可能（历史地、文学地）写一部小说"这样的问题，已经没有意义，作为哲学家的罗兰·巴特和作为小说家、职业出版人的黄孝阳都很清楚："小说要被卖出去是有一定困难的"，尽管有很多人仍旧在假装阅读小说、需要小说。不过，这并不等于小说写作是没有意义的，在小说写作的"幻想式"构想之中，写作意志依赖的不是小说的历史，或者小说的文体内涵，而是依赖于幻想的力量，一种不断寻求新生的欲望。所以，罗兰·巴特不需要真的去写一部小说，他只是从科学和技术的层面上研究小说如何制作、如何再次制作，"从制作准备到了解本质"："幻想式的出发点不是小说（作为一般样式），而是千百部小说中的一两部"。马尔蒂认为，罗兰·巴特在"小说的准备"中"创造了一种概念小说，一种小说的模拟,一种模拟的形式,犹如在造型艺术中,一个概念艺术家创造的不是一个作品,而是一个作品的概念"[1]。黄孝阳不同于罗兰·巴特的是,他不满足于幻想,他要把概念变为现实,而且那"千百部小说中的一两部"不仅仅是罗兰·巴特所提及的《追忆似水年华》《战争与和平》,还要包括"黄孝阳的小说"。简而言之,《众生·迷宫》(也包括近些年他的大部分作品)是黄孝阳"某种重要的最终诉求手段",为了把自己从日常生活的病态、疲倦中解救出来,他以极端的小说幻想把自己代入德勒兹所说的"谵妄"状态,以期在文学中达到一种"健康":"文学的最终目标,就是在谵妄中引出对健康的创建或民族的创造,也就是说,一种生命的可能性。"[2]然而,倘若"谵妄"并不能引出"健康",那它就只能是另一种写作和生理的"疾病"。然而,文学的命运,就这样在谵妄的两极之间上演,远离了疯狂,远离了疾病,也就远离了上升,远离了"快乐"。这是幻想式写作的悖论,也是黄孝阳与《众生·迷宫》的悖论。罗兰·巴特在晚年享受着这种悖论,他也许在如下的结论上与布朗肖实现了共识:文学的本质目的是让人失望。不幸的是,黄孝阳并不满足于悖论,他的写作意志迫使和引诱他去挑战这种悖论,逃离支配性的体系,"建立一个自称纯净的、占统治地位的民族",比如所谓"当代小说"。罗兰·巴特轻松而洒脱地认为:"小说是一种非傲慢的话语,它不使我手足无措;它是一种不会给我带来压力的话语;而且,它是使我想要达到不给他人带来压力的话语实践……",而《众生·迷宫》相反,它给黄孝阳和读者带来了太多的"压力",呈现出从来未

---

[1] [法]埃里克·马尔蒂:《罗兰巴特:写作的职业》(中文版序),胡洪庆译,上海人民出版社2011年版,第7页。
[2] [法]德勒兹:《批评与临床》,刘云虹、曹丹红译,南京大学出版社2012年版,第10页。

有过的、罕见的"傲慢"。

然而,"你的傲慢的大厦不得不被拆除。这是一个无比艰难的工作"[1]。

三

生活中的黄孝阳是极其谦卑的,谦卑到让人疑惑,让那些熟悉作为小说家的黄孝阳的人,隐隐地觉察到这种过度职业化、程式化的谦卑背后,似乎藏匿着冷冷的孤傲和拒斥。写小说、谈论小说时的黄孝阳完全是另一种形象,有着理想主义、英雄主义的狂热和非理性,经常是自信而"傲慢"的,充满了指引、宣示、断言的热情和决绝,这种巨大的反差、裂痕有时难免让人"错愕"。

存在于他者的"错愕"里,这也许是黄孝阳的小说理想,也是小说的极限书写、幻想式书写的命定的境遇。由《众生·迷宫》推延出去,涵盖黄孝阳近些年所有的小说言论和重要创作,他所努力面对的都不是一般性的小说问题,而是本质、本源和新生的可能性的问题。然而,这除了让他更加"不幸"之外,似乎没有什么更好的结果。

> 那个为了作品,为了本源,而回应至尊之要求的人,又发生了什么?'一个可怜的、虚弱的存在',任凭一种'不可思议的折磨'所支配。[2]

---

[1] [奥]路德维希·维特根斯坦:《维特根斯坦笔记》,冯·赖特、海基·尼曼编,许志强译,复旦大学出版社2008年版,第46页。
[2] [法]罗歇·拉波特:《今日的布朗肖》,白轻译,参见微信公众号"波先生PULSASIR",2017年8月12日。

《众生·迷宫》再次抵达黄孝阳写作理想的极致，开阔、宏大，却又难免陷溺于一种宗教式的、神学式的混乱。当年，莫言在评价黄孝阳的《人间世》时，所使用的"包罗万象"一词同样非常适合《众生·迷宫》，然而"包罗万象"却是小说的"结束"。螺蛳壳里做道场，黄孝阳太渴望接近他的幻想：伟大的小说，或者小说的概念化。但这不是一个能够实现这一幻想的时代，小说或者书写，已经"缺席"，已经变成一种"题外话"——无论它残存和嫁接了多少历史的遗痕、卑微的希望。由于艺术，包括小说已经不能作为任何本质性、本源性思考的起点，这就导致那些过度幻想小说写作的可能性的研究、谈论，变得缺乏必要的逻辑性和严肃性，甚至比重复性的小说写作更符合"陈词滥调"的断言。

詹姆斯·伍德认为："小说在疑虑的阴影下移动，知道自己是个真实的谎言，知道自己随时可能不奏效。对小说的信仰，总是一种'近似'的信仰。我们的信仰是隐喻式的，只是形似真实的信仰。"[1]或者说，小说不能被当作真实的信仰来对待，这与理查德·罗蒂对小说的认识是一致的，小说区别于宗教、哲学等信仰体系的恰恰是其对"自我中心"的避免。"自我中心"是一种意愿，"认为自己已经具备了沉思所需的全部知识，完全能够了解一个被沉思的行动所带来的后果"，"认为自己已具备了所有的信息，因此最能够做出正确的选择"[2]。《众生·迷宫》将这种"自我中心"推向了极致，黄孝阳"谵妄"的写作意志把小说推向了"真正"的信仰："有些时

---

[1] [英]詹姆斯·伍德：《最接近生活的事物》，蒋怡译，河南大学出版社2017年版，第11页。

[2] [美]理查德·罗蒂：《哲学、文学和政治》，黄宗英等译，上海译文出版社2009年版，第80页。

候,我会有一种幻觉,觉得自己看到了上帝"[1],他始终认为:"好的小说家不仅要窥尽'此处'种种足迹与嘈杂,更要懂得虚构之力,把火焰投向'彼岸'——绝对精神、梵、上帝、涅槃等。"[2]然而,这种再信仰化的赋魅除了损伤小说,并不会带来黄孝阳所期待的信仰力量的降临,相反,只是更加凸显出"无信仰"的主体的困境:"无信仰的个体,为了赋予自己的行为和生活方式以意义,将会发现自己被困在自我专注的强迫症、沮丧与焦虑之中——精神病(psychopathology)成为疾病的现代形式。事实上,'精神-病'(psycho-pathology)这一术语在古希腊语中的含义是灵魂的受难,而在现代用法中,以人格(personality)——实质上是自我(ego),取代了灵魂。"[3]

  孤独对人的塑造和损伤,艺术对人的解放和囚禁,小说的在场与"缺席",这就是黄孝阳的"自我关注"或自我对灵魂的取代,在《众生·迷宫》这部小说中形成的悖论。这座傲慢的大厦最后还是坍塌了,但《众生·迷宫》及黄孝阳所有关于小说极限的言论和书写,在这里的"坍塌"都不是毁灭,而是被引向了布朗肖所谓的"灾异":"灾异才是法则,是最高法则抑或极限法则,是无法被编码的法则多出的部分:我们未被告知的命运到底是什么?灾异不会看我们,它是没有视觉的无限,它无法像失败那样或纯粹简单的损失那

---

[1] 黄孝阳:《众生·迷宫》(后记),《钟山》长篇小说专号2017年A卷。
[2] 黄孝阳:《一团烟云或无用的激情》,《青年作家》2009年第12期。
[3] [英]齐格蒙特·鲍曼:《寻找政治》,洪涛等译,上海人民出版社2006年版,第32页。

般被度量。"[1] 所以对黄孝阳如下的劝诫是合理而无效的：你不能这样写小说，你的写作意志已经摧毁了小说本身，你需要回到小说的"生活性"、小说的肉身……

"知其不可而为之"，这就是黄孝阳的宿命，在内心深处他何尝不知道他的写作不过是"一团烟云或无用的激情"，但他还是要从"天空中的方位基点"出发，去冲击小说书写的极限。就如同托马斯·曼的描述，这些小说家坚持探寻小说表达方式的"新的可能性"，只要有需要，就会努力给予小说"最丰富最深刻的表述"，他们"非常严肃，严肃得令人落泪"，可是他们探寻的结果是什么呢？"结果就是，根本就不是。"

关于这一悖论，布朗肖的描述最为生动、最为准确，或者对于黄孝阳《众生·迷宫》之后的写作也更有启发性：

> 我们这个时代的任务之一，要让作家事前就有一种羞耻感，要他良心不安，要他什么都还没做就感觉自己错。一旦他动手要写，就听到一个声音在那高兴地喊："好了，现在，你丢了。"——"那我要停下来?"——"不，停下来，你就丢了"。[2]

以上就是我的关于黄孝阳的《众生·迷宫》的题外话——仅仅是"题外话"而已。

---

[1] [法] 莫里斯·布朗肖：《灾异的书写》，魏舒译，南京大学出版社2016年版，第3页。
[2] [法] 莫里斯·布朗肖：《未来之书》，赵苓岑译，南京大学出版社2015年版，第43页。

关于青年写作、文学新人的断想

一

1. 秩序在收割一切，收割一切可能对秩序造成威胁的各种力量，青年、新人就是这样一种具备某种潜在威胁的虚构性力量，一种正在被秩序改造并重新命名的新的速朽。收割的前提是培育，是拔苗助长，是喷洒农药、清除"毒草"，是告诉你：快到"碗"里来。

2. 对青年写作者和文学新人的滔滔不绝的赞美、期许，广泛持久的扶持、奖赏是制度的代际焦虑的产物，是当权者繁衍权力的某种古老形式，也是现代中国"青年崇拜"、青年想象的文化心理的现实投射，如今更是蔓延为成年人、老年人重要的恶俗文化行为之一。赞美青年，是无限正确的政治"鸡汤"；讴歌青春，是经久不衰的代际"春晚"，它们的共同目的是去锻造青年的皮囊如何与苍老、丑陋的灵魂完美融合。

3. 文学权力与政治权力强烈的同构性，文学权力显著的区域性、机构性集中，导致青年写作、文学新人在被制度命名和生产的过程中，不可避免地遭遇到源源不断的、难以抗拒的吸纳性、诱惑性、抑制性和同质性的挑战。当然，由于青年、新人在这一挑战中几无胜算的可能，因此与其说是挑战，不如说是合作，是共谋，是争先恐后，是不择手段。

4. 新的文学写作者与前辈写作者（尤其那些掌握更多权力的）及相关机构之间有着一种微妙而暧昧的依存关系，其中涉及权力的承传，涉及互相调情的必要性，涉及一场有关文学的舞台剧中恰当的角色分配。年轻人"因接近权力而欣喜"，因掌握权力而迷狂，在此过程中，如何迎合、顺应，如何低眉顺眼以避免被视为异端，已经逐渐成为青年写作者基本的成人礼。如今，在权力和固有的秩序面前，他们已经迅速变成一群文学"乞食者"，或者是安静排队领救济的精神的"穷人"，或者是那些趾高气扬的文学大人物的"仆丛"。

5. 二十一世纪以来，文学"存在"越来越无法在精神那里得到充分而诚恳的认证，只能依赖于"事件"。此处的"事件"不是巴迪欧、伊格尔顿、齐泽克等理论家论证的哲学的、文学本质意义上的理想"事件"（如齐泽克认为的，生命的意义应当依赖于具有不可预知性的"事件"，它可以是革命，也可以是一触即发、灵魂出窍的爱情），而是新闻性的、世俗性的、生产性的"事件"，是简单的、消极的——尽管我们据此证明文学的繁荣。比如写作、发表、出版、讨论、奖励，还有会议、论坛、活动、节日等等。青年写作者、文学新人（诸如所谓80后、90后、70后，如韩寒、郭敬明、周小平、冯唐等）就是在"事件"中催生出来的，他们是无聊而热闹的文学"事件化"的受益者和受害者，他们在"事件"的漩涡中丢失自己、重塑自己、成为自己。

6. 职业性成功已经成为青年写作者们重要的、甚至唯一的梦想，这导致文学写作与其他职业之间的区别被"残忍"地取消——尽管文学仍旧依赖某种虚构的"区隔"来标记自身贫乏的独特性。

同时职业思维也让文学新人们在"出名要趁早"的金科玉律的蛊惑下，迅速堕入日复一日的生产性庸碌之中。各种同质性的、重复性的、交际性的人情稿、急就章、"投名状"被连夜加班加点地生产出来，与此相继伴生的传播、荣誉、奖励等，已经让很多文学新人迅速成名、迅速体会到职业成功的快乐，同时也迅速在这种快乐中衰老、衰朽。所谓创作、写作构筑的不是新的代际的充满生命活力和叛逆、革新精神的"界碑"，而成了领受或承继前一代际的话语权力和世俗利益的快捷通道。

7. "成功"赋予青年人荣耀、权力，也赋予他们某种老气横秋的、世故性的自大。这一自大在写作中体现为某种不加反省的惯性的、重复性的平庸（反正有人赞赏并随时准备予以褒奖），和以信口开河、话语膨胀（如各种断言、命名或自我标榜的热情）为表征的狂妄、自负乃至自恋；在文学交往中则呈现出某种仪式性、仪态化的模仿，模仿那些成功的前辈和大人物（文学大人物则模仿政治大人物、商业大人物）的腔调、姿态、神情，甚至某些不可告人的癖好。因此，在中国"成功"就基本上等于变大、变老，变得足够"大"、足够"老"，你才有可能"成功"。

8. 文学不可避免的"大学化"（或"学院化"）是当前青年写作面临的一种特别的困局。无论美学的、创作的、批评的、研究的诸种话语，还是作家或成功作家的身份认证、作品评鉴，乃至文学场赖以存在的所有重要的意识形态，均是依赖大学的知识生产维系的。从某种意义上讲，大学及其相关专业、相关话语，是构筑文学这一观念体系的根基，它掌握的庞大的文学权力及其与相关机构、制度的共谋，是当前文学创作出现大面积的同质化、板结化的重要的原因。因此，青年写作者、文学新人等新的代际主体，也不过是大学的、学院的产物,不管是青年作家还是青年批评家、研究者,无不如此,他们是大学的孩子。想当年竟然有人扬言:为了文学,取消大学中文系;或者写《中文系》这样的诗:中文系是一条撒满钓饵的大河……;或者讥讽大学是一头得意扬扬的蠢猪(于坚)。当然,他们现在沉默了、明白了:没有大学,何来文学?没有大学,谈论文学都无法启齿;没有大学,作家都找不到"自我"。

9. 中国当代文学在"八十年代"(1980年代)充分敞开,并趋于基本"完成",此后,文学观念无论如何创新,文学实践无论如何左冲右突,从根本上跳脱不出八十年代的主要的文学精神(抑或文学迷障);此后,文学主体从主体时代进入遗产人时代,也即1980年代之后的文学代际的各种主体的唯一身份是:八十年代文学遗产继承人。引申钟鸣的说法:八十年代,对中国文学来说,是个美丽又残酷的"深梦"。如今,经历过那场"深梦"且充分享用着相关的象征资本、文化资本的作家们,依旧在文学的旧梦中不愿醒来(有的在假寐,有的压根就没睡着,深度睡眠的蠢货很少),"坚强而执拗"(精致的利己主义者的美好品质)地追求着文学梦:哦,文学,哦,艺术,我爱你,我不能没有你!而作为遗产继承人的文学新人、青年写作者,深知这一旧梦的"梦境"之重要性,小心翼翼地、"别有用心"地与那些旧时代的作家们一起梦呓、一起游戏、一起推杯换盏。因此,新的代际主体倘要从精神的根底标记出真正的"新",就必须挣脱"八十年代",从那个温暖又晦暗的深梦中醒来,并充分自省:一个真正严肃的时代必然不是文学时代,一切严肃的思考从文学出发都是南辕北辙的,甚至是错误的;或者更为直接、更为清醒的认识是:文学,并不重要,真的,不重要,太不重要。

10. 在此,不得不承认,我们所使用的青年、新人只不过是一个纯粹的生理性概念,他们的多数书写几乎不涉及政治、道德、美学、形式和文学本质方面的任何特殊性、独特性。当前,最让人沮丧的是,文学新人之间缺少分野,缺少对立,缺少各种形态的冲突,缺少因审美偏执和立场差异导致的"大打出手",这和前辈们曾经有过的某种革命氛围、野蛮风格大相径庭。就已经发生的矛盾和有限的冲突而言,涉及的基本是和话语权、利益有关的诸种晦暗不明的欲望,除此之外,他们在多数情况下是和睦的、友好的、礼尚往来的、秋毫不犯的、在微信朋友圈随时准备点赞的……

11."世界是你们的,也是我们的,但归根结底是你们的。"(毛泽东)

"中国青年当正视自己的祖国。"(周小平)

"我们承受青年犹如承受一场重病。这恰恰造成了我们所抛入的时代——一次巨大的堕落和破碎的时代;这个时代通过一切弱者,也通过一切最强者来抗拒青年的精神。不确定性为这个时代所独有;没有什么立足于坚固的基础,也没有什么立足于自身坚定的信仰。人们为明天活着,因为后天已经是非常可疑的。"(尼采)

二

1. 有关于青年写作的一切代际性话语已经普遍失效,但这并不能阻止各种媒介继续重复性地、不厌其烦地展示着对"新的"代际的文学可能性的某种源源不断的渴望:他们似乎患有一种职业性的青年焦虑症——"给我青年,给我更好的青年,否则……"

尼采说:"新的十年又能教导什么过去十年所不能教导的东西!"是啊,想来的确如此:有那样的、过去的十年、二十年(或更多年),你还能指望新的十年有什么奇异的、令人雀跃的"事件"发生呢？

当然，无效并不能阻止青年写作的疯狂滋长。于是，青年们便身处这样一种奇异的文学幻境：葱茏、茂密、过剩、腐败，充满着让人厌憎的奇特活力和扩张性，主体、文本、行为卷入一个巨大的漩涡，兴奋地、紧张地、不停歇地生产、传播、赞美、争论，然后，青年们不断收获"成功型失败"，疲倦而绝望地发现自己原地未动，甚至不可控地后退、后退。所退之处即是开端，继续奔跑、旋转、扭动……

"事物已经找到了摆脱令其感到厌倦的意义辩证法的途径：无限制扩张，增强潜力，超越自身而上升到极限。这是一种从此变成事物的固有结局和无谓理由的淫荡。"（波德里亚《致命的策略》）

青年人，为了文学，请继续"淫荡"！

2."淫荡"是迷人的，制造着痉挛一样的晕眩感，把青年人从文学的鲜活带入诱人、拟真的时尚。看，那么多的青年写作者像明星一样，他们成功了，也学会了如何享受、呈现和表演这种成功。他们有很强烈的身份感和娴熟的仪式性，在出入各种高端文学场合，或者用文字和知识包裹自己虚弱、堕落的精神时，愈来愈得体、稳重、"迷人"。比如，他们知道开会的时候如何发言才能引人注意、采访的时候如何语出惊人才能实现更大的新闻性、给自己的书起一个怎样的名字才能吸引更多的粉丝、和读者交流的时候手放在哪里会显得更让人怜惜、怎样谈论文学才既高端又毫无意义……

是的，"这是重新开始的美学：时尚是这样一种东西：它从死亡中拉出轻浮，从常见中拉出现代性。它是一种绝望：任何东西都不可能永远延续；与此相反，它也是一种快乐：它知道任何形式在死亡之后，都总有可能再次存在，因为时尚预先吞食了世界和真实；

它是符号的所有死的劳动压在活的意义上的重量——而且这一切发生在令人惊叹的遗忘和不可思议的无知中。"(《象征交换与死亡》)所以,就如同我们在那些年轻的明星那里最好不要动用太多智慧和道德感一样,面对那些暴得大名的、时尚的青年写作者、文学新人,如果看到"常见的轻浮"、无来由的傲慢、触目惊心的浅薄,一点都不需要惊讶。因为在他们那里,文学就是一种蹩脚的时尚。

"时尚和追求交流的语言相反,它玩弄交流,把交流变成一种无信息的意指,一种无目的的赌注。由此产生了一种与美丑毫无关系的美学快乐。那么时尚是某种交流的节日或过度的重复吗?"为了回答波德里亚的这一追问,我兴奋地打开我的微信朋友圈,像逛沃尔玛或迪拜购物中心一样浏览了一遍"文学",然后答曰:是,它不停歇地生产矫揉造作和陈词滥调,它是无能、无意义、无聊的永恒节日!

3. 看,那位杰出的文学家又在高谈阔论,又在兜售他一箩筐、一箩筐的小聪明,拥趸们鼓起掌来,尤其是一些年轻人,热泪盈眶,兴奋地奔走相告:文学,看到了吗?这才是真正的文学!

"文学的,太文学了,太他妈的文学了",这就是我要说的"常见的轻浮",由此衍生出更让人厌憎和绝望的"常见的正确性"。

青年人很自然地从他们的前辈那里继承了一整套八十、九十年代的美学、政治学遗产:正确地"写"文学和"谈论"文学。当然,"正确"有多种形式,这些形式之间甚至是彼此对立的、冲突的、水火不容的,但它们的共同特点是"正确",这保证了那些娴熟使用这些"正确"的青年写作者们可以从容地、自信地在"文学"的领地衣冠楚楚、安身立命。

"正确"为什么是正确的,"正确"为什么可以大行其道、畅通无阻,因为"正确"安全。傲慢而褊狭的文学"正确性",以廉价的姿态（英雄还是戏子？）、立场（摸一摸纸老虎的屁股）、言论（小声的"大喊大叫"），把自己放到正确的位置上，目的不是为了文学，而是为了谋求个体的安全和幸福。放眼望去，能够正确讨论文学的人都很"幸福"，也很"安全"。

"为了生存，我们确实需要一种真相的最小化——在一种包容的、贵族化的条件下。"（齐泽克《自由的深渊》）文学"正确"提供了这样的条件。

你只要不断地划定疆域，把自己稳固地限定在文学的内部、文学所谓的本体里面（为文学而文学，为艺术而艺术，做一个抽象的"文学人"），你就会收获这种正确、幸福、安全。但我们同样清楚，这样的限定是一种毫无责任感的逃逸。就像福柯和罗伯特·波罗（Robert Bono）讨论法国社会保障系统时，他们关心的不是"安全"的安全性，而是"安全的危险"。所以我想提醒青年人（包括我自己）的是，当追求文学正确、实现个体安全和幸福成为人生的第一要义、变得毋庸置疑的时候，等待我们的将是源源不断的、更多的错误、不幸和危险。

当然，你可以说这些错误、不幸和危险并非全部来自文学，甚至和文学无关，但，这还重要吗？当我们在构筑着文学的"正确"时，实际上是在通过文学豢养自己最"卑微的恶"，这种恶将借助主体的漂移，与那些更多的、更本质的恶沆瀣一气、缠绵交媾，成为"强大的恶"奴颜婢膝的仆人。所以让人悲伤的是，文学培育不出大善，甚至培育不出像样的"恶人"，也参与不了本质的、让人迷醉惊悚的"恶"。与此相应，文学培育的只是最"卑微的善"，用以粉饰和遮掩自己的无能。

青年人必须像远离那些和蔼可亲的前辈一样，远离他们给予你的"正确"。异端的、乖张的、错误的、荒唐可笑的、无法接受的、不合法的……都要比"正确"正确一点点。

问题是,你敢吗?反正,我不敢。

4. 那什么是我敢的呢?也许告诫或"指引"青年写作者、文学新人如何写作是恰当的、有意义的,才是我敢的,因为这些告诫和"指引"都那么正确。

比如,对于青年人来说,我认为在当前的时代语境惟有两种写作方式是不能放弃的——因为这与"反抗"的天赋权利有关:直言性写作和"字里行间的写作"(writing between the lines)

直言性写作事关"勇气"。"使用直言的人,即直言者,是一个说出他心里所想的一切的人:他不隐藏什么,而是通过话语向他人完全敞开心扉。在直言中,言说者应该将他的全部想法完整且准确地讲给听众,这样,听众就能够确切地理解言说者在想什么。……并且他会避免使用任何有可能遮盖其思想的修辞。……直言者是通过尽可能地展示他实际相信的东西来对他人的心灵产生作用。""如果直言者的真诚需要一种'证明'的话,那便是他的勇气了。一个言说者讲述危险的东西——不同于大多数人相信的——这个事实就是他乃一个直言者的有力证明。"(福柯《何谓直言》)

"字里行间的写作"源于世俗的"迫害":"迫害产生出一种独特的写作技巧,从而产生出一种独特的著述类型:只要涉及至关重要的问题,真理就毫无例外地透过字里行间呈现出来。这种著述不是写给所有读者的,其针对范围仅限于值得信赖的聪明读者。它具有私下交流的全部优点,同时免于私下交流最大的弊端:在私下交流中,惟有作者的熟人才能读到它。它又具有公共交流的全部优点,同时免于公共交流最大的弊端:作者有可能被处以极刑。通过自己

的著作对少数人说话，同时又对绝大多数读者三缄其口，这真是一个奇迹。"（列奥·施特劳斯《迫害与写作艺术》）

当然，这两种写作方式的实践都将面临诸多障碍和困难，甚至不出意外地遭遇"不正确""不安全""不幸福"的逼问和考验，但即便如此，它们仍旧比日复一日地生产那些"正确"而毫无用处（或者只有世俗的功利）的垃圾或掺杂了太多调味剂的各类鸡汤要有价值得多。

5."是的，青年的魂灵屹立在我眼前，他们已经粗暴了，或者将要粗暴了，然而我爱这些流血和隐痛的魂灵，因为他使我觉得是在人间，是在人间活着。"（鲁迅）

"黑色的夜，幽闭恐怖的兵营，/鼓胀的虱子。"（曼德尔施塔姆）

"我悲哀地望着我们这一代人。"（朵渔）

"80后，怎么办？"（杨庆祥）

"人们要顶住过去的巨大的并且越来越大的负担：过去压迫着他，使他佝偻着身子，过去使他步履艰难，是一种他看起来有朝一日能够否弃的不可见的、模糊的负荷，而且他在与自己的同类打交道时也极乐意否弃这种负荷，以便唤起他们的嫉妒。"（尼采）

不明觉厉……

青年写作同质化：作为真问题的"伪命题"

当前文坛盛行的"青年焦虑症"惯于操弄两种彼此矛盾的话语，一种是急切地表达对青年们的渴望、期许，竭尽全力扶持和赞赏青年们的写作，几乎到了忘乎所以、"饥不择食"的程度；另一种则经常习惯性地板起长者、权威的严肃面孔，或忧心忡忡、或"得意洋洋"地批评青年们的写作是虚弱的、同质化的，必须用更多元、更个性化的文学实践去避免同质化、对抗同质化云云。

其实，青年写作是否同质化并不重要，当所谓全球化给整个社会给当代文明、文化带来普遍性的同质化、同一性、单一性的焦虑的时候，青年写作表现出相应的倾向或局限，又有什么值得惊讶的呢？大约十年前，韩少功在上海的演讲中提到了某青年作家的"抄袭"事件，他并没有简单地批判这种"抄袭"现象，而是把"抄袭"延伸或者假设为"雷同"，并试图探究这种"雷同"的根源："我感兴趣的问题在于，即便不是存心抄袭，但不经意的'雷同''撞车'在一个个人化越来越受到重视的时代，为什么反而越来越多？"进而他提出了"同质化"的两层含义："作家们的生活在雷同，都中产阶级化了，过着美轮美奂的小日子……我们要在越来越雷同的生活里寻找独特的自我,是不是一个悖论?""人们的物质生活差距越来越大的时候,在社会阶层鸿沟越来越深的时候,人们的思想倒是越来越高度同一了:钱就是一切,利益就是一切,物质生活就是一切。这构成了同质化的另一层含义。"简而言之,韩少功所描述的现象就是,我们一方面急切地渴求创新、异质性、多元化、创造性,另一方面却又不可遏制地陷入同一性、同质化的困境,这样的悖论显然并不仅仅存在于青年写作领域,而是整个文学创作、文化生活中的普遍现象,且愈演愈烈。

当代中国文学,尤其是青年文学创作,在1980年代中后期曾经一度狂飙突进,在充分吸纳域外文学资源的背景之下,呈现出巨大的动态性和创造性,这样一种趋势虽然在进入1990年代之后一度降温、减弱,但是仍旧在审美实践上保持着对个人性、异质性和多元化的强烈渴求,以及对商品社会单一性文化倾向的顽强抵御。新世纪之后,文学逐渐进入了"常态化",1980年代以降的文学实践几乎穷尽了所有创新、异质的可能,文化、思想的同一性也在消费社会、大众文化与意识形态的共谋中愈加突出,在这样一种宏大语境中,如果我们片面而狭隘的讨论二十一世纪以来,尤其是当下青年写作的同质化问题,无疑是简单、粗暴而无效的。难道我们的中年作家、老年作家、成名作家、成熟作家的写作没有明显的同质化吗?难道多元化、异质性、创新性、个人性是没有边界、没有尽头的吗?况且,客观上讲,当前青年写作的多元化、异质性的程度与1980年代、1990年代相比,并没有明显的衰减,甚至说是有所提升和扩大。但文学权力、文学话语空间的多元化、异质性在二十一世纪之后却急剧收缩,经过相应单一的制度形态(比如学院、作协等)的规训、选择,那些能够进入批评视野的青年文学创作必定是经过筛选和"修正"的，也就必然是局部和狭窄的，而由此得出的同质化判断也就不会是客观、公正的。况且，当前我们的青年写作是一个生硬制造出的"生产性"范畴，"青年焦虑症"之下，成批成批的青年作家、作品被源源不断、争先恐后地推向"市场"、推向读者，泥沙俱下、良莠不齐，"同质化"甚至劣质化根本不可避免。所以说，即便青年写作有明显的同质化问题，那始作俑者也是其背后的盲目的文学机制和不负责任的文学推手们，或者进而言之，"同质化"作为一种文学症候如果在青年写作者那里是确凿无疑的，那这一同质化也不过是我们文化、制度自身的更强大、更顽固的同质化的必然产物。

回到本文开始的悖论，我所关心的并不是青年写作是否有同质化的问题，以及如何解决这一问题；相反，我关心的是这样一种话语及其正确性、正当性产生的机制，以及对青年写作、青年文化所造成的伤害。在这样一种话语生产机制中，蕴含着如下的逻辑："青年"既是希望，也是问题，他们既要领受前辈或老年人的赞美，也要心悦诚服地面对他们的"指责"、教训和引导，而不需要、也不应该对此进行辩驳和质疑。这样的话语逻辑往往隐藏了最后的秘密、最本质的因果关系，即老年人、年长者才是青年人那些被前者揭示、批评的"病症"的制造者——尽管他们常常戴着"正确"的"经验"的面具。在本雅明的《论经验》中，他认为青年人要与戴面具的成年人斗争，成年人戴的这个面具的名字叫"经验"（erfahrung）："没有表情，无法看透，永远相同"。"他们可曾鼓励我们去追求新的事物，伟大的事物，属于未来的事物？并没有，因为这是不能被经验的。一切的意义，真的，善的，美的，都是在自身中确立的；我们能在那里有何经验？——而秘密正在这里：因为他从来没有抬头去看伟大的和有意义的事物。为此，经验成了庸人（philister）的福音书。""因为除了那庸俗的，那永远属于昨日的东西之外，没有什么能和他的内心相联系"；"因为如果他要进行批评，他就必须进行相应的创造。这是他不能做到的。"而鲁迅对于这一持有"经验"的"庸人"的态度要粗暴得多："问什么荆棘塞途的老路，寻什么乌烟瘴气的鸟导师！"

对于青年写作同质化这样一种"经验"而言，我们也必须警惕其背后那"庸俗"的、"永远属于昨日的东西"。其实，所谓对抗同质化的异质性、个人性、独特性、创新性等审美想象，也不过是一项 1980 年代的美学遗产，正确而空洞地指引着青年写作者的方向和"终极目标"，经常是徒劳地耗费着青年人的青春、热情和渴望。这样一种"经验"、一种规训，牢牢地把青年人拘囿在有关"文学"和"创新"的狭小疆域，追寻着"小小的孤独游戏"。媒介的巨大革新和信息时代的到来，早已深刻改变了旧有的文学观念，学者们反复提出"文学之死""小说之死"，或者宣称"阅读时代"已经走向尽头，"再生的神权时代将会充斥着声像文化"（布鲁姆），以及文学作品尤其是小说已经不可能再出现提供"新感受力"的典范之作（桑塔格），诸如此类的论调，常常被我们认为不过是"危言耸听"，或者仅仅作为一种也算正确的观点简单视之，而不能促使我们从根本上去审视旧有的文学观念的问题和局限，从更深刻、衰微的当代性中理解文学的功能和未来。事实上，当自认为更有文学经验的前辈们、长者们指出青年人写作的所谓问题时，往往是在有意无意地把青年人引向"庸俗"的老路，那些看起来正确的、必需的文学前景的描述，往往是轻佻的、无效的，只会陷入无意义的动情呼喊、相互缠绕。病症永远是病症，药方还是那些药方，文学话语借此反复滋生。陈旧的文学观念对应的是陈旧而强大的文学权力，他们只有拒绝反省、坚持成为本雅明所说的无精神之人（geistlose），才能牢固地维系和保有这样的权力，因此他们并不真的渴望异质性、渴望有反叛意愿的个人化，而是在想方设法抑制这些倾向的出现。

1925年，鲁迅在回复《京报副刊》关于"青年必读书"的调查时，留下这么一句饱受争议的话："但现在的青年最要紧的是'行'，不是'言'。只要是活人，不能作文算什么大不了的事。"同样的道理，倘若青年们真正拥有了自由、创造、异质的权利和空间，那他们的写作有一点同质化"算什么大不了的事"，而缔造这样理想的"青年之国"，可是比所谓"写出好的作品""抵抗同质化"要艰难和重要得多。

正是基于以上的原由，我把青年写作的同质化问题当作一个真的"问题"——包藏着复杂的文化症候，同时又是一个"伪命题"——仅仅局限在文学范畴中讨论是伪饰性的、没有意义的。而我们当前使用的文学话语中，类似的话语症候和伪饰还有很多……

赞美成为文坛的一种灾难
——看《朱雀》

腰封，似乎愈来愈是某种图书时尚，只是它那太过招摇、媚俗的广告面孔往往让人厌憎。阅读《朱雀》便从它那臃肿的"腰身"开始，文坛名家、强势媒体的"联袂力荐"势大力沉，"雄浑大气""史诗""名动海内外""惊艳""兼有人文地理和灵魂拷问的新型小说"……且作者葛亮年少成名、屡获大奖，《朱雀》甫一面世，各方就不吝溢美之词，让人感觉若不关注真将成为一种遗憾。不过让我约略有些担心的是，倘若这部小说真的那么优秀和杰出，面对如此名目繁多的称颂，我将用什么样的语言和辞令赞美它才不显多余呢？

还好，读过《朱雀》我长舒一口气，终于再次验证了广告的"虚构性"，文坛的"浮夸风"终究是愈演愈烈了。这部长篇新作根本谈不上什么"新型"，更谈不上什么"难得一见的长篇小说精品"，它只不过是一些似曾相识的散乱符号和书写方式的堆砌物，是一个年轻人的不恰当的野心"硬写"的庞然大物。

以《朱雀》这样一种面貌和深度的书写，来对应"重构古都民国——千禧丰饶人文版图""古都南京迎来新的书写者""要认识南京何不从《朱雀》开始"等等赞誉，显而易见地构成了对南京这座城市的误解，甚至轻慢；而那些虚浮的赞美则进一步构成了对那些更诚恳、更深入的南京书写者（如韩东、赵刚、叶兆言、朱文、黄梵、顾前、曹寇等）的极端的不尊重，除了证明某一地域褊狭的文学视野，以及文学场内出于世俗利益而滋生的言不由衷之外，别无他物。

葛亮还不知道如何用长篇小说的形式触摸南京，触摸它的历史和生民，不知道如何描述他们、爱抚他们、厌恶他们，他的《朱雀》显得坚硬、笨拙，似乎纯粹是为了某种长度、跨度而生的。在中国这样一个长篇小说越来越变成"唯一文体"的语境中，以中短篇小说起步、成名的葛亮急于证明自己，这是众多中国写作者的共同的焦虑，也是中国文学荒诞的评鉴视野作祟的结果。

在《朱雀》中，那些与南京有关的历史、风物、遗迹，被生硬地置入那些纠缠着异国、传奇、错位、肉欲的爱情故事之中，去掉或者更换它们，《朱雀》完全可以是关于另一个城市的"史诗"。南京，在这里只是一个庞大却羸弱的背景，它的那些过于醒目的历史、文化标记是填充那些重复性的陈词滥调的有效容器，而葛亮所较为擅长的那些细腻的、都市化的情欲书写则与这座古都根本无法融合，唐突而蹩脚，致使整个小说的整体结构和叙事节奏极为混乱、极不平衡，忽松忽紧、忽快忽慢、忽旧忽新。

在序言中王德威说，"看得出香港和台湾经验给予他的启发"，并习惯性地在台港文学视野中评价这部小说。事实上，台港经验在《朱雀》的文化想象、都市想象乃至书写形式中，如影随形。葛亮不是在为南京书写一个南京，而是在为台港硬写一个旧都，他不是一个称职的、真实的、真诚的南京书写者。在葛亮的同辈的南京书写者中,为什么人们不去关注曹寇,他笔下的南京才是真诚的,摆脱了虚与委蛇和陈规陋习的,因为他知道如何厌恶和怨恨这座城市,如何在那种强烈的分离、反叛的欲望中爱抚它。

王德威把《朱雀》放在巨大的南京书写传统中观照,更甚者在"城市小说"的传承中,把它与老舍的《骆驼祥子》、张爱玲的《倾城之恋》、贾平凹的《废都》、王安忆的《长恨歌》"比肩并立"。这委实是对南京、对时代的城市困境的极大误解。葛亮早已忘却了南京,这座历史中的古城、现实中的都市并没有在他的内心真的生根,《朱雀》只是沉溺于古南京的文化幻境和相应的陈旧书写之中,为此他有意无意地忽略、误解了一座城市无法逃避的真实性和残酷性。

新的南京文化已经与残存的历史遗迹没有本质的关联,这一切不过是戏台的背景,吟唱的、喝彩的都已面目全非。"代替一个真实的、土生土长的民族的,是一种新型的、动荡不定地黏附于流动人群中的游牧民族,即寄生的城市居民。他们没有传统,绝对务实,没有宗教"(斯宾格勒)。或者就如爱伦·坡所认为的:城市是死神为自己竖起的宝座。此时如何书写一座城市、如何书写南京将变得非常艰难,而《朱雀》这种披着历史面纱、戴着文化面具的简单书写无疑是矫情的、重复的。

《朱雀》一如当代诸多小说,虽较为平庸却频得盛赞,使我不得不对自己的判断力和职业批评者的前程感到"担忧",但我也不想为此做更多的改变,以显示自己也达到了那种几乎洞若观火、点石成金的异能。荣耀对一个年轻的写作者而言可能是一种鼓励,但一个年轻人如何担待这么多盛大的赞誉呢?过多的奖掖难道真是一种动力而不催生某些邪恶的欲望吗?或者这些奖掖本身就是"邪恶"的一部分,是功利的文学场一种消极的笼络行为,避免反抗,以阻碍新的可能性的发生。最终,奖掖成为一种纵容,纵容他人正是为了纵容自己。赞美,在如今的文坛就这样成了一种灾难。

关于《独唱团》的"二重奏"

"被"高估的宿命

《独唱团》夭折了,有人说死得好,有人说死得痛心。这本曾经被寄予厚望的杂志的消失,与那些同样短命的刊物不同,它也许更多地折射了这个时代人们的期望与失望、爱与恨、勇敢与怯懦。因此,《独唱团》从一开始就"超载"了,它"被"高估了,高估似乎就是它摆脱不掉的宿命。

1. 被高估的韩寒:一个成功的"青年意见领袖"、赛车手,未必就是一个成功的商人,这也许就是他和郭敬明的重要差异。或者"韩寒"这个符号本身被商业化就是错误的,韩寒"卖身办杂志"肯定不是为了他代表的那些万众瞩目的"价值",而是为了钱。这一点他很清醒,但作为商人他根本不够格:既不尊重他的商品,也不尊重他的读者。《独唱团》如此轻易地猝死,也看出他的性格不够坚韧,担当什么"领袖""推动中国进步""影响中国"的责任,恐怕还有些夸大其词。

2. 被高估的反抗:韩寒的盛名来自他网络空间中的清醒的反抗意识,但人们对韩寒持续提出反抗意见的期待,错误地被《独唱团》

这样的纸质媒介所承载。媒介不同，空间就不同，它们遭受的敌意也就不同。尽管《独唱团》定位文艺杂志，也在有意植入反抗性的话语和叙事，但那些文字和图片的政治讽喻显然是被"缩减"过的，既满足不了群众们的等待，也把整个刊物弄得风格混乱，更像是一群青春叛逆者肤浅的吟哦和浅薄的洞见。只要是"韩寒"的刊物，这一反抗的矛盾性就不可避免。

3. 被高估的文艺：认为《独唱团》的诞生是一场文艺复兴，无疑是人们一种谵妄的胡言乱语。由一群知名的文艺青年组成的作者队伍，几乎就没有提供任何优质的文艺样本，煞有介事的网络征稿，不知道忽视了多少明显高过他们的作者和作品。连他们的"领袖"韩寒所提交的《我想和这个世界谈谈》，也仍旧停留在《三重门》的水平，把韩寒称为"作家"似乎还不宜包括他的小说。

4. 被高估的"团"：无论是"独唱团"还是"合唱团"，以韩寒为首的这个团队都是一个糟糕的团、缺乏责任心和韧劲的团。这本杂志约稿组稿之混乱、排版设计之业余，既证明他们的能力不够，也反映出他们的工作作风不够严谨务实。这么快解散就更证明"独唱团"是"为了一个共同的目的"临时搭建的草台班子，而不是韩寒信誓旦旦的"最强的编辑团体"。他们在编辑出版过程中的各种问题，有时候是在用被高估的"阻力"做遮羞布，以掩盖他们某种程度上的无能和散漫。

5. 被高估的"高估"：韩寒从一开始就试图"降低大家对《独唱团》期望"，当然为了商业的目的，他也做了一些"提高"期望的举措；或者对于韩寒而言，他做什么都是在提高人们的期待，因为他的位置过高了，高到连狗仔队、美国人都关注他的一举一动。韩寒既知道高处不胜寒，生怕摔得过惨，而不愿意被高估，但高估也是这本刊物成败与否的关键，因此他又必须有意无意地依赖这种高估的商业效应。被高估是《独唱团》的宿命，因为他是属于韩寒的，明天韩寒办一个乐队、搞一个网站，百分百还是"被"高估。

我们有什么理由"高估"这本文艺杂志呢？我们有什么理由认定韩寒就一定应该办好一个文艺刊物呢？或者，在中国当下，韩寒把《独唱团》办成什么样才算是一个成功的文艺刊物？《新青年》？《纽约客》？《收获》？《读书》？《最小说》？估计没有人能说得清楚。如果你喜欢韩寒，喜欢他的某种话语方式，就应该清楚在中国有很多更需要关注、期待、参与或高估的公共空间，而不是这样一本怎么办都办不好、谁来办都办不好的的文艺读物。

大家伙都省省吧！干吗揪住一个时髦青年不放。

从"独唱"到"合唱"

《独唱团》的夭折，也许真如某些居心叵测的人断言的：这是一个"阴谋"，一个与韩寒相关的大阴谋。只不过这一阴谋并非始于《独唱团》，而是始于鲁迅慨叹的"古国的青年的迟暮之感"，挣脱"三千年陈的桎梏"谈何容易。

韩寒"独唱"多年，以至声名显赫，围绕着他尖锐、锋利和机智的言辞所繁殖的赞颂和诋毁一样多、一样可怕，越多就越可怕。众声喧哗的围观，过早地把一个青年的"独唱"变成了合唱。这和看杀头也没什么两样，围的人多了，连阿Q都知道喊一声"过了二十年又是一个……"更何况韩寒这种天生有"反骨"的冒险者。只不过变成合唱之后，那被杀的人是真革命党还是假革命党已经不重要了，重要的是围观本身、是人群喜悦或愤怒的表情，以及围观结束之后那些作鸟兽散的"人"的去向。

韩寒总让我想起《皇帝的新装》里那个说真话的小男孩，只是童话毕竟是童话，没有满足我们更多的好奇心，而韩寒终于填补了这一空白，它让我们看到长大了的小男孩在围观的人群中成了"英雄"，此时皇帝虽然略有慌张，但依旧淡定。

韩寒声称不是英雄，不是什么"公共知识分子"，拒绝这些"高贵""高尚"的身份标签，并非简单意味着他的清醒，倘若他足够清醒，应该知道是什么在支撑他相对富裕的生活，知道他的这种热闹而幸福的世俗生活与他那些睿智的断言之间无法弥补的裂痕。韩寒摆脱不掉的存在方式，使得他与其仇视的敌人本质上貌离神合，这与一切庸众的命门雷同：逃不脱的怯懦、虚荣与世故。

"像韩寒，一个属于体制之外的人。他又能写小说，又能赛车，又能办杂志，还能写那种文章。"竟然会有人在"体制之外"可以干这么多事？竟然据说可以通过赛车解决生存问题，从事自由写作？这如果不是奇迹就没有什么是奇迹了。

这里的确是"奇迹"发生的地方，有诸多见证"奇迹"的时刻。但奇迹不宜多，那样奇迹就不是奇迹了，或者奇迹返回常识和本能，被更多的人识破，那就很"危险"了。所以，韩寒只允许有一个，不可复制并非他不可超越，他的锋利被刻意保留，别的人未必就有这么好的运气了。因为一个韩寒并不可怕，一万个韩寒就不同了。为了让一万个韩寒也不可怕，就要把他塑造为万人瞩目的英雄或"傻逼呵呵"的笨蛋，就这样，在无聊之徒的围观及喧嚣中，韩寒和张三、李四保留了面目上的差异，而在本质上或政治功能上变得日益雷同。

"独唱"变成"独唱团"，而"独唱团"就是"合唱团"。

此时，千万不要哂笑，《独唱团》的夭折是"韩寒"的再次夭折、是青年们的夭折的轮回。在此之前是否有《独唱团》，在此之后是否《独唱团》会复活，都无法改变我们始终如一身处"合唱团"的残酷现实。

反抗，何以成为失败的一部分？
——朵渔《这世界怎么啦》（组诗）有感

> 从前，诗歌通过回顾词语记忆并从中萃取出感性时光，一直都懂得大声说出对自由意志的愿望。在我们隐约感觉到衰落或至少是不确定的时代，追问一直是唯一可能的思维方式：一种尚存生机的生命的标志。
>
> ——克里斯特娃

宿命的节日

数年前，朵渔凭借"凝视个体内部的黑暗"而在一个名流云集的光亮舞台上领受了那个重要的，或者可有可无的荣誉。彼时彼刻，在那束被簇拥的赞誉和诡异的朗诵声塞满的公众性的光里，朵渔涌动着怎样的诚实内心、如何安置自己体内的黑暗？不得而知，我只能以一个冷眼看客的狩猎似的心态，妄自揣测着诗人将如何"被他低水平的对手扼住"……伯恩哈德面对纷至沓来的文学奖时的自责心态——蔑视文学奖但没有拒绝、憎恶仪式却又不得不参加——在中国的场域中是不合时宜的，以至于秉持"反抗的诗学"的朵渔在那篇名为《诗人在他的时代》的获奖感言中，无法免俗地悼念了死者、代言了"沉默的大多数"、感谢了评委。然而更具悖谬的宿命意味的是,他声称:"只要在这个时代还有那么多苦难和不公,还有那么多深渊和陷溺,还有那么多良心犯、思想犯被关在笼子里……那么,诗人的任何轻浮的言说、犬儒式的逃避、花前月下的浅唱低吟,就是一件值得羞耻的事情。"恰如他在描述自己"羞耻的诗学"时为自己布置好的"圈套":"诗歌写作如果仅仅是与精神生活有关,那么它很可能是一种狂热的、高烧的精神巫术,它的归宿往往是虚无的、蒙昧的。我看一个人的作品,往往会联系上他的生活,如果他的写作和生活是分裂的,我会对此人的写作保持怀疑和警觉。"(《羞耻的诗学》)在一个诗人靠谎言和表演制造诗歌的灾难性的繁荣的时代,朵渔极力制造的诗人主体或诗歌的"小小的孤独游戏"与日常生活的对峙关系,将不可避免地把自己拖入一个廉价的"耻辱"不断累积、不断重复却又毫无意义的"失败"之中。因为在这个时代没有人不是分裂的,没有任何严肃的写作形态不堕入虚无,诗人、诗歌不依赖虚构的"精神巫术"将难以维系自身的存在和认同。于是,诗歌对朵渔而言就成了他所谓的"自己与自己的较劲",而这一较劲也难以避免地震荡出鲁迅意义上的"颓败线的颤动"。

"你有没有勇气成为失败的一部分,而不是作为它的邻居?"(《问自己——你要诚实地回答……》)事实上,失败是不需要勇气的,它是朵渔这样的在"扩大了的精神"(康德)的维度上逆流跋涉的诗人的可怜"宿命"。阿伦特把极权主义的倾向概括为"使人变得多余了":私人融化在公众之中,个体被随意处置,而思想变得无能,对权力之成败没有任何影响。正如她在描述"黑暗时代的人们"时对海德格尔思想的借用:"任何真实或本真的事物,都遭到了公众领域中不可避免会出现的'闲谈'的压倒性力量的侵袭,这种力量决定着日常生活的方方面面，预先决定或取消了未来之事的意义或无意义。"这和朵渔在柔刚诗歌奖"受奖辞"中描述的困境一致：写作是对羞耻感的回应，而这一回应无所谓成绩，所有的成绩都只是失败。当年，阿多诺声称奥斯维辛之后写诗是野蛮的；如今，日常的欢愉之后写诗是羞耻、失败、再羞耻、再失败的无意义之循环。因此，朵渔的近作《这世界怎么啦》（组诗）毫无疑问地仍旧深陷在这种"失败"的诗学范畴和政治困境中：

> 总感觉有一种异样的东西在靠近，其实
> 又没有什么不同。……
> ……二十多年过去了
> 这幻听的毛病始终未愈，宿命啊
> 我们在期待中迎来的每一次失望
> 都在磨损着我们的意志
> 当我试图用爱来装扮这个世界时
> 总有角落里的哭声在低声抗议
>
> ——《宿命的节日》

朵渔在一个他愈发无力应对的时代坚持着"追问"：这世界怎么啦？这一追问在他这样的"征服者阵营里的逃亡者"（西蒙娜·薇依）的黑暗心脏里，是应对召唤的必要的诗学反应。但这一追问形式在强大的日常生活的"闲谈"和"不可理解的琐屑"那里，无疑将显得渺小和可笑。早在2008年朵渔就"突然觉得诗人在这个世界上的存在方式成了一件可疑的事情"，"也许'怀疑'的苗头早已深藏于我的内心，它随时会鬼魅般跳出来。我甚至觉得诗人的现实存

在有了某种晦暗性,包括诗人的身份、手艺、精神、创造等等",
"我必须对现代汉语诗人的身份危机做一番自我辩驳——对诗人在现代日常生活世界、现代社会文化结构中的合法性问题进一步追问:你在现代社会中到底是一个什么身份?你说你在创造,那么你到底创造了些什么?你有没有自知之明?"(《诗人不应成为思想史上的失踪者》)这样的怀疑和一系列追问无疑会把诗人的主体认同推向溃散的边缘,只是那个时候他对自我辩驳还充满信心,能够开出这样的处方:重返最初的开端,经由超越(自我修炼)与沉入(爱),返回自我的实存。几年后,他亦提出"无论时代真相如何,一个诗人都应该无惧于希望的幻灭,秉持永不衰退的激情,使人、使世界变得美好起来",要相信"文学的伟大性"(《我等》)。而如今面对《这世界怎么啦》(组诗),我们却触目地看到朵渔所曾经反复警惕的"虚无主义的惬意"和"道德主义的自我感伤",以及弱化了的"恨"的主题:"批判、怒火、抗议、鄙视、绝望,哀悼的气质、反讽的嘴角……"如"自由,以及自由所允诺的东西,在将生命/腾空,如一只死鸟翅膀下夹带的风"(《稀薄》)、"不知不觉的,像是一种荒废/如此来到人生的高处/不可能再高了"(《损益》)、"都散了吧,屋檐下的海已结冰/空气中到处是废墟的味道/阿克梅的早晨不会再来临"(《银子》)……低徊在诗歌中的是浓厚的衰败与悼亡,而精致的平衡感营造的沉静也隐匿不了虚无、绝望的潜流。

如此颓唐的朵渔的到来毫不意外,仍旧属于那个"失败"的宿命。"当我试图用爱来装扮这个世界时/总有角落里的哭声在低声抗议",朵渔与当代那些纠结在拯救与逍遥、自由与关怀的永恒矛盾中的诗人和知识分子一样,始终无法轻松地把自己安顿在威廉·布莱克所批评的"幽灵自我"中,守着一个叶芝描述的超越性的梦:诗人通过不断的自我争辩,可以向更高级的生命状态飞跃。那些低声乃至高亢的"抗议"始终纠缠着诗人的内心,只要你诚恳而严肃地回应,就绝对无法飞跃,相反,你将被抗议俘获并紧紧压在身下。时代的"深渊和陷溺"如此迫近,而"轻浮的言说、犬儒式的逃避、花前月下的浅唱低吟"又那么的"亲切",失败自然如约而至。朵渔在描述自己写作的"耻感"时所苦心经营的"两种力的平衡"(《"其实你的人生是被设计的"——朵渔访谈》)既成功了,也失败了,他固然没有"走火入魔"、陷入过分的偏执和黑暗,但却因此失去了部分的激情和力量,开始徘徊在中年写作的微妙智性的退路上。

> 感觉侍奉自己越来越困难
> 梦中的父亲在我身上渐渐复活
> 有时候管不住自己的沉沦
> 更多时候管不住自己的骄傲
> ……
> 假意的客人在为我点烟
> 一个坏人总自称是我的朋友
> 我也拿他没办法……多么堂皇的
> 虚无,悄悄来到一个人的中年
>
> ——《危险的中年》

菲茨杰拉德认为,没有人应该活过三十岁。我从不认为这是危言耸听的怪谈,相反,我坚信成长、成熟经常是衰退、世故的代名词。就像朵渔在诗歌中描述的,"父亲"在自己身上"复活",莫名的"沉沦"与"傲慢"不可遏制,那些曾经的"坏人"成为自己的朋友……60后的很多诗人在描写中年的时候涌动着更多自我辩解、自我戏剧化的意图,如于坚那"最高的轻":"中年是幽暗的杜甫/之后在落日中散去/什么也不是了/满足于最高的轻"(《一朵白云》),潘维的淡泊或孤独:"人到中年,一切都在溢出:亲情、冷暖、名利。……人到中年,是一头雄狮在孤独。"(《中年》),还有黄梵广为流传的"好脾气的宝石":"它是好脾气的宝石/面对任何人的询问,它只闪闪发光……"(《中年》)朵渔虽然明确意识到中年的危险性,但某种程度上仍然出于一种平衡感的需要,没有把"羞耻"和"个体内部的黑暗"全部挤压出来,而是以退为进,把中年的"荒废"作为不能再高的高处,衰老或流逝被淡化为"生命中的自然损益":

> 接下来,要准备一种
> 临渊的快感了——
> 死亡微笑着望着你,那么有把握
> 需要重新发明一种死亡
> 以对应这单线条的人生
>
> ——《损益》

欧阳江河在提出中年写作的时候同样以创制一种新的死亡叙事为开端,"反复死去,正如我们反复地活着,反复地爱。死实际上是生者的事,因此,反复死去是有可能的:这是没有死者的死亡,它把我们每一个人都变成了亡灵。……对中年写作来说,死作为时间终点被消解了,死变成了现在发生的事情。"(《1989年后国内诗歌写作：本土气质、中年特征与知识分子身份》）而朵渔的中年写作依循的是同样的路径，《这世界怎么啦》（组诗）如同一个遍布死亡的复活节，以至于我们在频繁而反复的死亡话语那里丢失了它：死亡、死者、死鸟、痛哭、哭声、泪水、葬礼……

    到底是新生还是死亡？也许只是一次轮回
    一个旧我被清空了，死亡徒有其表。
    人生其实就生在这死里。并相信这是善的。

——《善哉》

    我们这个时代的诗歌写作已经习惯于以这样一种审美主义的"厚描"（thick descriptions）方式"调侃"死亡，这一"趣味"在中年写作的书写形态中更甚，诗人们像是从超市的货架上取下一盒牛奶那样，把琳琅满目的死亡话语塞进自己的"购物车"，毫不顾忌日常、审美和脆弱的人性对人的唯一绝对性的损伤，相反，死亡的失重或稀薄化被一种看似超越的姿态"奉承"为"教育"："稀薄也是一种教育啊，它让我知足"（《稀薄》）、"必须在死亡中/重新学习活了，真好，死亡还很年轻"（《银子》）这一切对朵渔而言无疑意味着一种特别的虚无主义的降临，死亡被淡化的同时，所有曾经的"愤怒的诗学""反抗的诗学"中那些反叛、冲突、对抗、怒火都渐趋平抚、熄灭，或者就是新的羞耻的逼近。当然，与死亡的失重同理，羞耻的诗学在耻感的反复到来中变得稀薄，乃至沦为朵渔厌恶的"符号化"的自我辩护。齐格蒙特·鲍曼认为，生活是被杀死的或已故的认同的墓地，朵渔如今的诗歌就根植在这样的墓地之上，他感激"日常之欢"，抛弃"读者""理解"和"赞美"，不为"荣誉"也不为"监狱"写作（《致友人》）；他时常责备自己，为不能回到"真实无邪的生活"而哭泣（《我时常责备自己》）；他用最后的咳血告别尘世，去另一个世界寻找"咳血的友人"（《道路在雪中》）；他梦想如树一样活着，忘记什么是不幸，无欲无求的淡定（《树活着》）……

当然，朵渔的虚无主义不是克里斯特娃所否定的那种虚无主义："摒弃了旧的价值标准，转而崇拜新的价值标准却不对其提出疑问"，"两个多世纪以来被视作'反抗'或'革命'的东西在大多数情况下都放弃了回溯性追问。"（《反抗的未来》）朵渔对时代的追问和对自我的怀疑从未停止，《这世界怎么啦》（组诗）始终盘绕着针对存在与写作的诸种形态的深刻的省察，只是这种省察过于潜隐和低沉，不似以前诸如《2006年的自画像》《妈妈，你别难过》《不要被你低水平的对手扼住……》《凶手的酒》等诗作那么明确、激烈和决绝。如果这仅仅是一种美学调整倒也无可厚非，毕竟"抵抗诗学"或"文学知识分子化"所经常装点的"独断论的道德气氛"和"痛苦诗学"（臧棣《诗歌政治的风车；或曰"古老的敌意"——论当代诗歌的抵抗诗学和文学知识分子化》）的确有其矫揉造作的一面，但事实上任何美学嬗变都无法与个体的政治心理的变化完全剥离，对朵渔而言就更是如此。从朵渔近期出版的作品来看，无论是诗集《最后的黑暗》，还是散文随笔集《我的呼愁》《生活在细节中》《说多了就是传奇》，历史性书写已经成为他文学书写的主要支撑，这与当前诸多诗人、作家对历史的"迷恋"是一致的，都有意无意地忽视了历史作为一种"危险的疾病"（尼采）的灾难性，或者忘记了别尔嘉耶夫的警告：历史是精神的蒙难，上帝王国不出现在历史中。当然，历史性写作可以帮助朵渔保持认同的延续性和心智、美学的平衡，但这一平衡是以某种程度上的怯懦和自私为代价的,不属于真正意义上的历史性"行动"。因此,朵渔的虚无主义也不是海德格尔总结的尼采式的虚无主义:一种摆脱以往价值的解放,即一种为了重估一切价值的解放。《这世界怎么啦》(组诗)所显现的是,历史及那些知识(知识分子)的谱系性梳理并没能帮助朵渔实现解放,相反,他陷入一种束缚性的沉溺,而这一沉溺还之所以值得期待,就在于追问的对峙性并没有被彻底放弃。

　　就这样,我也来到这里
　　在期待中领受孤寂的教益
　　神恩不降,孤寂便没有价值
　　天使不来,记忆中的情人
　　也没有意义,和那些同样
　　不具意义的玫瑰在一起
　　　　　　——《在期待中——里尔克在慕佐》

多年前,朵渔还写过一首意味相同但风格大相径庭的诗,充满了对诗人及诗的浓重的质疑:

　　诗的虚伪　诗的狭隘
　　诗的高蹈和无力感
　　已经败坏了我的胃口,让我
　　想要放弃
　　我放弃得已经够多,时光、尊严
　　无穷无尽的耻辱,仿佛一堵

竖起的墙 我越来越

与世界无关，与这座

虚无的城无关。

——《2006年春天的自画像》

如今，朵渔的自我怀疑换了另外一副中年写作的面孔，即"历史纵深和记忆深层"的"知性的质地"（霍俊明），但虚无感却更为彻骨：价值、意义只能寄希望于"神恩"和"天使"，而这也许就是那羞耻、失败的宿命的根源。严肃的诗人谁都无法避免遭遇里尔克所说的"古老的敌意"，如何处理艺术与政治的关系、如何实现私人性与公共性的统一，已经成为当代诗人、诗歌的"斯芬克斯之谜"，而认识自己（诗人、诗歌）又谈何容易。朵渔曾经相信的"文学的伟大性"是否真的存在？我们是否对诗歌的见证（米沃什）和纠正（希尼）功能深信不疑？玛莎·努斯鲍姆提出的"诗性正义"、唐晓渡所说的"内在的公共性"是否可能？或者相反，做一个喧嚣中的逃遁者、在孤独中"领受孤寂的教益"是否就是柯勒律治所批判的"享乐主义的自私"呢？我想朵渔以前与现在都无时无刻不在思考这些根本无法真正解决的问题。阿伦特认为，能够在艺术家与行动者之间进行斡旋的是 cultura animi，"即一个受过充分培育教化，从而有能力照料好一个以美为尺度的现象世界的心灵"，甚至应该是那些"天生自由人中的最高贵者"（《过去与未来之间》），朵渔显然无法做到这一点，也没有任何诗人乃至现代人可以成为这样的人。

"无信仰的个体，为了赋予自己的行为和生活方式以意义，将会发现自己被困在自我专注的强迫症、沮丧与焦虑之中——精神病（psychopathology）成为疾病的现代形式。事实上，'精神-病'（psycho-pathology）这一术语在古希腊语中的含义是灵魂的受难，而在现代用法中，以人格（personality）——实质上是自我（ego），取代了灵魂。"（齐格蒙特·鲍曼《寻找政治》）诗人不过是无信仰的现代人中的一员，他的所有的希望/绝望、光荣/羞耻都只是把自己限定在"自我关注"中的疾病；他误以为自己的灵魂在受难，但往往只是与那个褊狭的自我有关。因此朵渔也就不会等到"神恩"和"天使"，他的一切的书写也不过是宿命的"失败之书"，他的一切或隐或显的"反抗"也就无法避免成为失败的一部分。

我的缠绕往复的论证得到的是朵渔早已明了的虚无的宿命，但他也许尚未充分认识到《这世界怎么啦》（组诗）及其目前的创作所暗藏的危机与生机。一方面，一种越来越沮丧、焦虑的自我关注的强迫症（或中年写作心态），让他离真正意义上的"反抗"和"行动"越来越远；另一方面，他内心永远涌动的自由意志的愿望，支撑着他永不放弃的追问：黑暗、羞耻、失败……这种尚存生机的标志，保证他在"自我"与"灵魂"之间始终没有放弃向后者的推进。"我梦魇了，自己却知道是因为将手搁在胸脯上了的缘故；我梦中还用尽平生之力，要将这十分沉重的手移开。"（鲁迅《颓败线的颤动》）朵渔永远摆脱不了"失败"的梦魇，因为他在梦中也本能性地把自己沉重的手放在胸脯上……某种意义上，《这世界怎么啦》（组诗）属于朵渔的转型期的作品，既有一以贯之的诚实的、抵御性的人性逼问，也有一种混杂的、虚无的犹疑，此时我们不妨从希尼对赫伯特的评价中期待一个更具当代诗歌典范性的朵渔："由平衡、步调和韵律所给予的确定性，则不可否认地是他成就的关键；他迂回的形式和编织隐喻以与意识圈套相称的方法，则有一种根本性的力量;但是只有当这种精神受到远远超乎平常生活所谋求的道路的召唤时,只有当呼喊或狂喜从那种精神中绞拧出来,飞入其自身的孤独与明确的某种意外的形象中时,只有在那时,赫伯特的作品才以其最无可比拟的精致而树立了诗歌纠正的典范"(《诗歌的纠正》)。

"正确"的文学生活笔记

1. "宗教疯狂来自非宗教的疯狂。"(维特根斯坦)文学疯狂来自非文学的疯狂。

2. 再不反对"文学",它就不值得反对了。我们糟糕而"正确"的文学生活同理。

3. 是的,我要谈一谈文学生活,这是个很糟糕的题目,糟糕不是因为题目,而是因为一旦触及文学生活,我就要直面诸多无法启齿的常识性挫败和道德感的极端沮丧。

4. 每个人都在饱和、功利、反智的文学生活里找到了自己恰当的位置,无论是善良正义的,还是猥琐邪恶的。这个生活在秩序的要求上很严格,而在正义、美和勇气等价值上越来越没有要求。无标准,无是非,无原则,无厘头,无所谓,只求"正确",只求皆大欢喜。

5. 两种"正确"而大行其道的"追求"——
文学活动的追求：盛友如云、高朋满座、滔滔不绝、一地鸡毛。
文学生活的追求：抱团取暖，和气生财。

6. 当我说出糟糕的文学生活时，其实它并不糟糕，或者说，我一边像祥林嫂一样喋喋不休地抱怨它糟糕，一边又半推半就甚至主动卷入它，向它投怀送抱，用不停歇的脚步表达对它的爱慕和依赖——就像我面对的是那个叫潘多拉的诱人的礼物。于是，我在这种"可耻"的矛盾状态中距离自己渴望的文学生活越来越远，借此证明我所渴望的文学生活并没有被我真正地渴望过。

7. 在这样的文学生活中，没有作家应该得到充分而诚恳的尊重；甚至，我们时代最杰出的文学人物中的多数都不配得到一般性的尊重。
文学人缺乏真正的魅力，在权力和利益面前他们太软弱，过于软弱使一切粉饰失去意义。

8. 在目前的文学生活里，请作家慎用"孤独"一词来描述自己的状态。在我看来，真正孤独的写作者几乎不会说出这一孤独，而频繁以孤独的姿态示人的写作者活得都一点也不孤独。
加缪说："孤单不是悲剧，无法孤单才是。有时候为了不要再和人的世界有任何关联，我愿意放弃一切。但这样的世界我也有一份，而最大的勇气是能够同时接受这点及其悲剧。"

9. 高密度的文学活动如一团迷雾或躁动不安的激情，我们无法描述它们的意义或无意义,只能幸福地堕入这迷雾,享受这激情。

10. 你们反复地声称"爱文学",但是,仅仅因为"爱文学",你们就可以假文学之名做这些勾当吗?这种充盈着荒唐饥渴、冗余知识、恶俗欢颜、卑贱媾和的文学,就是你们允诺给自己和未来的那个栖居之地吗?

如果这就是你们爱的文学,我可以不爱,都留给你们。

11. 只愿意表达明确的爱,而不能也不敢表达明确的恨,这使得文学除了伪善和媚俗就剩不下什么价值了。没有"憎恨"的文学生活并非意味着和谐,而是意味着我们只谈功利,不谈是非;只谈友谊,搁置矛盾。"爱是一种普遍的答案、一种理想的快乐期待、一种融合世界关系的虚拟。恨导致分离,爱导致结合。"(波德里亚)

12. 我们的文学生活中真正属于艺术的成分不足十分之一,其余的皆属于社会学、政治学、伦理学……所以,我们就能看到某些文学人物以混社会、谈生意的方式混迹文学圈,如鱼得水、予取予夺。

13. 他们的情商高于他们的演技,他们的演技高于他们的文学水平,他的文学水平又明显高于他们的道德水平。

14. 在文学领域拒斥必要的道德逼问是显而易见的逃避,不断刷新的道德底线正在挫伤我们对艺术的基本信任,我们装作对此视而不见。陈独秀说:"继今以往,国人所怀疑莫决者,当为伦理问题。此而不能觉悟,则前之所谓觉悟者,非彻底之觉悟,盖犹在惝恍迷离之境。吾敢断言曰,伦理的觉悟为吾人最后觉悟之最后觉悟。"

或者用更直接的方式发问:还要脸吗?

15. 关于"圈子",南京诗人路东说:
"每个圈子,都有一个墙壁高过自由的立法院,它公布的条文,也以数的方式排列成政治学的等级秩序。圈子的共性,裹紧在数的逻辑中,它以中心的引力,挫败边界上私奔的企图。

16. 文学前辈:我们现在太宠爱年轻人了,这样下去可怎么好?
文学晚辈:我们的前辈永远这么宠爱自己,这样下去可怎么好?

17. 我很想对某些前辈作家说:那时你们真好,还没过上好日子……你们体验过噩梦,也将噩梦馈赠给我们;你们体验过欢乐,却将欢乐从我们手中夺走。你们耗干了年轻人的冲动、热情、创造性,也就等于提前埋葬了自己,祝贺你们的权威万寿无疆。
"历史是一场噩梦,我正设法从梦里醒过来。"(《尤利西斯》)

18. 不知天高地厚的文学青年狂妄地认为,老人们已经没有讨论当代文学的资格和能力了,然而事实永远相反,他们不但讨论,还制定标准。

19. 文学人的位高权重是"反文学"的,构成明显的"反讽"效果却根本不具有"反讽"的功能。

一个写作者同时拥有权力，那他的写作所获得的激赏就应该变得可疑；这常常使得优秀的写作变得不幸，低劣的写作变得过于幸福。

他们聚集在一起，形成巨大的闭合把相应的文学空间制造成弥漫着权力气息的领域；他们高谈阔论、耀武扬威，轻轻地把文学推向远处。

20. 很多号称或貌似淡泊名利的文人却总是能名利双收，他们的运气真好。

21. 一群声名显赫的文学前辈，维护着等级森严、阶层固化的文学秩序，却经常抱怨年轻人没有活力、缺乏锐气，写的东西沉闷、同质化，鼓励年轻人去创新，去创作所谓的异质性作品。在一个青年作家的文学交流活动上，一位年轻的90后作家问我："你们鼓励我们写不一样的东西，写更当代的题材，我们写了，你们又不发，而那些发表的、得奖的全都是老的东西，陈旧的东西。为什么？"我无言以对，却颇为喜悦：姑娘，谢谢你这样问我。

借用北岛文章的题目：《你召唤我成为儿子，我追随你成为父亲》。

22. 你们曾是创造的一代，创造了一个文学传统、一整套的文学观念和标准，我们作为"继承人"，只能沿着这一传统发问。当这样一个传统通过反噬自身而丧失创造性、变得坚硬和粗暴之后，我们便失去了在既定的"文学"边界以内反抗你们、打败你们的任何可能。因为你们更"专业"，你们可以"包容"一切、操控一切。

所以，这个时代的文学抗议者经常很容易地被丑化为疯子、小丑、精神病、变态狂……因为他们不如他们的对手专业，而那些与对手一样专业甚或更专业的人都学会了不再抗议。

23. 对于那些权威的文学前辈们"正确"的文学废话，那些言之凿凿的本质论，很多年轻作家竟然毫无"抵抗力"，毫无反省、反叛的自觉和能力。他们已经被秩序固化为秩序生效的道路上的垫脚石，驯化为维护秩序的新兴力量，已经毫无逾矩的愿望和野心。

由此，他们获得一种可怕的自信，这种自信中饱含着溢于言表的满足感和洋洋自得，使得所有看穿这一特质的人们对他们的作品和行为不再有任何期待——哪怕他们中的个别人真的会写出一部文学意义上的杰作。

24. 我为自己的怠惰找到了恰当的借口："'乐观主义者书写得很糟糕。'（瓦莱里）但是悲观主义者不书写。"（布朗肖）

25. 就像艾希曼，我们也学会了用职业思维来为自己辩解：这是我的工作，我也要活着……有很多说得出口或说不出口的理由，用以证明我们在文学生活中参与的很多荒唐事都是无可奈何的，或者尽管这些行为很丑，也并不证明我们就是丑的……说出这些托词的时候，我们很像办公室或者厨房里的任何一个物件，电脑桌、菜板，以及五颜六色的垃圾桶。

"陈词滥调、日常话语和循规蹈矩有一种众所周知的把我们隔离于现实的作用，即隔离于所有事件和事实由于其存在而使我们思考它们的要求。倘若我们时时对这些要求保持回应，那我们马上就会

疲惫不堪,而艾希曼的不同只在于他对此要求分明是毫不知悉。"(阿伦特)

是的,你们说的那些事,我毫不知悉,我是无辜的。

26. 一方面,我们把很多与文学有关或无关的"恶"符号化,然后反对之——单纯地反对这个符号;另一方面,悄悄地、积极地参与"恶",却又掩耳盗铃般地自外于这"恶",并且时不时地"旗帜鲜明"地反对这"恶"。

"我反对!"普遍非正义催生正义癖,在我们的文学生活中患有正义癖的人很多,经常看到很多文人、知识分子特别擅长在不触及自身利益的前提下大张旗鼓地表达他们的正义感(比如微信朋友圈里的表态和站队),但这些貌似同仇敌忾的瞬间正义、局部正义带来的有效正义微乎其微,不过是掩饰自身匮乏、怯懦的一种伪善的手段。

27. 局部意味着自私、褊狭。这就好像我们在那些文学的高头讲章中看到的频繁使用的局部"知识",它们的合理和自圆其说貌似解决了一些问题,但事实上只是冗余知识的无聊增殖。"不加选择的知识冲动,正如不分对象的性冲动——都是下流的标志。"(尼采)

文学生活内部充斥着这种毫不节制的局部知识。

28. 文学的小时代却痴迷于"大词":爱、伟大、深刻、正义、深邃、灵魂、神性、承担、使命、拯救、悲悯、救赎……这些"我们深受感动的文化的主题词""我们语言中最强烈的情感表达的主题词",其实也是"最冗长、含混和费解的主题词"(波德里亚)。在我们的文学讨论中,这些"大词"经常因为大而无当而显得异常滑稽,但却没人有能力阻止它们一再出现。

29. 过多地谈论文学，是一种非常恶俗的习惯；"恰当"地谈论文学，是一种非常恶俗的能力。"恶俗已经远远地走在了前面，任何力量都休想一下子让它慢下来。唯一的办法还是嘲笑恶俗。如果连这个也不做的话，那你就只能哭了。"（保罗·福塞尔）

30. 文学已经彻底仪式化，文坛也迫不及待地与娱乐圈趋同，因此，文学仪式化的具体表征到底是什么，请参考娱乐新闻。据说，有关部门正在与浙江卫视研究一档重要的文学节目——《演员的诞生》，令人担忧的是，那些不停上演的文学仪式上有太多的演技派，到时候怕是什么最高分、影帝、影后、终身成就、杰出贡献都不够分了。

维特根斯坦说："必须严格避免任何仪式性的东西，因为它们很快就会腐烂。"这种论调真是迂腐，我们的文学仪式（笔会、研讨会、分享会、朗诵会、签售会、颁奖会、文学周、文学节等）就像24小时营业的超市，只要不停电，它就不间断。腐烂？怎么可能！全是新鲜的，带着露水和泥土的芬芳的，据说2020年的文学仪式已经排到2222年了。

维特根斯坦接着说："当然，接吻也是一种仪式，而且它是不会腐烂的。仪式只有像真诚的接吻时才是许可的。"流氓，太流氓了！他竟然纵容我们搞文学仪式的时候动情地接吻，这种阴谋是不会得逞的，我们可以互相吹捧、喷口水、调情……接吻？休想！这么粗俗的行径历来与我们的文学高端人群无缘。

31. 近几年重要的文学现象是：作家的创作谈、访谈越写越好，奖项越得越多，但作品却越写越差。尤其一些年轻人的主要才华都体现在给作品起篇名和写创作谈上了，张口闭口都是"世界文学"的各种"高级"经验，但写出来的作品却经常乏善可陈，跟他们所娴熟讨论的"世界文学"并没有关系。

32. 如何准确、得体地褒奖别人逐渐扩大为一种体系庞大的、精妙精微的知识和技艺，广泛运用于研讨会、新书分享会等场合的发言，以及书评、作家作品论、授奖词等文体的书写。它们看似由文本生发而来，却又往往"高于"文本，经常让读者和作者欢欣鼓舞的同时倍感"惶惑"。

33. 我们的很多文学评论家、批评家通过不停吸纳各种学科的最前沿的、最新的知识和理论，构建了一个"大师性"的、"高端"的批评话语体系，但他们实际面对的文学现场却源源不断地生产着大量低端重复的文本。这种批评话语与文本的分裂、错位导致批评家要么尽力回避当下的文本，围绕个别经典化文本，进行无目的的、内部循环的知识、理论操练；要么杀鸡用牛刀，把三流文本当作文化研究、社会学分析的样本，或者把三流文本直接"包装""打造"成一流文本。

34. 荣誉即腐败。不过放宽心，你是唯一的例外，只有你和你的作品得到了公正的评价。

35. "诗人们，作家朋友们，都上奖台吧！

总有一款适合你——"

36. 高稿酬、高奖金不会给作家带来真正的尊严，也不会给文学带来真正的公正，只会让我们的文学生态、文学生活变得更加虚荣、浮华，让作家们更加浮躁、功利。在游戏规则不可能改变的前提下，增长的稿费和奖金让谁真正受益还需要认真思考吗？

37. 我们的诗歌活动的数量比所有其他文体的活动的总和还要多得多，所以很多诗人不是正在参加活动，就是在参加活动的路上。以至于诗歌朗诵会、诗歌比赛已经迅速堕落为最恶俗的文学活动。

辛波斯卡说："我无法想象诗人不去争取安闲和平静。不幸的是，诗歌并非诞生于喧闹、人群之中，也并非诞生于公共汽车上。所以，必须有四面墙，并且保证电话不会响起。这是写作所需要的一切。"

此外，对于很多作品而言，不要说得到高稿酬、高奖金，它们的发表或得奖本身就是丑闻。

38. 又有一位作家或什么大人物不幸去世了，殡仪馆、花圈店和朋友圈都开始紧张地忙碌起来。

盗用和"榨取"死者最后的剩余价值，在柱石的废墟、正典的灰烬里，假装神圣真理尚未毁灭，假装我们并不憎恨文学……

39. 如今，我们的作家前所未有地融入了全球化，拥有了梦寐以求的国际性，他们周游世界，带回照片、点赞和简历。

40. 文学不能沦为庸众的温床，文学或许已经沦为庸众的温床。

这里正在欢迎和接纳无数愚蠢、虚伪、空洞无物的辞令。这使得文学作为一个行当或技艺显得门槛很低，轻率地跨界、发言、提问、质疑是文学场域的常态，谁都可以关于文学说三道四、指手画脚。

41. 文学权力的高度一体化改变了文学精神，取消了空间和地理差异，比如曾经喧嚣一时的"民间"，现在惟余一个符号，或一种余温，已经无法形成对话、挑战和反抗的可能；比如什么京派、海派，现在也不过是一种文学史知识，北京、上海、南京、广州、大理的文学还有真正的差异性吗？比如某些文学机构或群体，因为受益于高度集中的文学权力而变得日益自私、傲慢、愚蠢……

42. 愚蠢是没有边界的，沉默也没有，他们彼此依偎、调情——漫长的愚蠢游弋于漫长的沉默之中……

43. 我是你牙缝里的肉，怀着一种既想被你吞食又觉得有必要抗争一下的矛盾心理，滞留在那个暂时的缝隙里，有朝一日，被你的舌头或牙签从牙缝里挑出来，要么以食物残渣的命运再次进入你的肚腹，要么被你吐到地上……

第 二 辑

边界互渗的生机与险境
——浅谈江苏新世纪诗歌的民间力量兼及民间的困境

自二十世纪八十年代以来，江苏诗歌与中国当代诗歌一样，始终纠缠着一股强劲又复杂的民间力量。最初，这一民间力量在我们时代僵化、媚俗、堕落的诗学境遇中起着非常重要的作用，曾经为江苏诗歌史乃至中国当代诗歌史留下丰富的美学资源和悲壮、坚韧的诗学立场。然而，与徘徊在中国现实语境中诸多的集体性话语一样，这样的一种诗歌力量，注定要从虚构的纯粹性、绝对性那里跌落下来，成为时代顽固的精神困境的生动注脚。学界无论是对"民间"这样一个复杂的概念，还是在这一旗帜下形成的广阔的诗歌面貌，都有着很多反思性乃至批判性的研究，本文所致力于的也是这样一种立场和路径，试图从二十一世纪江苏诗歌民间形态的变化兼及谈论整个中国当下民间立场、民间化写作存在的一些问题。我这里所讲的民间力量既包括民间诗刊、报纸，民间诗歌团体、圈子及相关活动，也包括相关的网站、论坛以及其他各种形式的、独立的民间个人写作。由于对江苏诗歌民间力量的整体风貌了解有限，也鉴于它在整个中国当代诗歌的民间存在中的特征或局限，本文着重从对部分民刊的分析入手，主要论及新世纪之后民间力量的现实衍变和"噩运"的走向。

以新世纪为界,大致可把江苏民间诗歌(主要是民刊)的发展分为两个阶段,前一个阶段包括诸如韩东、小海等人的"他们",车前子、黄梵等人的《原样》,江雪、雷默、黄梵等人的《诗歌研究》,更夫、成南、阿翔等人的《实验诗歌》,庞培主编的《北门杂志》,朱朱的《联系》等等。这个期间提出和形成的诸如"诗到语言为止""个人化写作""回到诗歌本身""形式主义""简单的诗""中国语言诗派"等观念、潮流,对于江苏诗歌乃至中国当代诗歌的影响非常深远,波及至今。这种民间力量的崛起,深刻地关联着中国宏大的文化政治语境的转型,即"民间的发达取决于庙堂和广场的弱化"(陈思和)。当然,这种弱化并不是意味着意识形态的绝对蜕变,无非只是它在历史问题的推动下所做的某种策略性、战术性的调整;也不意味着那些被冠以民间大纛下的各种主体,真的有一个明确的、坚定的民间认同,因为"民间"概念本身从它诞生之初就被赋予了太多根本无法对应于现实的、过于纯粹的虚构成分。新的"民间"想象并不会改变中国传统中民间的那种混杂性、矛盾性,诚如李新宇在关于民间的论争中所说的:"中国的民间文化像一锅大杂烩,其中煮着全部自发的生机和几千年积淀的陈腐。在这里,生机是微弱的,腐朽却因为长期发酵而气味特别浓烈。而且,只要我们对其认真考察,就会发现,它是权威意识形态天然的承载者和自觉守卫者。如果我们要寻找过去时态的权威意识形态,民间是最好的保存场所。"[1]因此,作为民间话语的衍生形态的民间写作、民刊,其现实走向也注定不会如他们所标榜的那么独立、自由和叛逆,当他们与

---

[1] 李新宇:《泥沼面前的误导》,《文艺争鸣》1999年第3期。

国家权力话语进行某种程度的交易或统一的时候，裂痕就会迅速蔓延为一种不可遏制的崩塌的险境。在世纪末的那场影响深远的关于"民间"和"知识分子"的论争之中，民间力量不仅系统地表明和彰显了自己的立场、诗学态度，也深刻暴露了它自身所蕴含的那种对于权力、荣耀和集体意志的渴望，这一切都成为新世纪以后民间话语、民间力量变得更为复杂和暧昧的主导性因素。譬如对于当时的江苏诗歌的民间力量而言，"他们"群体从最初提出具有民间倾向的"个人性""文学本身""日常口语"等诗歌观念，到二十世纪九十年代末系统地提出民间写作的概念，并通过"断裂"向顽固的文学体制发出一次强力冲锋，这一轨迹是否意味着民间从崛起到成熟的过程呢？显然不是，相反，"他们"首先迎来的是分裂、分离和瓦解，这一结局不是操持民间立场的主体们可以主导的，而是"民间"作为一个类的、集体的概念在中国语境中的必然的走向。

二十一世纪以来，江苏民间诗刊、民间诗歌写作较之之前看起来似乎更加丰富、更加繁茂了，但事实上的影响力却并不如前，和广东、上海、北京、四川等地的大型诗歌民刊以及成熟的诗歌活动相比，它们并没有在中国民间力量的蓬勃中起着导向性、旗帜性的作用，也没有制造明显的喧嚣和论争。当然这也并没有什么值得遗憾的，相反，这种民间话语的集体形象的弱化，实际上更能容纳事实上的、真诚的"民间"力量。相关民刊主要包括黄梵、马铃薯兄弟等人的《南京评论》，李樯、朱庆和、林苑中、育邦等人的《中间》，阿翔、朱庆和、李樯等人的《缺席》，章治萍主编的《诗家园》，古筝的《陌生》，小海、李德武等人的《玩》，另外还有《唱诗班》《间》《诗印象》《扬州诗歌》等等。其中除了《南京评论》有着一定的影响力之外，其他民刊的诗坛效应都不明显，而诸如《中间》

《缺席》等则极其短命,昙花一现。由于缺乏持续性和文学潮流的标志性,二十一世纪以来江苏民间诗歌的集体标记和集体力量并不突出,但他们在个体化写作上的坚持、探索并没有停止,相反,正是因为不求闻达,他们之中很多人的独立性、自由性因此更突出,诗歌写作总体上也显得更沉静、笃定。尽管江苏诗人广泛地介入着中国民间诗歌力量在新世纪的拓展,但他们身上较少新世纪民间诗歌场域中那些圈子化、江湖气等不良倾向,而是致力于在一种多元、开放的格局下,维持着一种更个体、更诗性、更具诗学探索热情的写作姿态。另外,民间力量有一点变化在新世纪十分突出,我把它描述为"边界互渗"的加强和凸显,这一点不仅体现在江苏的民间力量,全国诗歌创作的民间写作倾向都存在着同样的一种互渗格局。在这一格局中,民间边界的假定性、虚构性在时代的发展中开始暴露,它与那些或隔阂、或敌对的范畴的边界之间难以避免的互渗昭然若揭。我把这种边界互渗总结为以下几点:

1. 身份互渗:社会结构的复杂化带来个体身份的复杂化,一种身份携带一种认同机制,多重身份势必影响主体和民间机制的独立性、自由性。那种认为工作是工作、生活是生活、写作是写作的泾渭分明的边界意识是不确切的,各种身份彼此绝对互相影响,譬如大学老师、知识分子、评论家、官员、企业老板、作协会员、白领、公务员、编辑、记者、家庭主妇等等。这些身份的社会功能和价值立场经常与民间力量构成显而易见的矛盾性,它们与民间身份的混杂和彼此制约是不可避免的,绝对脱离其他身份规约限制的独立写作越来越不可能,因为他们永远无法摆脱的身份还有男人/女人、丈夫/妻子、父亲/母亲、儿子/女儿等等,这一切都是自由、独立的民间想象的敌对力量。仔细考察时下各种形式的诗歌的民间力量中不同主体的身份特征,以及背后或隐或显的现实力量,就能明确意识到民间纯粹性的不可能性。

2.机构互渗:各种身份依托于不同的机构,但却依托于同一种制度,民间写作的成长从根本上讲不可能脱离制度的规约、控制,或者制度下的机构互渗还成为民间写作成长的动力、资源。譬如民间力量与作协、商业资本、其他官方资本等等之间的合作,当前罗列在民间名目下的各种诗歌研讨会、诗歌节、诗歌沙龙、诗歌刊物的发行和传播等等,无不显示出机构互渗过程中意识形态对民间独立立场的解构和销蚀;同样,那些所谓的官方机构的诗歌活动也不乏民间诗歌人士、诗歌机构的参与。譬如《扬子江诗刊》很多活动中对民间力量的吸纳,"中国现代汉诗研究计划"与商业资本、官方资本的合作等等。

3.媒介互渗:民刊、民间写作与官刊、官报、官媒(电视、网络等)等之间的边界,说起来壁垒森严,但他们之间的合作、互渗是有目共睹的。有哪一个重要的民间诗人没有长期在官方刊物发表作品,有几家民刊没有刊载过作协会员、官方刊物编辑、公务员和企业老板的诗歌,那些标榜为民间的诸多媒介活动中,实际上仍旧是身份互渗、媒介互渗、边界消失之后各种现实力量出于诸多晦暗动机的博弈。譬如重要民间诗人朵渔获得的"华语文学传媒大奖"实际上是官方立场和商业资本共同主导的,而其获奖作品《高启武传》则发表在江苏省作家协会的《钟山》杂志上。

4.地域互渗:包括两方面内容,一方面,诗歌民刊或论坛等越来越具有广泛的包容性,或者是更广泛的诗学认同性,所以,原来地域性的诗歌民刊实际上刊载的都是天南海北的诗人的作品(这里边也有身份互渗的问题);另一方面,诗人的流动性造成的地域互渗，许多诗人因为生存的原因四处迁徙，在这种流动性中，不同的地域对诗人的创作产生了不同的影响，他们参与的原有的地域民间力量也进行了交错的碰撞和整合。譬如南京诗人梁雪波与四川的"非非"、黑龙江诗人马永波与《南京评论》和《流放地》，西北诗人章治萍与无锡《诗家园》等等。

5. 诗学互渗：每一种民间写作力量都要发布一个诗学"宣言"、诗歌"立场"或诗歌"主义"，指引一条所谓与众不同的"道路"，这些"宣言"和"立场"无论用如何惑人的言辞标新立异都回避不了雷同性、类型化、相似性、相通性乃至重复性的困境；无论他们如何标榜和实践自身的对抗性，都避免不了被通行的诗学瘟疫裹挟而入的命运。朦胧诗退潮之后形成的众声喧哗的局面，一直持续到二十一世纪以来，为了实现所谓的诗学创新，或者为了在诗坛上站住脚，名目繁多的诗歌"广告"指引着无数条盘根错节的诗歌道路。这些诗歌道路在修辞上维持着的先锋性、革命性，与他们具体的诗歌创作和现实选择之间，多半没有什么联系，因此命名为诗学互渗并不妥当，诗学混乱、诗学伪装也许更合适一些。因为，无论是第几条道路都无法回避当下诗歌、诗人那种绝对化的边缘乃至堕落的处境，那种几乎没有道路可走的绝境。如果新世纪之后，民间力量仍然不能从这种更新诗歌主张、圈占概念的画地为牢的惯性中觉醒，那自欺欺人、掩耳盗铃的伎俩终将继续侵蚀和瓦解民间的那种自由、活泼的个性。

当然，边界互渗有一定的积极功能，比如在这个过程中，民间力量的多元性、自由性、丰富性、广泛性得到了有力的加强，从外部形态看来就是，诗歌的民间力量，包括民刊、网站、论坛、博客或其他形式的个人化写作越来越多，越来越庞大。同时，边界互渗伴生的消极性也越来越突出，正如以上分析的，由此形成的"险境"首先摧毁了民间反复申述的独立性、自由性和个人性的边界，民间与韩东所说的"伪民间"的界限也模糊了，没有真民间了，或者，真民间就根本未曾有过。互渗性实质上就是混杂性。如果仔细思考的话，我们会很清楚地意识到，这种互渗并不是新世纪之后才发生的，只是随着时代的进程，诗歌的各种理想主义、乐观主义的乌托邦支撑不可避免地坍塌了，以前被诗学的狂热掩盖的盲点、盲区显露出来了，那种救世济民的躁动也在日益严酷的现实面前冷静下来了，这个时候，民间力量所谓的互渗性、混杂性的本质再也无法回避了。早期的叛逆的、革命的冲动主导的"民间"的纯粹性、绝对性的界定不可避免地松动了。

关于什么是"民间"，在世纪之交的诗歌论争中有两篇文章极具代表性，分别是韩东的《论民间》[1]、于坚的《当代诗歌的民间传统》[2]。从我个人的立场上来看，在诗学自由、个性、独立的原则上考察，他们对于民间的界定和倡导没有任何问题，有着强烈的感召力和"煽动性"，但新世纪走过十年之后，我们会明确感知到那些信誓旦旦的预言和判断，如今看起来已经不像那些诗学修辞本身那么具有魔力和说服力了。他们一再强调的那种确切存在的、非虚构的民间，如今看起来越来越具有虚构性，诸如"真正的诗歌方向""千秋万岁名""民间就是不团结""生动、自由、多元的局面""重新回到诗歌的生命现场""独立意识""创造精神""根本的价值""真正的活力"等理想化的描述，在当下这样一个混杂的、庞大的民间力

---

[1] 韩东：《论民间》，《1999 中国新诗年鉴》，杨克主编，广州出版社 2000 年版。
[2] 于坚：《当代诗歌的民间传统》，《当代作家评论》2001 年第 4 期。

量面前,开始变得可疑了。最初的这种民间的边界意识无可厚非,但它的出现本身就是自己的倡导方向的敌人,那种宣言性透露出来的集体意志、群体规约性、官逼民反的权力话语和暴力姿态,本身就与独立性、自由性、个体性构成尖锐的矛盾。或者说,最初构想的这种民间只不过是寄托反抗性、创新性话语的一个理想化的概念,它根本就不存在,作为诗学乌托邦也几乎没有实现的可能。

于坚说,民间不是一种反抗姿态,但在中国的境遇中,民间的势态却越来越证明:民间的总体性力量的走势就是反抗的姿态。当然把民间的精神定义为反抗也不是什么耻辱,而且一度也是民间彰显自身意义的自我认证。对于诗人们而言,我们可以借用政治反抗上的定义,"反抗是我们的神秘信仰,与尊严同义"[1]。况且,没有任何诗学反抗不深刻关联于政治现实。只是无论如何,反抗不能仅仅是姿态,一种荷尔蒙及利益驱动下的冲动反应,姿态带有表演性质,会轻易消解反抗的意义。而且我们不能只看到民间在反抗层面上形成的抽象的意义,而忽视它在互渗性、混杂性后面隐藏的险境:非意义。朱丽娅·克里斯特瓦在她的另一本著作《反抗的意义与非意义》中,更深入地研究了反抗的深层内涵,从弗洛伊德那里总结了反抗的三个层面的特征:

1. 反抗是违抗禁忌。
2. 反抗是一种重复,一种修通,一种润饰。
3. 反抗是一种移置,一种组合体,一种游戏。[2]

---

[1] [法]于丽娅·克里斯特娃:《反抗的未来》,黄晞耘译,广西师范大学出版社 2007年版,第3页。"于丽娅·克里斯特娃"又译为"朱丽娅·克里斯特瓦"。
[2] [法]朱丽娅·克里斯特瓦:《反抗的意义与非意义》,林晓等译,吉林出版集团 2009年版,第25页。

事实上，在任何一种社会形态下，无论是集团的，还是个人的反抗姿态都不可能是单一的、纯粹意义上的，即它不仅违抗禁忌，也要在自身的轨迹中复制禁忌、润饰禁忌，乃至最终把反抗禁忌作为一个游戏。下面在对民间力量的几种依赖性的分析之中，就能非常明显地看到各种"移置""组合"之下的混杂，如何把一场斗争变成无可奈何的游戏。在我看来，民间力量的互渗性、混杂性形成的诗歌险境包含以下几种依赖性：

1. 道德依赖性：民间始终把艺术力量道德化，认为民间写作意味着先锋、前卫、自由、反抗、叛逆、多元，在道德上是正义的，这实际是源于在现实生活中遭遇不可避免的个人的、社会的道德崩溃之后，诗人、诗歌的神圣化虚构逐步破产之后，所进行的一种徒劳的、南辕北辙的道德基础的重构工作，本质上无益于道德观念的良性建构，只是彰显姿态，而在现实生活中无力避免随时遭遇的道德回避和道德残缺。"礼失而求诸野"永远是失败的。那种认为民间的诗歌书写必然在道德上高于那些所谓的官方书写、体制书写，是极其愚蠢、幼稚乃至虚伪的。

2. 政治依赖性：制度和意识形态是民间构筑的敌对力量，也从事实上成为很多民间立场、民间写作的依据，假如当下的政治残缺性得到了解决，那很多标语口号式、现实挤压式的反抗性书写在诗学上就变得毫无意义，他们寄生于政治制度的困境。另一方面，很多民间力量的存在形态不过是制度和意识形态的复制，他们的经营方式、阐释方式、话语方式及编辑、社交的原则不过就是现有政治形态的延伸、填充、补偿。

3. 群体依赖性：地域性、圈子化、泛团体化、江湖气的持续性特征，使得民间力量往往结构为诸多现实的、世俗的、甚至意识形态性的利益共同体，诸多打着诗歌旗号的论争背后是对力量、安全感、荣耀、权力等世俗功利的迷恋。对于诗歌而言，极端地讲，任何超过一个人的群体策略都是一场无法避免的灾变。

4. 媒介依赖性：从民刊到网站、论坛、博客，民间诗歌力量存在着媒介扩大化的危险，由此引发的就是以诗歌生产、诗歌话语的浩如烟海为表征的诗歌的过度展示，为展示而展示，我在一篇论述网络诗歌的短文中曾经说过，对于诗歌而言，过度展示和过度交流最终会是一场灾难，因为它严重地损伤孤独感。

5. 资本依赖性：没有资本就没有民间力量，很多诗歌民刊、网站的中断多是因为资本链条的中断，因为它们无法盈利，只能靠资助，而资本具有天然的、难以控制的功利性，它对于民间所谓的个人、独立、自由而言，构成威胁和反讽的力量。另外，在中国当下，资本都要经由制度、意识形态的通道才能合法化，因此，资本依赖就是政治依赖。

6. 诗学依赖性：一方面，民间永远标榜先锋、前卫的创新性，强调先锋到死的极端立场，但创新并非是没有边界和尽头的，从本质上讲，诗歌的创新空间基本上已经被穷尽了，以创新为口号的民间书写无疑多半是重复性写作；另一方面，在一个文学、文化遭受空前漠视的语境中，诗学的、诗歌的力量何在？经由所谓诗歌的普及、复兴来扭转文化、政治和道德的走向是一种徒劳无益的高贵冲动，那些应当由公民完成的承担，不要交由诗人的身份来实现，任何把诗歌当作不朽的事业，或毕生的精神追求和真理探索的做法，多半只会有蒙昧和谎言两种品质。

总而言之，民间力量在这种日益扩大的互渗性、混杂性当中，为了所谓的"真民间"，已经到了必须"减肥"、必须往回走的境地了。假如诗歌的个人性、独立性、自由性是可以实现的话,肯定不能依赖目前的这种日益蔓延的民间力量。我曾经把先锋定义为孤独的噩运,对于真诚的民间或者本质的诗歌而言,它们同样是孤独的噩运,而且随着时代的变革,这一特征应该越来越明显,尽管它们有的时候带来的只是喧嚣和荣耀。正如韩少功在他的《扁平时代的写作》中所试图重建、重新确定的方向:"重建一种非权力化和非利益化的文化核心、级差以及组织,即文明教化的正常体系。"[1] 这种新的方向、体系当然并不新,仅仅是因为我们总是在成长中偏离它、永远无法实现它,导致它永远是新的、亟待实现的。

---

[1] 韩少功:《扁平时代的写作》,《扬子江评论》2009年第6期。

晦涩：如何成为"障眼法"？
——从"朦胧诗论争"谈起

一

"重返八十年代"以"知识考古学"的思路和詹姆逊"永远历史化"的口号，试图使"八十年代"重新成为一个问题[1]，或者重新"陌生化""问题化"[2]，这一目标被以一种违背初衷的方式实现了，即，经过再次历史化的努力，"八十年代"作为一个宏大的、重要的时代问题和文学问题仍旧存在，而且因为新的历史化努力形成的"多元主义的知识市场"（詹姆逊）本身的混杂和矛盾，使得它某种程度上反而变得更加模糊，而没有在一个文学失重的年代重新变得"危险"和尖锐。重返、重构、重写、重释等各种文学研究意图无非就是在沿袭着"新历史主义"从人类学借来的"厚描"（thick description）策略——"一种描述历史文本的方法，与某种旨在探寻其自身可能意义的文学理论，杂交混合后而形成的一种阅读历

---

[1] 李杨：《重返 80 年代：为何重返以及如何重返——就"80 年代文学"研究与人大研究生对话》，《当代作家评论》2007 年第 1 期。
[2] 程光炜：《文学讲稿：八十年代作为方法·前面的话》，北京大学出版社 2009 年版。

史——文学文本的策略",这一策略强调的就是"反复":阐释不是一次完成,而是一个反反复复、没有止境的过程[1]。但我们能从这种反复中得到什么呢?特里·伊格尔顿在批评詹姆逊的"永远历史化"时,尖刻地指出了反复探寻历史的两种结果:"好消息是,既然解释的过程是没完没了的,我们批评家就永远都不会失业。坏消息则是,我们永远无法确切知道我们在讨论什么,因为未来可能会产生出作品的一个新版本,它取消或者拒绝我们自己生产的那些版本。"[2]

这显然不是学者们的初衷,但历史化、知识化、学术化还能有更好的结果吗?新的历史叙事被限定在所谓的学科的"想象的共同体"之内,封闭、狭小,无法摆脱一种与现实隔离的"自娱自乐"的性质,无法避免自己的话语轨迹变成一个个"故事"、一个个"梦幻":"叙事话语远不是用来再现历史事件和过程的中性媒介,而恰恰是填充关于实在的神话观点的材料,是一种概念或伪概念的(pseudoconceptual)'内容'。这种'内容'在被用来再现真实事件的时候,赋予这些事件一种虚幻的一致性,并赋予它们各种各样的意义,这些意义与其说代表的是清醒的思想,还不如说代表的是梦幻。"[3]而我们该如何避免这种制造各种重复性的伪概念,而又同时陷入知识"梦幻"的窘境呢?在我看来,当前的文学叙事话语的最恰当、也最具时代性的方式是"再政治化"——而不是1990年代以

---

[1] 盛宁:《新历史主义·后现代主义·历史真实》,《文艺理论与批评》,1997年01期。

[2] [英]特里·伊格尔顿:《我们必须永远历史化吗?》,许娇娜译,《外国文学研究》2008年第6期。

[3] [美]海登·怀特:《形式的内容:叙事话语与历史再现·前言》,董立河译,文津出版社2005年版。

来的"去政治化",这种政治化不是因循福柯的权力话语,或者伊格尔顿的"政治批评",不是谨慎地把文学的政治权力关系仍旧限定在哲学或文学理论的范畴中,而是以阿伦特的方式,把文学从诗学的自足而狭小的领域拉回它应当置于的真理范畴或"公共领域"中,文学主体应该像莱辛那样:关心的不应该是"艺术作品自身的完满",而是艺术带给观众(或读者)的效果[1]。

在提出"重返八十年代"构想的最初,李杨较早地指出了我们在理解"八十年代文学的政治性"时的障碍:"人们习惯将'政治'与'权力'当成了一个负面的东西,尤其对于文学来说是一种负面的力量,因而也就将权力当成一种可以经过努力加以摆脱的东西。这还是中了'文学自主性'的毒,老是将'文学'与'政治'或'权力'对立起来,老把'政治'当成一个一心要强暴文学的恶霸。"在李杨看来,跨越这一障碍的方式就是意识到"文学本身就是一种权力,一种政治"[2]。事实上,在新时期的最初阶段,无论是官方意识形态对"文学工具论"的重新解读和强调,还是徐中玉、刘纲纪、钱中文、童庆炳等人相关的学术讨论,也包括李泽厚通过康德所建构的"主体性"理论,甚至于我们后文要涉及的"朦胧诗论争"等,都没有、也不可能把文学与政治对立起来,政治也不单纯是一个丑陋的"恶霸"形象,这既是意识形态压力下的时代局限性,也是一个误打误撞的时代"开放性"。而文学与政治的对立的确和"文学自主性"或者是一种浓厚而狭隘的审美主义倾向相关,随着刘再复的

---

[1] "观众从来都代表着世界,或者更好地说,代表了在艺术家或作家与他的同代人之间形成的世界化的空间,这一空间对他们来说乃是公共的世界。"[美]汉娜·阿伦特:《黑暗时代的人们》,王凌云译,江苏教育出版社2006年版,第5页。
[2] 李杨:《重返80年代:为何重返以及如何重返——就"80年代文学"研究与人大研究生对话》,《当代作家评论》2007年第1期。

"文学主体性"形成文学独立论,到文学的"向内转"、文化热(文化现代化)、寻根、现代派及先锋、纯文学等观念,逐步构筑了一个"去政治化"和审美化的路径,这个路径最终导致了我们对文学和政治(关键是政治)这两个核心概念的误解,由此引发的混乱以及制造的两难困境延续至今。

如何正常处理文学与政治的关系?这是本文试图分析的一个核心问题,而选取的切入点是"朦胧诗论争"(1979—1988),但切入的方式不是历史性的追根溯源,或者是知识性的话语辨析,我只是想从"朦胧",或者"晦涩"这样一个和现代主义(或现代派)相关的问题入手,来考察1980年代的文学话语中内含的政治性悖谬,从而指出文学如何成为主体理性地思考和面对政治的障碍;或者,面对时代严峻的精神危机,文学和政治何者更应当优先面对。1980年代的文学图景和文学想象是在与政治的对峙、斗争中建构起来的,政治是文学的对立物,而文学最终实现的想象性的"全面胜利"也是以超越了政治障碍为丰碑和荣耀的,在这方面尤以诗歌为甚。但在那以后,文学尤其诗歌却一直努力"去政治化",以建构文学的自主性,却又不断陷入政治性的泥淖,其中的诗学镜像值得深究。奚密曾经非常敏锐地把二十世纪八九十年代中国诗人的诗歌心理概括为"诗歌崇拜"[1],并系统地揭示了这一心理的成因,以及它的积极

---

[1] "'诗歌崇拜'意指发生在二十世纪八九十年代期间诗歌被赋予以宗教的意蕴、诗人被赋予以诗歌的崇高信徒之形象的文学现象,以及这个现象背后的文化因素。'崇拜'在这里相当于英文中的'cult',具有强烈的宗教狂热的意涵。'诗歌崇拜'表达一种基于对诗歌的狂热崇拜、激发诗人宗教般献身热情的诗学。这种诗歌崇拜衍生了一套体现在宗教词汇和意象上的论述。在一个宗教信仰自由曾遭到压抑,制度化或私人性宗教曾遭到扼杀的社会里,宗教意象的出现以及诗歌与宗教的认同本身就值得注意。"参见奚密:《从边缘出发——现代汉诗的另类传统》,广东人民出版社2000年版,第207页。

和消极的后果。事实上,"诗歌崇拜"不过是1980年代以来的"文学崇拜"(或审美崇拜、审美主义、艺术崇拜)的一部分,只是诗歌场域的表现最为突出、最具代表性;直到现在为止1980年代的诗歌事件(地下诗歌、朦胧诗、《今天》、诗人之死等)、诗人谱系(北岛、食指、多多、顾城、海子、戈麦等)形成的神圣化、英雄化的历史叙事[1],仍旧是非常重要的审美意识形态的组成部分,或者说是维持诗歌场域及诗人"光环"的重要内涵。例如北岛在新世纪的访谈中对于诗歌的功能仍旧充满信心:"诗歌在中国现代史上两次扮演了重要角色,第一次是五四运动,第二次就是地下文学和《今天》。正是诗歌带动了一个民族的巨大变化。这也说明了中国确实是诗歌王国。"[2]这里显然夸大了诗歌的历史功能和时代价值,而且这种夸大往往和内在的"崇拜"和"信仰"没有必然的联系。奚密虽然准确地捕捉到了诗人们浓厚的浪漫主义的、宗教崇拜的诗歌情绪,但是并没有辨析这些情绪的真假,没有透过表象发现这些"情绪"在能指和所指上的矛盾。因为很多"诗歌崇拜"话语不过是一种毫无宗教献身意味的"表演",其背后往往是诗坛话语权的争夺,以及诗人在越来越不属于自己的时代过于急迫、过于绝望的身份认同意识和身份建构企图。所以,奚密才会误以为"后朦胧诗"或"第三代"对"朦胧诗"和"今天"派诗人的反对是一种"反崇拜"的叙

---

[1] 比如较具代表性的有刘禾主编的《持灯的使者》,广西师范大学出版社2009年版;廖亦武主编的《沉沦的圣殿——中国20世纪70年代地下诗歌遗照》,新疆青少年出版社1999年版。相关评价可参考洪子诚:《当代诗歌史的书写问题——以〈持灯的使者〉、〈沉沦的圣殿为例〉》,《郑州大学学报》(哲学社会科学版)2005年第5期。

[2] 查建英:《八十年代访谈录》,生活·读书·新知三联书店2006年版,第78页。

事,"反崇拜"不过是一个需要建构对立姿态的话语表象,其背后仍旧是"诗歌崇拜"的延续和分化,诗人不过是从英雄、烈士、先知,转变为了反体制者、异端分子、孤独者、特立独行者、离经叛道者、与众不同者……而当1980年代虚构性的"阅读公众"在大众文化时代瓦解后,操持和表演"崇拜"的就只剩下诗人、评论家和一部分盲目的拥趸了。所以钟鸣才会这样概括当今的中国诗坛:"障眼法和白痴症弥漫世界,并相互调情",进而尖锐地指出:"文学,尤其诗歌,在它的滥用和自损之下,已不再具有改变、甚至影响我们精神的力量了。如果,它还有一些秘密,那可真是恭维了。"[1]而要说到当代这些诗歌"障眼法"的起源,以及诗歌曾经拥有的"秘密",就不得不从"朦胧诗论争"说起了。

二

"朦胧诗"是不是属于现代主义(或现代派),或者是否需要专门为它创造一个"中国式现代主义"的标签,本身并不重要,重要的是通过"朦胧诗论争",现代主义作为一种审美理想在中国文学场中实现了它"顽固"的合法性。这一审美理想与"文学主体性""向内转"、现代派或先锋文学、纯文学等文学自主性、自律性思潮是一脉相承的,在中国现代主义的艺术想象中,文学要构筑"自治"的审美王国,而这一王国与政治是对立的,它坚信自身携带着先天的反抗性、反叛性、先锋性、异质性、创新性、创造性,但无论如何

---

[1] 钟鸣:《畜界·人界——一个文本主义者的随笔》,上海人民出版社2010年版,第15、10页。

努力，现代主义在中国从来没有成功[1]，却一直作为一个审美幻境被向往、被标榜，那些神学前提式的附属价值也似乎从未真正实现过。迈克尔·莱文森在反思西方的现代主义时说："俗气地理解现代主义，立刻就会成为一场历史的丑闻和一种当代的无能"，而中国当代文学某种程度上已经陷入了这样一种"现代主义式"的丑闻和无能之中，我们一直在渴求创新、渴求反抗、渴求自由、渴求独立、渴求更好的作品、渴求更伟大的作家，但最终的结果是我们一无所获却仍旧自欺欺人地渴求着，没有人理性地追问：我们到底在渴求什么？"一场以复兴艺术为己任的运动，随着它的日渐成长，逐渐暴露出了自身的弱点。究其原因，部分在于它自有其不可忽视的丑陋特点，部分在于一个丑陋的时代给它施加了压力。"[2] 所以，我们不能只是一味强调时代如何为难了文学、为难了现代主义，也应该意识到现代主义及其文学诉求"自身的弱点"和"不可忽视的丑陋特点"——即晦涩成为主体逃匿的"障眼法"。

"朦胧诗论争"最初是在"看懂/看不懂"的层面上展开的，"朦胧"/晦涩是论争的一个焦点。当然，随着"崛起派"在诗坛或者是文学史上的"胜利"，朦胧诗以及相应的现代派、现代主义诗学的晦涩就获取了毋庸置疑的合法性，章明及其《令人气闷的"朦胧"》成了诗歌史的"笑料"，臧克家、艾青成了新诗潮、青年们的"敌

---

[1] 在当代中国，包括先锋、知识分子、民间、个人化、后现代等思潮，以及名目繁多的"道路""主义"、主张都不过是现代主义的替代性标签，这些标签即便有的是以"反现代主义"的面孔出现，最终还是要回到潜在的现代主义式诉求那里，或者成为"另一类时髦而掺假的现代主义"（欧文·豪）。

[2] [美] 迈克尔·莱文森编：《现代主义》，田智译，辽宁教育出版社2002年版，第1、2页。

人",而由晦涩所应该引申出的更尖锐的冲突被搁置或含混地回避了。"朦胧诗论争"内部的话语是非常混杂的,相关研究从各个角度试图历史性地、理论性地辨析这些话语[1],虽然某种程度上还原了更多的历史真相或诗学复杂性,但却又似乎没有解决任何问题。我在这里以一个较为直接或者说较为"粗鲁"的本质论的方式,把"朦胧诗论争"的核心问题还原为一个文学与政治的问题,或者是文学的政治功能的问题。"朦胧诗"虽然被想象性地作为中国现代主义的新的开端、"一座高峰",但正如很多研究所指出的,它内部杂糅了太多的浪漫主义的成分[2],和西方的现代主义是一场表征危机、叙事危机不同,总体上朦胧诗在叙事上还是雄心勃勃的,有着强烈地介入时代、改造社会的欲念,因此更适宜在人道主义和启蒙的话语下谈论[3]。而这一点和反对"朦胧诗"的臧克家、艾青、程代熙、方冰、丁力等没有本质的区别,只是关于诗歌如何服务社会、服务现代化方面,他们有分歧,但分歧绝不像最后的政治批判那样对立。既然都要介入时代,那是"看得懂的诗"还是"看不懂(晦涩)的

---

[1] 如程光炜:《批评对立面的确立——我观十年朦胧诗论争》,《文学讲稿:八十年代作为方法》,北京大学出版社2009年版,第171页;余旸:《"朦胧诗"论争——"中国式"现代主义诗歌的艰难叙述》,《扬子江评论》2009年第6期。
[2] 陈旭光:《中国诗学的会通——20世纪中国现代主义诗学研究》,北京大学出版社2002年版,第281、283页。
[3] 如徐敬亚在《崛起的诗群——评我国诗歌的现代倾向》中说的:"在艺术与生活的关系上,他们反对写实,但不主张脱离生活;他们突出地强调诗的审美作用,但并不否定诗的教育作用,相当多数的新诗人强调诗的社会功利价值,主张'诗人应是战士',大量作品具有强烈地侵入生活的锐气,一些象征诗、意象诗都富于社会振动性,一些叙事型诗中,灌满了人道主义的呼声。"徐敬亚:《崛起的诗群——评我国诗歌的现代倾向》,《朦胧诗论争集》,姚家华编,学苑出版社1989年版,第276页。

诗"更能成为"心灵与外界的最直接的连通线"（徐敬亚）呢？

在评价"朦胧诗"的核心力量"今天"派创作的时候，刘禾认为："《今天》诗风拒绝所谓的透明度，就是拒绝与单一的符号系统或主导意识形态合作，拒绝被征用和操纵，它的符号作用其实超过了一般意义上的反叛。在我看来，言语的反叛大于狭义的政治反叛，因为这类反叛的另一面，即它的乌托邦，直接针对人们的言说行为和日常生活，而不满足于对某个抽象的社会理念的诉求。因此，我认为《今天》在当年与主流意识形态之间形成的紧张，根本在于它语言上的'异质性'，这种'异质性'成全了《今天》群体的冲击力。事隔多年，早期《今天》的'异质性'业已演化成一个更为普遍、更为长久的现象，这是《今天》对当代文学的重要贡献……"[1]很显然，在刘禾看来，"晦涩"的不透明性构成了"异质性"，这种异质性对意识形态的威胁要大于"狭义的政治反叛"，但这一判断不过是一种基于历史偶然性的"错觉"，而这一"错觉"的形成也和"朦胧诗论争"中主流意识形态过度的政治反应有关。"清除精神污染"是主流意识形态在改革开放的探索阶段，受冷战思维和相应的国内压力的影响所形成的过激的政治恐慌，是"极左"观念的暂时性回潮，对于思想界、文化界的一些言论、作品（如人道主义和异化的讨论、白桦的《苦恋》等）的批判虽然显得激烈，但却并不彻底，也不像"文革"等极左时期那么粗暴。而"朦胧诗"在"清除精神污染"中也不过是一个程式化的环节，惩戒的方式无非就是写检讨、发表和出版暂时受阻而已，因此刘禾所谓的"反叛""异质

---

[1] 刘禾编：《持灯的使者·序言》，广西师范大学出版社2009年版，第6页。

性"、与主流意识形态形成的紧张等,不无英雄化、悲剧性的夸张之嫌[1]。事实上,真正让主流意识形态恐慌的并非是"晦涩"的、"拒绝透明度"的言语,而是相反,要么是明确的"政治反叛",要么是"透明度"极高的"言语的反叛"。因此,"朦胧诗论争"也就成为1980年代以来,主流意识形态针对诗歌或者诗人的唯一一次、也是最后一次较大规模的打压,在那之后,它只需要忽视那些"拒绝透明度"的"异质性诗歌"就可以了,相反,它重视的是那些"透明度"极高的、极其明晰的公共性言论。所以回到前面的问题,"看得懂的诗"和"看不懂(晦涩)的诗"何者更具"介入性"?显然是"看得懂的诗",所以章明、臧克家、艾青等"反朦胧诗"的批评在很多方面是很自然的、很正常的,失去了读者的诗歌怎么能够像顾城说的那样推动"民族进步"、建设"高度的精神文明""驱除罪恶的阴影""照亮苏醒或沉睡的人们的心灵"[2]?"朦胧诗论争"期间,有诗人这样说:"我的诗现在你们看不懂,不喜欢,不要紧。我相信将来——我们的下一代,一定会看得懂的,会喜欢它的。"而方冰这样反驳:"我看他的这个信心是绝对靠不住的。你是现在的人,你写的是现在的事物,现在的人都不理解,都看不懂,我们的下一代,没有在现阶段生活过,能够理解、能够看得懂吗?这不过是自我安

---

[1] 事实上,如果没有主流意识形态偶然的、过度的政治反应,那朦胧诗、《今天》派诗人也不会有那么高的诗歌史地位,那些诸如"英雄""受难""悲壮""持灯的使者""沉沦的圣殿""被埋葬的中国诗人"等神圣化叙事也就"失重"了。
[2] 顾城:《"朦胧诗"的回答》,《朦胧诗论争集》,姚家华编,学苑出版社1989年版,第319页。

慰罢了。"[1]很显然,这一自我安慰落空了,不要说"遥远的""朦胧诗"了,就是当前这些浩如烟海的"晦涩"的"杰作"还有多少读者呢?"通俗易懂"的诗歌变得"不道德"(西川),诗人只为一个虚构的"无限的少数人"服务(翟永明),那诗人还有什么理由标榜自身的异质性的价值呢?

当然,我们似乎应该把"朦胧"/"晦涩"作为一个审美或诗学问题来讨论,"朦胧诗论争"最初也是从"审美""接受"等层面相对温和地展开的,但正如有的论者指出的:"八十年代前期在'朦胧诗'论争中,'朦胧'/'晦涩',在很大程度上就是作为一种文学的政治术语来使用的。"[2]而这种政治化不仅体现在反对"朦胧诗"的言论中,也同样蕴含在那些主张和支持"朦胧诗"的言论中,因为后者也无法放弃诗歌的交流、教育等社会性功能,这就势必使得诗歌处于不断被政治化的处境。"朦胧诗"是靠政治化"成功"的,"后朦胧诗"或"第三代"又是以"不顾一切的'粗暴'的侵入"(谢冕)的政治方式出场的,此后,中国新诗共识瓦解,进入了一个以生搬硬套各种各样彼此的"差异性"、标榜自身的"异质性"为主要循环方式的"诗江湖"时代,诗学口号的纷争背后多是为了争夺话语权力和彰显波德莱尔所说的现代主义主体的"英雄气概"。如今,没有比诗歌更喧闹、更"繁荣"的文体了,但同时也没有比诗歌场域容纳更多的粗鄙的"政治化"欲望的了,中国诗歌的所谓的"去政治化"的努力就是以没有节制的"再政治化"的方式展开的。

---

[1] 方冰:《我对于"朦胧诗"的看法》,《朦胧诗研究资料》,李建立编,百花洲文艺出版社,第26页。
[2] 臧棣:《新诗的晦涩:合法的,或只能听天由命的》,《南方文坛》2005年第2期。

在这些"再政治化"的"斗争"中,"晦涩"仍旧是一个纠缠的核心问题、一个万能的"障眼法",反对"晦涩"的一方所操持的话语方式与"朦胧诗论争"中章明、艾青、臧克家等人是"一脉相承"的。比如"非非"诗人尚仲敏批评朦胧诗语言混乱、晦涩,"违背了诗歌的初衷,远离了诗歌的本质","诗人不过是人群中高深莫测、故弄玄虚的那一小撮","诗人的形象被世人彻底误解,有的甚至声名狼藉"[1],同样的争执也反复出现在"知识分子"与"民间"、晚近林贤治与臧棣关于九十年代诗歌评价等此起彼伏的论争中,但"晦涩"的问题仍旧无法解决。像反对朦胧诗"晦涩"的"非非"或第三代,仍旧写的是"晦涩"的诗,只是晦涩的面貌更"丰富"了。在口语化、口水化("梨花体""羊羔体""乌青体")、下半身等诗歌实践中,"日常还原主义"的平白、浅易甚至粗鄙、琐碎,对于读者而言无非是另一种形式的"晦涩":这也叫诗歌?这样的诗歌有什么价值?而诗歌"晦涩"的价值往往是在与评论家的同谋共谵中实现的,和小说等文体不同,每一个诗歌派别都有自己相对固定的评论家队伍;而且很多时候,诗人也要迫不及待地亲自出场,充当诗人和评论家的双重角色,这在小说、散文等其他文体中并不多见。但他们的"过度阐释"并没有让"晦涩"的诗歌重新获取读者,因为他们的"阐释"比诗歌更"晦涩",目前,在所有文体评论中,诗歌评论是最"晦涩"的。这又回到了"朦胧诗论争"中,艾青对评论家造成的"整个世界的烟雾弥漫"[2]的批评那里了,如今那些纠缠着各种

---

[1] 尚仲敏:《反对现代派》,《磁场与魔方:新潮诗论卷》,谢冕、唐晓渡主编,北京师范大学出版社1993年版,第235页。

[2] 艾青:《从"朦胧诗"谈起》,《朦胧诗研究资料》,李建立编,百花洲文艺出版社,第168页。

古今中外的理论话语的诗歌评论，仍旧和当前的诗歌创作一道制造着普通读者"令人气闷的朦胧"，以至诗歌越来越"曲高和寡"、乏人问津，中国诗歌在"读者缺席"的情况下群魔乱舞似的表演着它的"晦涩"和"繁荣"。难怪钟鸣会说："要论诗歌的进步，除了'词'的胜利，就人性方面，我看是非常晦暗的，犹如骨鲠在喉"，"时过境迁，即使是单纯的人，单纯的事，正确的人，正确的事，做出来也恍惚严重错位。"[1]

说来说去，诗歌应不应该"晦涩"呢？或者，诗歌"晦涩"的合适的限度在哪里呢？这样的问题现代以来就从诗歌与现实、诗歌的大众化、诗歌的社会功能、新诗的存亡等方面讨论了很多，却永远无法解决（以至于有论者认为"中国现代诗歌史就是一部反对晦涩和肯定晦涩的历史"[2]）。因为1980年代以来人性的"晦暗"以及诗人的"正确"（也包括"错误"）导致的"严重错位"，本质上不是一个美学困局，而是一个政治困局。也即，诗歌无论写成什么样，它都在失去"读者"，它对时代来说都是"晦涩"的。此时，诗歌（或文学）与政治的关系应该建立在我们对"政治"的正确理解上，而不是对文学的"正确"理解上；或者说，我们应该重新思考，在柏拉图那里，为什么诗人要被逐出理想国？

三

欧阳江河在评价"1989年后国内诗歌写作"的时候认为："抗

---

[1] 钟鸣：《畜界·人界——一个文本主义者的随笔》，上海人民出版社2010年版，第2、12页。
[2] 以上可参考臧棣：《现代诗歌批评中的晦涩理论》，《文学评论》1995年第6期。

议作为一个诗歌主题,其可能性已经耗尽了,因为它无法保留人的命运的成分和真正持久的诗意成分,它是写作中的意识形态幻觉的直接产物……"新的诗歌写作应该限制为"具体的、个人的、本土的",即"知识分子写作":既要强调与环境的疏离,又"坚持认为写作和生活是纠结在一起的两个相互吸收的过程",或者进一步解释为"偏离真理""返回知识",但又要"保留对任何形式的真理的终生热爱"[1]。这和王家新在《当代诗歌:在"自由"与"关怀"之间》中表达的观点类似,只是王家新更坦率地承认这是"两难"和"矛盾"的:"纵使他执意要成为一个纯诗的修炼者,现实世界也会不时地闯入到他的语言世界中来,并带来它的全部威力……"[2]事实上,这不只是知识分子写作的"基本困境",即便是那些理直气壮地批判知识分子写作的民间派们也不得不面对这种尴尬的"困局":过多地介入现实,就可能损伤诗歌的美学构想和个体的艺术自由;过多地逃离现实,就可能损伤一个主体的责任和良知,从而招致道德上的批判和质问。无论如何,进入1990年代,诗歌及诗人都不可避免地边缘化了,人们已经逐渐习惯了忽视诗歌、不需要诗歌,这本质上和"写什么""怎么写"没有关系。因此,1990年代后期,两位"崛起派"的重要理论家谢冕和孙绍振对九十年代诗歌、诗人的批评,就不免有些理念化了[3],严格意义上讲,中国并不缺少谢冕

---

[1] 欧阳江河:《1989年后国内诗歌写作:本土气质、中年特征与知识分子身份》,《站在虚构这边》,生活·读书·新知三联书店2001年版,第53—56页。
[2] 王家新:《为凤凰找寻栖所——现代诗歌论集》,北京大学出版社2008年版,第19页。
[3] 洪子诚、刘登翰:《中国当代新诗史》(修订版),北京大学出版社2005年版,第243页。

所期待的那种"代言"性的、"直面社会重大问题"的作品，也不是每个诗人都在象牙塔内"自我呻吟"，但结果怎样呢？中国诗歌永远都处于缺乏"好诗"、缺乏"伟大诗人"的窘境，但什么才是"好诗""伟大诗人"？以及有了"好诗"和"伟大诗人"，我们的时代和人性会发生什么实质性的变化呢？这些问题根本无法回答，也没有人愿意穷究。

其实原因很简单，也很明确，正如阿伦特所强调的那样："在其中公共领域被遮蔽，而世界变得如此不确定以至于人们不再过问政治，而只关心对他们的生命利益和私人自由来说值得考虑的问题。"[1]我们所谈论的诗歌的"晦涩"也不过是这样一桩"私人自由"，即便我们认定诗歌的所有的"晦涩"都是合理的、真诚的，那它也不过是把主体"抛回到……轻飘飘的、无关紧要的个人事务当中，再次脱离'现实世界'，被私人生活'悲哀的不透明性'（épaisseur triste）所包裹……"[2]这一"私人自由"或"不透明性"并非不重要，关于艺术的私人性与人的公共性之间的关系，阿伦特在论述"公共领域"的时候已经做过深刻地辨析[3]，结合阿伦特的政治哲学，可以概括为：相对于私人领域（比如艺术自由），公共领域（或公共自由、公共生活、政治生活）更为重要，而且前者的"魔力"和价值必须依赖于后者的实现，否则它就是"无关紧要的"。

---

[1] ［美］汉娜·阿伦特：《黑暗时代的人们》，王凌云译，江苏教育出版社2006年版，第9页。

[2] ［美］汉娜·阿伦特：《过去与未来之间》，王寅丽、张立立译，译林出版社2011年版，第2页。

[3] ［美］汉娜·阿伦特：《人的境况》，王寅丽译，上海人民出版社2009年版，第32—34页。

因此，在处理文学与政治的关系时，我们必须要强调政治的优先性，也即把阿伦特所说的"沉思的生活"与"行动的生活"结合起来，勇敢地面对我们的"公共生活"的残缺，并努力改变它。而"公共生活"是需要明晰而拒绝"晦涩"的，因此我们从1980年代的"朦胧诗论争"开始建构起来的现代主义的"晦涩"，或者说与此相应的"诗歌崇拜""艺术崇拜"，不过是一种自欺欺人的、消极怯懦的"人性"，或者就是波德里亚所揭穿的招摇撞骗的"艺术的阴谋"。所以，晚年的奥登才会放弃玄奥、晦涩的"现代主义"，并在悼念叶芝时写道："诗没有让任何事情发生"。因此，我们必须学会首先忠实于真正的公共生活，跳出私人领域具有诱惑性的安全，带着勇气进入公共领域，否则我们所期许的任何形式的私人自由都将成为空谈。

"晦涩"无论有无必要、是真是假，都不可避免地构成对"公共生活"的逃避。"诗人与诗歌的拥护者曾声称诗歌能培育出更好的公民，诗歌能传播'文化'，并将他们的辩护建立在这一基础上，但是，这个一开始只是为了应急而编造的谎言……实在显得太过厚颜无耻……"[1]公众不买"障眼法"的账，总是被诗人和评论家们抱怨为"没文化"，抱怨这个时代太可怕，他们也许应该想一想苏格拉底的话："如果荷马真能帮助自己的同时代人得到美德，人们还能让他（或赫西俄德）流离颠沛，卖唱为生吗？人们会依依难舍，把他看得胜过黄金，强留他住在自己家里的。"[2]

本文的结论难免"泛政治化"之嫌，而且观念也过于"陈旧"，

---

[1] ［美］宇文所安：《迷楼——诗与欲望的迷宫》（绪论），程章灿译，生活·读书·新知三联书店2005年版，第6页。
[2] ［古希腊］柏拉图：《理想国》，郭斌、张竹明译，商务印书馆1997年版，第396页。

最终无非还是回到了早就被时髦的理论家抛弃了的启蒙理性那里。如今的文学场（包括诗歌场），道行深的操练"障眼法"，道行浅的扮演"白痴症"，一个庞大的、职业化的群体就这样在"艺术的盛宴"里讨生活。因此"重返八十年代"是极其必要的，但却不应该是过于"晦涩"、温和的历史化、理论化的"厚描"方式，而是以最尖锐的自我反省的方式回到那些"陈旧"的缺失那里，因为"传统的看法，身份的错误握持，制造意识形态的阴谋，只能更深地导致诗的衰迈，让过去的古典行径和身份越来越小丑化"[1]。

---

[1] 钟鸣:《畜界·人界——一个文本主义者的随笔》，上海人民出版社2010年版，第9页。

当代汉语诗歌"公共性"想象的政治边界
——从唐晓渡《内在于现代诗的公共性》谈起

《内在于现代诗的公共性》[1]一文让我想起唐晓渡的另外一篇对话《诗·精神自治·公共性——与金泰昌先生的对话》[2]，当金泰昌从韩国和日本的角度，提出了诗人的三分法——公诗人、私诗人和公共诗人，并询问"公共诗人"在中国的情况时，唐晓渡当时认为"公共诗人"或"诗歌的公共性"仍然是一个有待研究的问题，也许《内》一文中提出的"内在于现代诗的公共性意指"就是一年之后他对这一问题的回答。当然，诗歌的公共性的问题是一个关于诗歌、诗人价值的古老问题，或者说是来自于柏拉图的"古老敌意"的永恒问题，把诗人逐出理想国的柏拉图"申明"：如果为娱乐而写作的诗歌和戏剧能有理由证明，在一个管理良好的城邦里是需要它们的，我们会很高兴接纳它。从那时开始，拥护诗歌的人必须为诗歌提供辩护，"不要滔滔不绝的雄辩，而要合情合理的辩护"（宇

---

[1] 唐晓渡：《与沉默对刺——当代诗歌对话访谈录》，北京大学出版社2012年版，第24页。

[2] 唐晓渡：《与沉默对刺——当代诗歌对话访谈录》，北京大学出版社2012年版，第92页。

文所安)[1]。而几乎所有看似"合情合理"的辩护都是围绕着柏拉图的"申明"展开的,即城邦、国家、人民是需要诗歌的,或者说诗歌有着不容歪曲和忽视的正面的"公共价值",比如唐晓渡所提出的现代诗的公共性为社会培育拥有情思丰沛的心灵的合格公民。但这样的辩护在政治学和社会学层面很难被证明,当然也很难被证伪,就像宇文所安分析的,"如果说在这场仍在持续的审判中,为诗歌的辩护从未彻底失败过,诗歌也从未最终被逐黜出理想国,那可能因为从来没有一个社会理智清明到不愿意相信那些既有吸引力、从情理上说也似乎不无道理的谎言——这既包括诗歌本身所撒的谎言,也包括我们这些拥护诗歌的人所撒的谎。"[2]

也许像布罗茨基所说的,"古代对于诗人的评价大体上要更高一些,也更合理一些"[3],而到了十九世纪,对于诗人的恶意攻击构成了一个俱乐部:"一谈到诗歌,每一个资本家都是一个柏拉图"[4];或者像加缪说的:"现代的革命运动始终伴随着对艺术的攻讦,至今尚未结束。"[5]而当下的中国,既有公众对诗歌的误解甚至蔑视(如"梨花体""羊羔体""乌青体"等讨论),也有知识分子的质疑(如季羡林的"新诗失败论"、林贤治对九十年代诗歌的批评等),还有

---

[1] [美]宇文所安:《迷楼——诗与欲望的迷宫》(绪论),程章灿译,生活·读书·新知三联书店2005年版,第3页。
[2] [美]宇文所安:《迷楼——诗与欲望的迷宫》(绪论),程章灿译,生活·读书·新知三联书店2005年版,第4页。
[3] [美]布罗茨基:《文明的孩子》,中央编译出版社1999年版,刘文飞译,第74页。
[4] [美]布罗茨基:《文明的孩子》,中央编译出版社1999年版,刘文飞译,第74页。
[5] [法]加缪:《反抗者》,上海译文出版社2010年版,吕永真译,第279页。

诗人的自我污名或自我反省，譬如诗人钟鸣所说的："文学，尤其诗歌，在它的滥用和自损之下，已不再具有改变、甚至影响我们精神的力量了。如果，它还有一些秘密，那可真是恭维了。"[1]

那么诗歌和诗人是否具有公共性呢？或者说，艺术的私人性与公共性（私人生活与公共生活）之间是否可以形成有效的互动？即越过那道"深渊和鸿沟"，唐晓渡提出了现代诗的内在的公共性意指：诗歌从一开始不只是一种个体经验或想象力的表达，或一门古老的语言技艺，它还是人类文明一个不可或缺的精神维度。成为启示性个人的诗人通过锻炼敏感、丰富而活跃的个体心灵，或者"在一念之间抓住真实和正义"，来实现自身的公共性。"这是现代诗存在的自身理由，也是诗人不可让渡的自由；是他唯一应该遵从的内心律令，也是他作为公民行使其合法权利的最高体现。"但这是否可行呢？一方面，这一"内在的公共性"并不是一条新的路径，因为诗人面对那场古老敌意的审判，它的辩护词始终与"内在的公共性"大同小异，但结果仍旧遭受更深的质疑；另一方面，从某种程度上讲，"内在的公共性"因为其过于含混和模糊而不具有真正的公共性。所以才会有唐晓渡所疑惑的变形：在经历了八十年代持续的"向内转"之后，九十年代起不少先锋诗人都在考虑并尝试如何处理个人写作和公共经验、公共视野的关系，然而，这种事关公共性的新的转向，在公共视野中却完全变了形（如西川、欧阳江河、廖亦武）。

"内在的公共性"最终多半导致米沃什在阐述他的那位远亲的诗观时所提到的结果：诗歌"退出所有人共有的领域，而进入主观主义的封闭圈"，或者诗歌因为是一种"内在活动的表述"而变为"小

---

[1] 钟鸣：《畜界·人界——一个文本主义者的随笔》，上海人民出版社2010年版，第10页。

小的孤独练习"[1]。这种情况在中国当下的诗歌生态中还不够显著吗？唐晓渡所乐观想象的诗人与读者之间的"创造性"互动更像是一个陈旧的美学乌托邦，因为这样的读者是缺席的，或者只是所谓"无限的少数人"，公共性从何而来呢？所以，"内在的公共性"很难满足中国当下所亟需的那种公共性渴求，正如阿伦特在解释"公共的"时候所指出的："它（公共的）是指，凡是出现于公共场合的东西都能够为每个人所看见和听见，具有最广泛的公开性。对我们来说，表象——即不仅为我们自己、也为其他人所看见和听见的东西——构成了现实。"[2]而艺术的私人性，或者所谓的"内在的公共性"根本上做不到这一点，或者也不需要一定做到这一点，这就涉及了艺术的私人性与人的公共性之间的矛盾了。

汉娜·阿伦特在论述"公共领域"的时候已经深刻解析了艺术的私人性与公共性之间的矛盾关系[3]，而唐晓渡所言的"内在公共性"及其功能的预设，某种程度上讲也是属于这样一个范畴。在阿伦特看来，"个体经验的艺术转化"关涉"个人生活的最强大的力量——如心灵的激情、大脑的思想和感官的愉悦"，这些"不确定的、朦胧的"心理现实必须被加以"非私人化、非个人化"的变形，才会具有适合"公共表现的相状"，也就是艺术的转化。这种变形所呈现的"私人生活的隐私性……总会极大地强化和丰富人的全部主观情感和私人感受，但这种强化向来都是以失去对世界和人的现实

---

[1]［波兰］米沃什：《诗的见证》，广西师范大学出版社2011年版，黄灿然译，第34—35页。

[2]［美］汉娜·阿伦特：《公共领域和私人领域》，《文化与公共性》，王晖、陈燕谷主编，生活·读书·新知三联书店1998年版，第81页。

[3]［美］汉娜·阿伦特：《公共领域和私人领域》，《文化与公共性》，王晖、陈燕谷主编，生活·读书·新知三联书店1998年版，第81—83页。

性的保证为代价的"。也就是说,尽管艺术对个人经验的转化已经让它具备了某种公开性,但这种公开性仅仅是"照亮我们的私人生活和隐私生活的微光",仍然严格区别并屈服于公共领域的那种"刺目的光芒""那道无情的亮光"。艺术更多的是一桩"私人事务",它关心和维护公共领域认定的那些"无关紧要的东西",由于艺术的原因,这些"无关紧要的东西具有一种异乎寻常的、感染人的魔力",其中的"关爱和温情甚至可能代表着世界的最后一个富于人情味的角落","因此整个民族都可以将它作为自己的生活方式来加以接受",但这并不会也不应该"改变它那基本的私人性质","整个民族私人的东西、着迷的东西的这种扩大并未使这种东西成为公共的,并未构成一个公共领域;相反,它仅仅意味着公共领域已经彻底退缩了,从而在一些地方,宏伟都被魔力取而代之了。因为尽管公共领域可以是宏伟的,然而它却不可能是迷人的,之所以如此,恰恰因为它不能容纳无关紧要的东西。"对于当下的诗歌语境而言,每个诗歌主体(无论是诗人还是诗歌的想象性读者)都很直接地体会到,艺术的私人性受制于当下公共领域里诸多形态的政治的、经济的、文化的公共话语,其私人性的艺术特征被多种喧闹、混杂的"宏伟"的公共性、公开性影响甚至取代,而这一切又往往并不是真实的、现实的和公共性的"宏伟",它恰恰是一种"魔力"。这一"魔力"(类似于"内在的公共性")表面上是一种美学的或艺术的屏障,实际上是一种无处不在的政治障碍,构成了对真正的公共性的消解。在哈贝马斯论述公共领域的时候,本来存在着一种"文学公共领域"作为通往"政治公共领域"的中介,在他看来"虚构"文学作品中的私人个体的主体性和公共性密切相关,私人性的经验关系开始经由文学公共领域的"人性"而进入政治公共领域,并把组成公众的私人一起"共同推动向前的启蒙进程"[1]。但在我看来这种所谓的"文学公共领域"带有某种社会学想象的色彩,即便这种想象的文学机制在西方市民社会的公共领域的建构过程中有过积极的功能,但前提仍然是后者也即"政治公共领域"的基本要素要先于"文学公共领域"建构起来,才能让一种私人性中的人性得到公共空间的现实认可,简单来说,哈贝马斯也要强调这种"文学公共领域"是要以新闻检查制度被废除为政治前提的,而且"文学公共领域"的交往过程要超越社会和政治的特权,有自明的法律规范的普遍性和规范性标准作为保障。

总而言之,公共性即便作为一个诗歌美学的前提被提出来,那它本质上也仍旧是一个"政治问题",而不是一个"艺术问题";与其追求诗人或诗歌的公共性(无论是内在的,还是外在的),都不如先追求公民或政治的公共性,后者具有毫无疑问的优先权。某种程度上讲,中国现代以来的诗歌在追求"公共性"方面的任何形式的努力都失败了,诗人们在中国公共领域的健全和成熟方面毫无建树,无论是投入到政治漩涡中,还是逃逸到私人性的审美王国,都没能改变自身在政治变革中"无关紧要"的尴尬位置。类似于"内在的公共性",美国学者玛莎·努斯鲍姆曾经提出过"诗性正义"的概念,她以狄更斯的小说《艰难时世》等文学作品为材料,对经济学及功利主义的种种弊端进行了揭露和批判,认为文学主体可以通过"畅想"(fancy)和文学想象扩展个人经验的边界,建构一种旁观者的"中立性"、一种在文学和情感基础上的正义和司法标准[2]。正如

---

[1] [德]尤尔根·哈贝马斯:《公共领域的结构转型》,曹卫东、王晓珏、刘兆城、宋伟杰译,学林出版社1999年版,第54—59页。
[2] [美]玛莎·努斯鲍姆:《诗性正义——文学想象与公共生活》,丁晓东译,北京大学出版社2009年版。

《纽约时报书评》对她的论著的评价：乌托邦式的理想。我们一定要通过把政治领域"审美化"（aesthetization）来弥补中国当代公共性的缺失吗？幸好除了诗人和理论家做这种徒劳的"想象"之外，任何其他的阶层都从未对诗歌和诗人寄予如此厚望。"诗歌崇拜"或文学崇拜、审美崇拜是1980年代的一项难以清理的政治遗产，它导致我们在思考中国亟待解决的问题的时候，总是试图开辟一个诗学的路径。这一思维显现的不是诗人们的政治关切，相反，显现的是康德所说的"不成熟状态"："懒惰和怯懦乃是何以有如此大量的人，当大自然早已把他们从外界的引导之下释放出来的以后（naturaliter maiorennes），却仍然愿意终身处于不成熟状态之中，以及别人何以那么轻而易举地就俨然以他们的保护人自居的原因所在。处于不成熟状态是那么安逸。"[1]换句话说，诗人和诗歌值得我们信任吗？唐晓渡构建"内在的公共性"试图解决公共性渴求与诗歌之间的矛盾，或者回答诗歌、诗人值不值得信任的质疑，但正如我们前面分析的，"内在的公共性"的实现缺乏必要的前提，或者说缺乏一个"中介"或"纽带"，正如齐格蒙特·鲍曼所分析的："倘若在私人生活与公共生活之间的纽带不复存在，或者永远无法再建这一纽带，换言之，倘若没有简便易行的方式，将私人忧虑转换为公共问题，以及反过来，从私人麻烦中洞悉并指示其公共问题的性质，那么，个人自由与集体无能将同步增长。"[2]

---

[1][德]康德：《答复这个问题："什么是启蒙运动？"》，《历史理性批判文集》，何兆武译，商务印书馆1990年版，第22页。
[2][英]齐格蒙特·鲍曼：《寻找政治》（导言），洪涛、周顺、郭台辉译，上海世纪出版集团2006年版，第2页。

"历史是精神的蒙难"
——对当下文学史思维的思考

> 在我们这个时代,所有的智性、艺术或道德活动都为历史化这一意识掠夺性地占有。……一百多年来,历史化观点一直占据着我们理解一切事物的中心。也许它一度不过是意识的边缘抽搐,现在却变成一种巨大而无从控制的姿态——一种让人类得以不断保护自己的姿态。
>
> ——苏珊·桑塔格[1]

"假如没有文学史……",陈平原先生做出这一假设的目的是为了"认真思考'文学史'的生存处境和发展前景",进而"直面如何进行有效的'文学教育'这一难题"[2]。但这一目的是否可以实现呢?正如他苦心孤诣地追怀古往今来的"文学课堂"[3]也不可能为文

---

[1] [美]苏珊·桑塔格:《"自省":反思齐奥兰》,《激进意志的样式》,何宁等译,上海译文出版社2007年版,第293页。

[2] 陈平原:《假如没有"文学史"……》,生活·读书·新知三联书店2011年版,第44、45页。

[3] 陈平原:《"文学"如何"教育"——关于"文学课堂"的追怀、重构与阐释》,《作为学科的文学史》,北京大学出版社2011年版,第151页。

学找到恰当的教育方式一样,"假如没有文学史"的假设也绝不可能让我们真正反思我们的文学史思维的弊端和困境,因为这样的假设以及由此展开的学术路径仍旧在"历史化"的巨大阴影中。对于一个文学研究者而言,甚至对于所有和文学相关的主体而言,"假如没有文学史"是一个根本无法直面的根源性问题,这一假设的后果绝不会仅仅是陈平原先生归纳总结的"知识破碎""误入歧途""固执己见"等浅表性的困境,而是很可能从根基处摧毁这个看起来庞大、合理的文学学术体系及其建构的各种形式的认同机制。毋庸讳言,假如没有文学史,我们很可能就一无所有了,因为我们已经习惯了在历史有选择的庇护下发言,离开这种庇护我们就会失语,或者我们根本不具备离开这种庇护的勇气……

自1980年代"重写文学史"、1990年代文学研究的文学史转向以来,关于文学史书写的问题就一直是现当代文学研究界一个聚讼不已、争论不休的焦点,整个过程纷乱、迅疾和嘈杂,各种文学史著述和文学史理论模式层出不穷,但争论的结果却不是一个清晰又多元的文学史共识的形成,也缺乏真正典范性的文学史书写模式的确立,暴露的更多的是权力、意识形态、制度和话语的诸种动机的交错和纷争。当然,百舸争流的多元化趋向的确激活了文学史想象的空间,也激发了更多的创造活力对文学史的梳理和阐释,但众声喧哗、动情互喊的背后却是日益严重的文学史想象与文学认同的危机,而且这一危机又是以陈陈相因、机械重复的文学史写作、文学学院化和学术化生产的虚假繁荣为表象。究其原由,似乎是"颠覆""重写""重建""重构""重返"等文学史思维还没有实现它反复阐释和标榜的目标,似乎已有的文学史观、文学史理论、文学研究的范式及其相应的"成果"还远没有穷尽文学"历史化"的可能性。

而实际上在笔者看来，迄今为止的文学史思维仍然严重地受制于单一的、干瘪的、抽象的"历史意识"才是造成目前混乱局面的最大原因；或者更明确的说，文学史作为一种试图兼顾"历史"和"文学"的书写形态和思维方式，其臃肿的"历史"（包含各个领域、学科的多种历史话语，它们仍旧处于不断的膨胀和扩大中）早已构成了对"文学"的绝对性的压制、不可逆的伤害。文学史的历史动机对艺术本能的压抑已经形成了一种不可遏制的宏大态势，而且确立了牢不可破的合法性和话语权力，结果所造就的"文学的人"多是一些塞满了客观化知识、对艺术缺乏必要的感应能力而对各种虚假的确定性越来越狂热的"知识庸人"。1990年代以后，随着知识生产的膨胀和历史再现功能的强大与多元，它们对文学的缠绕形成了主体表达观点和立场的合法性障碍，更"谨慎"、更"规范"、更有"学理性"、更符合"历史事实"等历史化束缚，表面上是一种学术建构的合理性渴求，实际上完全可以归结为主体在"行动"和言说上的怯懦与延宕。文学史研究激发的对历史的考古冲动，把福柯的知识考古学彻底表面化和庸俗化了，所谓重新再现和挖掘的文学的历史细节、片断、断裂性，及其对它们的重读、重述都没能成为揭示权力压迫的破坏性力量，仅仅构成一种空洞、抽象和宏大的知识图景，反而成为主体与文学本能的创新意志和反抗冲动的消解性力量。

文学史从最初民族国家想象的继承物，到知识分子价值选择的隐匿形态，再到学科知识整合的虚妄的建构模式，它所形成的文学史思维越来越成为文学的异己化、敌对化力量，越来越显现成为人的"行动"和文学创新的政治障碍；之所以是一种政治障碍，乃是它作为一种障碍根本上来源于一种政治性限制，作为特殊的权力形态，它根本上也是政治权力的世俗模式的复制与延续[1]。因为文学史早已不仅仅是一种文学研究的范式，它所激发的文学史思维作为尼采或桑塔格所说的人的"第二本性"的显现，已经固化为整个文学创作、文学传播和文学研究的精神基础；它与历史的过度关联也已经把主体从文学的虚假在场那里更逼真、也更隐晦地凸显出来了，新的主体密切关联着赤裸裸的现实"政治"；文学史不仅仅是某一学科或学院文学的话语繁衍的场域，同时兼顾着世俗利益再生产的巨大功能，那些不断累积、重复的文学史思维催生的所谓学术成果，经过诸如"文学史价值""学术价值"或"文学价值"等的虚妄认证之后，成为学术群体在世俗法则面前心照不宣的甘于堕落、甘于日益"愚蠢"化的集体"游戏"的遮羞布。文学史思维的蔓延在文学的自由追求的层面上导致了一场场灾难，但在另外的更多的层面上也成了庸碌和麻木的栖居之地、成为多少人追求现实利益的"福祉"。正如尼采的"咒骂"一般："我受不了那些研究历史的充满欲望的阉人，禁欲理想的娼妓；我受不了那些编造生活的苍白的坟墓；我再也受不了那些萎靡不振的疲惫东西，他们卖弄聪明，带着一种客观的眼光。"[2]

　　文学史写作产生于现代大学制度的建立过程中文学课程的知识

---

[1] 对历史权力的屈从与对政治、经济等世俗权力的屈从是一脉相承的，在尼采看来，"谁先学会了在'历史的权力'面前点头哈腰，卑躬屈膝，谁最后就像中国木偶一样对任何权力点头说'是'，不管这权力是一个政府，还是一种舆论，还是一个数量上的多数，并且准确地按照某个'权力'用线牵动的节拍运动自己的肢体。"[德]弗里德里希·尼采：《历史学对于生活的利与弊》，《不合时宜的沉思》，李秋零译，华东师范大学出版社 2007 年版，第 211 页。

[2] 刘小枫、倪为国编选：《尼采在西方——解读尼采》，上海三联书店 2002 年版，第 298 页。

需求，在其诞生之初就深深地植根于现代性的民族国家想象和启蒙的宏大诉求之上，其建构基础往往是一种明确的历史观和历史态度，而这就导致它不可避免地受制于这一历史观背后的意识形态，也不可避免地使之成为一种权力话语。在新文学之初，其历史还较为短暂，虽然"五四"建构了明确的历史态度和进化论的历史观，但它没有提供足够多的"历史"为新文学史的书写提供材料、建立基础，只能以类似为白话文寻找历史源流等方式来建构自己的文学史想象空间。所以，虽然表面上看新文学是自由的、开放的，但却不能忽视它的文学想象与生俱来的坚定的历史视角和建构历史权力的动机。胡适当时有一段话现在看来意味深长："中国新文学运动的历史，我们至今还不能有一种整个的叙述。为什么呢？第一，因为时间太逼近了，我们的记载与论断都免不了带着一点主观情感的成分，不容易得着客观的，严格的史的记录。第二，在这短短二十年里，这个文学运动的各个方面的发展是不很平均的，有些方面发展的很快，有些方面发展的稍迟。……所以在今日新文学的各方面都还不会有大数量的作品可以供史家评量的时候，这部历史是写不成的。"[1] 从这段话里我们不难看出胡适非常明显的文学史的表意焦虑，因此他要以绝对"历史"的态度处理文学史写作的基础问题，也即避免"主观情感的成分"，作为"客观的、严格的史的记录"，这与后来的文学史写作力求还原历史、再现历史真实的冲动一样，在文学史写作的原初动机上置"历史"于"文学"之上，而"大数量的作品"只是任史家宰割的鱼肉。所以说，洪子诚先生在书写当代文学史时

---

[1] 胡适：《中国新文学大系·建设理论集·导言》，上海良友图书印刷公司1935年版，上海文艺出版社2003年影印本。

的疑问并不构成一个真问题:"当代文学史研究,我们一开始就会遇到几个相互关联的问题,一个是对'历史'的理解。文学史是历史的一种分支,首先要面对的是对'历史'的理解。第二是文学史究竟是文学还是'历史'?这个问题是文学史研究难以回避的。"[1]事实上,文学与历史的关联在文学史的内在结构中根本不是回避不回避的问题,文学史严格地受制于历史,而且最终实现的效果往往既不是"文学的"也不是"历史的",既无法成为绝对的"非历史"的审美对象,又无法成为一部纯粹的历史。或者就如阿瑟·丹托所断定的:"艺术史就是压制艺术的历史"[2]。如果说胡适在新文学之初还因二十年的历史太短而无法建构一种文学的历史体系的话,那1980年代中后期至1990年代以来,文学史书写和文学研究所面临的"文学的历史"则可以提供足够多的"历史"和"文学"了;当然,把它们结构成为一种新的文学史思维的冲动也仍然首先是知识者的历史冲动,也即新时代知识分子价值立场的新的历史性定位,只是他们摆脱原有的文学依附于政治意识形态的旧的"宏大叙事"之后要建构起来的新的叙事还要更宏大、更顽固。

"所谓'二十世纪中国文学',就是由二十世纪初开始的至今仍在延续的一个文学进程,一个由古代中国文学向现代中国文学转变、过渡并最终完成的进程,一个中国文学走向并汇入'世界文学'总体格局的进程,一个在东西方文化的大撞击、大交流中从文学方面(与政治、道德等诸多方面一道)形成现代民族意识(包括审美意

---

[1] 洪子诚:《问题与方法——中国当代文学史研究讲稿》,生活·读书·新知三联书店2002年版,第16页。

[2] [美]阿瑟·丹托:《艺术的终结》,欧阳英译,江苏人民出版社2001年版,第4页。

识)的进程,一个通过语言的艺术来折射并表现古老的中华民族及其灵魂在新旧嬗替的大时代中获得新生并崛起的过程。"[1]显而易见,"二十世纪中国文学"的文学史观与"新文学整体观"相同,都有一个宏大的历史观念作为支撑,都试图整合一切过去被遮蔽的历史内容,以此来建立一种新的文学史想象和新的文学史权力机制。其所期待的文学的历史关联可谓包罗万象,不可避免地构成一个庞大的历史表象,它们对文学的本质上的压抑是不言而喻的,由此重新建立起来的文学的新的阐释语境将同时获得新的选择、删改、评判等权力功能。如果说中国文学自现代以来面临着一个严峻的"过度历史化"的语境,导致绑缚在政治之上的文学的自主性遭到了沉重的打击和伤害,那么新时期之后的文学史想象则承续了一个"追加历史化"的功能,把原来的单一意识形态的历史压制变成了多重意识形态和历史内容的压制,它在恢复某些文学判断的自主性的同时追加了更多的对自主性的束缚。"研究者精神世界的无限丰富性,必然导致文学史研究的多元化态势。文学史的重写就像其他历史一样,是一种必然的过程。这个过程的无限性,不仅表现了'史'的当代性,也使'史'的面貌最终越来越接近历史的真实。"[2]"重写文学史"和很多新的文学史思维都强调一个共同的"历史"目的,也就是恢复所谓"历史的真实",这几乎成为一切文学史研究的神学式前提,他们从未把单纯地恢复文学的艺术性真实或艺术自由作为想象的最终结果,而总是有着更多的、更突出的文化目的和复杂的文化

---

[1] 黄子平、陈平原、钱理群:《论"二十世纪中国文学"》,《文学评论》1985年第5期。
[2] 陈思和、王晓明:《关于"重写文学史"专栏的对话》,《上海文论》1989年第6期。

重构的意图。但所谓"研究者精神世界的丰富性""研究的多元化态势""过程的无限性"并不能如他们承诺的那样"越来越接近历史的真实",因为历史的真实本身也是一种知识的叙事。用新历史主义的观点来说,历史叙事带有文学性质,那文学的历史叙事也就是双重的文学叙事,根本上无法也没有必要去承担再现历史真实的历史任务。"二十世纪中国文学""新文学整体观"和"重写文学史"都建立在宏大的历史叙事之上,它们试图以"现代性"的整合价值笼统地打通近代、现代和当代的文学史分期结构,而"现代性"本身作为一种历史叙事和知识结构就是不稳定的,用一个抽象的概念来整合复杂的文学状况注定是削足适履的,尽管它能一定限度上释放原有的被压抑的想象机制和空间;但另外一方面,在新的概念构筑的二元对立的模式下,又会有另外的文学史空间被压制、被放逐。不过,我们的文学史思维已经形成了对"一个无生命的、但却极为活跃的概念和词语工厂"的依赖,"用概念就像用龙齿一般播种,产生出一些概念龙",文学研究者们往往"对于自己任何没有盖上语词之戳的感觉都没有信赖"[1]。"民间""潜在写作""底层""打工文学""新世纪文学""重返八十年代""非虚构"等都是这一"概念和词语工厂"的产品,它们固然能够发掘新的历史阐释和文学阐释的空间,但本质上仍然是一种历史性的空间结构,本身是动态的、莫衷一是的。对这些概念的解读、阐释,以及由此滋生的学术生产和学术论争,都不可能是一个知识的清晰和简化的过程,而最终是文学的历史关联和知识关联无限膨胀的过程,也即历史性经验越来越庞大,

---

[1] [德]弗里德里希·尼采:《不合时宜的沉思》,李秋零译,华东师范大学出版社2007年版,第234页。

而文学的自主性也就越来越被一个巨大的网络束缚住，日益陷入阐释的知识化缠绕之中。

1990年代以后，随着文学史书写形态的进一步多元化，文学建立历史性关联的机会和可能在无限增大，历史空间被文学史叙事进一步地分隔、抢占，诸如期刊、报纸、社团、作家、作品等等的文学"开矿"行为，或者说是"历史补缺主义"盛行，触及的历史之广、之深已经逐渐到了匪夷所思的境地，通过各种抽象的理论建立起的文学的网络生态也几乎穷尽了文学与世界发生关联的一切可能性。文学处于历史的夹缝之中，用"历史事实自身说话"的结果多半是尼采所谓的"扎实的平庸"，根本无法对文学的自由属性构成什么建设性的力量，反而是遮掩了它。因为，"真正的文学研究之所关心的并不是死板的事实，而是价值和质量"[1]，但"价值"和"质量"在文学史叙事中也往往被粗俗地历史化为一种客观的、知识性的虚假言说了。比如，有的论者提出"恢复真正的文学'原生态'"："所谓的'原生态'并不是那种'凡是存在的都是合理的'逻辑的延伸，而是尽可能地贴近文学的本来面目。用'文学的'定语来限定'原生态'的内涵，即指文学史不是用来叙述非文学因素强加于文学之上的一种'暴力'的生态，而是文学自身的自由生长的生态系统。虽然在特定的环境下，这种'自由状态'通常也是要打引号的，毋宁说是文学为争取自由生长的状态更确切些，只有在争取自由的状态下，文学才显示其本来的意义和应有的魅力。这种'叙述'讲述的是文学发展（包含了文学为了发展自身而必要的抗争

---

[1]［美］R·韦勒克：《批评的诸种概念》，丁泓等译，四川文艺出版社1988年版，第274页。

非文学暴力）的故事——在这个意义上文学才呈现出一种'原生态.'"[1]"文学的""原生态"就和文学的"本来面目""本来意义""应有的魅力"一样是模糊不清、众说纷纭的，最终的结果往往仍旧是"叙述"的叠加及历史经验的扩张，或者就如引文所说的，再次成为"强加于文学之上的一种'暴力'"。在这种暴力的"引诱"和威慑下，文学的自由生长不过是一个叙事的"梦境"。文学的即历史的，这就是1990年代以来文学史书写的最终结果，尽管它们仍然处于一个"创新"语境的不断更新之中，但其最终的效果史仍然只是关联域的进一步扩大和文学本体的进一步迷失。虽然也有学者试图为文学史写作找寻出路和"新"的可能性，但往往都是重复性的、含混的，缺乏有效性和建设性，最终也不过仍旧深陷历史化的知识性缠绕之中。"事实上，文学史写作只是一种研究的类型，它是综合审美研究和历史知识以后达到的一种新的理论高度和学术境界，它可以为教学服务，但其功能与价值指向远远超于教学……它是在一个更为宏观的意义上引导文学研究工作者来把握个人、文学与时代之间的关系，以探求文学的社会使命与发展规律。所以我想，应该有各种各样的文学史进入大学的讲堂，应该有一种激情，引导我们探索文学发展规律，探索我们今天的文学究竟能表达些什么？应该怎样来表达？"[2]这样的一种文学史想象与陈平原先生在"文学如何教育"的范畴中所做的思考一致，都设想了一种理想化的文学史和文学教育的图景，但这一期许何时能够实现呢？或者说有无实现的

---

[1] 陈思和：《恢复文学史的原生态》，《南开学报》（哲学社会科学版），2005年第4期。
[2] 陈思和：《漫谈文学史理论的探索和创新》，《文艺争鸣》，2007年第9期。

可能呢？在目前这样一个庞大的历史化的文学境遇里，真正源出于自由渴求的"激情"或"精神境界"（陈平原）还有容身之处吗？

"历史家与诗人的差别不在于一用散文，一用'韵文'；希罗多德的著作可以改写为'韵文'，但仍是一种历史，有没有韵律都是一样；两者的差别在于一叙述已发生的事，一描述可能发生的事。因此，写诗这种活动比写历史更富于哲学意味，更被严肃地对待。"[1]亚理斯多德已经无法想象我们当前的文学态度了，如今，没有"历史"视野我们恐怕已经很难来判断文学的价值了，知识结构而成的"历史"经验的丰富程度已经把文学湮没了。我们对历史的"热爱"远远超过了对"诗"的热爱，这无疑是一种文学观念的巨大倒退。这也许就是尼采所说的，我们在用我们的历史感培植"错误"。"历史感如果不受约束地起支配作用，并且得出它的一切结果，就会把未来连根拔掉，因为它破坏幻想，夺去现存事物的氛围，而这些事物只能存活在这氛围中。历史学的正义，即便它真正地并且在纯粹的意向中得到实施，也是一种可怕的德性，因为它总是销蚀活生生的东西并使之衰亡：它的裁判永远都是毁灭。如果在历史学的冲动背后没有建设的冲动在起作用，如果破坏和清除不是为了一个已经活在希望之中的未来在腾出的地基上建造起它的房屋，如果只是正义在起支配作用，那么，创作的本能就会失去力量和勇气。"[2] 1990年代以后不可遏制的文学史思维的历史冲动就是这样一股历史学热病的愈演愈烈，它们很难真正促进人们对文学的自由属性的本质认

---

[1]［古希腊］亚理斯多德、贺拉斯：《诗学 诗艺》，罗念生等译，人民文学出版社1997年版，第28—29页。

[2]［德］弗里德里希·尼采：《不合时宜的沉思》，李秋零译，华东师范大学出版社2007年版，第195页。

同，甚至不会促使人性向审美世界的主动的亲近，更多的是把他们引导向一种拥有知识的傲慢和生产知识的无尽的欲望。此一病相关涉到文学研究主体的诸多"非文学"欲望对文学的主动压制，而且这种压制的合法化过程也就是主体从对时代精神和社会生活所负有的责任中逃离的过程，文学史书写则成为这一逃离的隐匿之地。为什么许多中国文学学者的最后志愿是写一部满意的中国文学史？或者把写作可以作为教材的文学史当作"毕生的追求"？陈思和先生是这样判断的："文学史写作正是因为触及现代知识分子价值取向转换以后的潜在欲望与动机，才能对研究者来说成为一件让人魂牵梦萦的'壮举'。"[1] 什么是那些"潜在的欲望与动机"呢？显然比陈思和先生想象的还要复杂和隐晦，它们无疑深深地关联于学院学术生产的体制化背景和1990年代以后退回学术之后的主体性怯懦，这一切已经逐渐演化为一种福柯所说的"沉重的政治障碍"。当然，打破这一政治障碍的基础并不能单纯地依赖文学，而是关联于整个社会的现实语境，但文学史书写和文学史思维的自我反省却可以通过减少文学的历史关联、恢复文学的自由和创造的本能，来为主体建构"非历史"和"历史"的自由空间减少障碍。

总而言之，1990年代以后的文学史思维及其相应的历史化路径已经走到了极限，在主体无法实现本质自由的前提下，它只能是历史、知识及其阐释化后果的重复累积，作为当前文学学院化和学术化的基础，它甚至已经到了思考有无必要继续"创新"、继续存在下去的地步了。这并不是否定文学史写作以及文学研究的必要性，也不是否认历史和历史化的合法性，而是要强调它们必须给予主体和

---

[1] 陈思和：《漫谈文学史理论的探索和创新》，《文艺争鸣》，2007年第9期。

文学的自由存在以积极的支撑,而不是消极的抑制和束缚。1990年代以来,"思想家淡出、学问家凸显"的结果就是制造出无数靠钻进故纸堆寻章摘句以谋生的"冷酷的知识精灵",而"整个学者和研究者团队都变成这样的精灵"将会导致我们的时代"苦于缺乏严格而伟大的正义","缺乏所谓真理冲动的最高贵的核心"[1]。毕竟,按照尼采的分析,"历史学在三个方面属于生者。它属于作为行动者和追求者的人,属于作为保存者和敬仰者的人,属于作为忍受者和渴求解放者的人。"[2]所以,我们必须在文学史思维中确立这样的目标,即让我们的研究指向"严格而伟大的正义",围绕着"真理冲动的最高贵的核心"努力成为行动者、追求者和渴求解放者,而不是洋洋自得地满足于成为一个靠历史和知识的腐尸谋生的"知识庸人"。也许我们应该牢记别尔嘉耶夫在论述"历史的诱惑与奴役"时的警告:历史是精神的蒙难,上帝王国不出现在历史中。[3]

---

[1] [德]弗里德里希·尼采:《不合时宜的沉思》,李秋零译,华东师范大学出版社2007年版,第186页。

[2] [德]弗里德里希·尼采:《不合时宜的沉思》,李秋零译,华东师范大学出版社2007年版,第150页。

[3] [俄]尼古拉·别尔嘉耶夫:《人的奴役与自由》,徐黎明译,贵州人民出版社2007年版,第196页。

漫谈当前"诗歌热"中的两种错误"依赖"

近些年经久不衰的"诗歌热"已经成为一个重要的、复杂的文体现象和文化现象,从积极的一面来看,"21世纪以来,中国诗歌发生了较为深刻和明显的历史转型,其重要标志就是它在创生着丰富多彩和充满活力的诗歌文化"(何言宏);而从消极的一面来看,这一日益升温的"诗歌热"已然呈现出让人忧虑的"病态":"众多'诗人'在各种热闹的场合狂欢,集体性地患上了这个时代特有的'热病'"(霍俊明)。到底是繁荣,还是"虚热";是活力无限,还是欲求不满的"躁动",其实每一个真正热爱诗歌的人都不难得出合理、恰当的结论。文学史告诉我们,文学在任何时代所生发的任何形态的"热",都在激发能量的同时饱含着各种"危机",当下的"诗歌热"尤其如此。如果"诗歌热"依靠的是系统、理性的诗歌教育,是严肃而诚恳的诗歌阅读,以及相应的文学体制对文体发展恰当和适度的引导,那这样的"热"无疑是我们期待和乐观其成的。但如果相反,"诗歌热"建立在诗人、评论家和相关机构的无节制的功利性之上,建立在对文艺繁荣、诗歌繁荣的相关政策的有意曲解和投机之上,那这一"热"对诗歌生态的消极影响将会是深远而可怕的。笔者之所以对"诗歌热"饱含质疑，主要着眼于它的两种非常显著且日益严重的错误"依赖"。

一、"活动"依赖

这里的诗歌"活动"不是指艾布拉姆斯所说的，世界、艺术家、作品和读者四者共同构成的那种广义的文学活动，而是指一种狭义的、社交化的、"事件化"的文学活动，这一类型的诗歌活动日益密集、多到不可理喻。比如座谈会、研讨会、采风、诗歌节、诗歌奖、颁奖会、朗诵会，也包括诗集、诗选、年选、新书发布会、分享会、签售会等出版性活动，乃至一些充分娱乐化了的诗歌活动。从文体比较的角度来看，可以说，诗歌活动比其他所有文体的活动加起来的总数还要多得多。泛滥的、密集的、低劣的诗歌活动（或诗歌事件）越来越成为一种纯粹的生产性行为、展示性行为、传播性行为、表演性行为，而不是诗歌公众真正需要的那种严肃的诗歌行为、文学行为。因为在这个过程中，诗人（包括诗歌评论家、相关学者和文学官员）和诗歌都被过度扭曲了。诗人们广泛地患有无法治愈的社交依赖症，不是在参加诗歌活动，就是在去参加诗歌活动的路上；参加活动的规格和密度成为衡量一个诗人、评论家的权威性和知名度的重要依据，也是他们赖以形成必要的自我认同的虚妄的凭证。在频繁而密集地参与诗歌活动的过程中，诗人和专家们既充分地享受了"钱规则"的红利，也在虚荣心、权力欲方面得到了极大的满足，自恋、自我膨胀、疯狂的表演欲和恶俗的出风头的习性无节制地蔓延，出现了一大批诗歌越写越差，奖项却越得越多、谈论诗歌的能力越来越"强"的诗人。同时，诗人与掮客、演员、流行歌手和网红之间的区别越来越小。而诗歌在这一过程中变得无足轻重，不过是一个"工具":社交工具和牟利工具。为了适应各种诗歌活动中空间、媒介和公众,对于传播、展示、表演、朗诵等形形色色的资本化、世俗化的需求,诗歌的形式和美学被不断"筛选""修正",甚至被粗暴地"肢解""扭曲",变得更"通俗易懂""喜闻乐见"……对于这样狂热的、非理性的"活动"依赖,有识之士也曾提出过质疑和批评,但是由于诗歌活动最终往往能够实现诗人、学者、地方政府、文学机构、媒体、读者等所谓的多方"共赢",以至于"活动"之风不但未曾理性降温,反而愈演愈烈,根本得不到有效的遏制。

二、 媒介依赖

媒介依赖实际上是"活动"依赖在新的媒体思维上的延伸,因此这里要谈的媒介主要还是新媒体、自媒体,尤其是微博、微信等,也包括电视等传统媒体相应的诗歌传播活动。新媒体、自媒体到底何种程度上推动了所谓诗歌的"回暖",看看热闹、"饱满"的微信朋友圈、公众号、订阅号、诗歌群就一目了然了,"为你读诗""读首诗再睡觉"等诗歌艺术活动,也包括电视媒体的"朗读者""诗歌之王""中国诗词大会"等节目,正在制造着诗人、诗歌前所未有的关注度和曝光率,同时也诱使它们命定地、无法避免地陷入了"资本和媒体环境形成的诗歌之'伪'和诗歌之'恶'"(霍俊明)。强大的媒介功能凭借绝对解放的速度和没有边界的信息容量,进一步扩大和膨胀了诗歌、诗人的社交性和功利性,为传播而传播,为点赞而点赞,为转发而转发,整个诗歌生态前所未有地恶俗化、喧闹化。附庸风雅的文艺腔、文艺范大行其道,矫揉造作的诗歌表演、诗意抒情泛滥成灾,而诗歌和诗人应当承担和传播的严肃、冷峻和深刻的思想和美学面相则被压抑和排斥。

新媒体、自媒体时代的诗歌乱象实际上建立在我们对媒介的错误理解之上，我们必须理性厘清媒介与内容或者说与诗歌之间的现实关系，才能恰当、适度地地利用媒介：

1. 麦克卢汉说，"媒介即信息"。在他看来，媒介本身就是最本质的信息。从长远的角度看，真正有意义的信息并不是各个时代的媒介所提供给人们的内容，而是媒介本身；真正带来改变的正是媒介本身的出现，而不是其中传递的内容信息；媒介影响了我们理解和思考的习惯，改变了我们认知世界、感受世界和以行为影响世界的方式。所以我们说，"互联网改变生活"，其实并不是"互联网内容改变生活"，而是互联网这一媒介形式改变了我们的生活。从媒介的本质层面上看，马云、马化腾的理想是给这个世界带来新的产品、新的物品吗？不是，淘宝、阿里巴巴、QQ、微信本身作为形式已经足够了，它们颠覆性地改变了人与物品、人与物质世界之间的传统关系。因此，诗歌、诗人参与和利用新的媒介，不要妄想是媒介在为诗歌、诗人服务，恰恰相反，是诗歌、诗人在服务和顺从于媒介，或者沦为证明新的媒介的有效性的无用信息。新媒体、自媒体是一场并非为诗人、诗歌准备的盛宴，热烈而盲目地参与，不但不能让诗歌、诗人受益，反而会加速它们的衰微。因此，目前诗歌场域对于新媒体和自媒体的过度依赖和过度信任，实际上是饮鸩止渴，结果势必是南辕北辙、得不偿失的。对于订阅数、点击量、阅读量等"数字"的渴望和敏感，充满了悲凉的滑稽感，不过是一种非理性的自我麻醉和自我慰藉。

2. 麦克卢汉还说过，"媒介是人的延伸，产生关于人的新的尺度"。诗人广泛而积极地参与了新媒体，那这样一种新的媒介形式有没有催生关于诗歌艺术和诗人的新的尺度呢？其实大众文化、网络文化的确催生了一些新的诗歌形态，也动摇了人们关于诗歌、诗人的传统观念，但这种新变并没能生产有效的、合法化的"尺度"。在新媒体的诗歌语境中，诗人、专家、读者们还在用旧的诗歌观念、美学尺度来衡量和评判新媒体产生的诗歌现象，或者奢望新媒体去推广前媒介、第一媒介时代形成的文学观念当中的"诗歌"，这种错位导致大量无效的话语被滋生出来。按照美国学者波斯特的理论，在第二媒介时代，精英的文化权力分散了、瓦解了，交流变为双向的、去中心化的交流，文化呈现为大众无目的的狂欢。诗歌、诗人参与新媒体还在奢望像第一媒介时代那样，告诉公众什么是好诗、什么是经典，应该怎样阅读、理解和评判诗歌，这样的妄念在第二媒介时代或新媒体时代无疑既根深蒂固又滑稽可笑。所以，新媒体时代的诗歌乱象的很多表征都是来源于尺度的错位，这样的错位导致诗人和诗歌的大量的无意义的耗散，也从相反的层面上制造了诗歌的"虚热"。

新诗的合法性及其在严肃、理性的诗歌教育、审美接受方面的迫切要求，在这样一种错误依赖形成的扭曲的"诗歌热"中，不但不能得到有效的解决，反而引发了更多对新诗的误解和"歧视"。因此，曾经反复主张的"减速"和"降温"仍旧需要被重新严肃地面对，也许此时重温苏珊·桑塔格有关"静默"之美学的思考，可以帮助我们从目前"诗歌热"形成的随波逐流、趋新骛奇的误区中走出来："只要艺术家是严肃的，他总是会不断被诱使中断与观众的对话。现代艺术不知疲倦地追求'新'与/或'深奥'，其突出的主题就对交流的勉强和对与观众接触的犹豫不决，静默正是这一心态的最深远的延伸。静默是艺术家最为与众不同的姿态：借由静默，他将自己从尘世的奴役中解放出来，不再面对自己作品的赞助商、客户、消费者、对手、仲裁人和曲解者。"

普罗米修斯,重新学习"火种"和"盗术"

> 矛盾的持久性,和解的暂时性,让一切挑战单一意义可能性的事物(譬如冲动、女性特质、难以命名的事物、毁灭、精神危机,等等)变得一目了然,这些便是反抗文化所要探索的内容。
>
> ——克里斯特娃《反抗的未来》

《普罗米修斯已松绑》有一种"顽固"而决绝的不合时宜性,这让我想起阿伦特对莱辛的评价:"在莱辛那里,革命性的情绪与一种古怪夸张的、近乎书生气的、对具体细节认真关注的偏好连在一起,从而引起了许多误解。"(《论黑暗时代的人性:思考莱辛》)如果你痴迷于文学形式的精致,或者对小说提供"新感受力"的可能性充满期待,抑或已经习惯于时下流行的文学的语速、调性,那陈希我的《普罗米修斯已松绑》不仅会引起你的"误解",甚至会让你"失望"。主题的显豁、形式和结构的相对松散、完整情节的缺乏、戏剧性的"突兀"、反讽的不彻底、自叙传色彩的情绪宣泄、有关宏大主题的滔滔不绝的"雄辩"、主人公信仰的虚幻、崩溃乃至合法性辩护，这些在二十世纪七八十年代叙事类文学作品中常见的"问题"，在这部2019年的新作中挑衅性地"傲然矗立"，势必会引起某些阅读和思考的"不适"。然而，《花城》在它创刊四十周年的重要年份推出这样一部似乎有意让人"不适"的作品，显然是"别具匠心"的。

回溯到四十年前《花城》的创刊号，第一篇作品是华夏的中篇小说《被囚的普罗米修斯》——一部典型的"伤痕文学"作品，呼应于那个时代有关于启蒙、人的主体性、"大写的人"的"共名"，这篇小说中的"普罗米修斯"（即主人公周斯强）延续的是埃斯库罗斯、歌德、拜伦、雪莱的作品中塑造的热爱真理（盗取火种）、反抗暴政（对抗宙斯）的神圣化的英雄（神）形象："当代中国青年一代正在愤怒与思考之中的、热情的、勇于探索和追求的种种精神特征，都在这幅肖像上集中而且强烈地表现了出来。尤其是那一双眼睛，即使在阴暗处也亮晶晶地闪着光。这亮晶晶的闪烁着的光芒，时而给人一种春天般的温暖的感觉，时而又的确像利刃一样锋利无情；而这一切变化，都要视对象是人民还是人民的敌人为转移。"

多年以后，《普罗米修斯已松绑》消解、"摧毁"了这个英雄。雪莱在谈到自己的诗剧《解放了的普罗米修斯》的时候，明确反对埃斯库罗斯在剧本中对普罗米修斯结局的描写，他说："我根本反对那种软弱无力的结局，叫一位人类的捍卫者同那个人类的压迫者去和解。普罗米修斯忍受了那么多痛苦，说过了那么多激烈的言辞，如果我们认为他竟然会自食其言，向他那耀武扬威、作恶造孽的仇人低头，那么，这部寓言的道德意义可能完全丧失。"而《普罗米修斯已松绑》的结局恰恰是"软弱无力""自食其言""向仇人低头"，但却并没有因此丧失"道德意义"，相反，毋宁说是"道德意义"的凸显。

从《被囚的普罗米修斯》到《普罗米修斯已松绑》，从"周斯强"到"我"（或"李老师"）时间行进了四十年，"普罗米修斯"奋斗、挣扎了四十年，高加索山上那条永远挣脱不掉的锁链变成了天鹅绒。罗念生先生说过："普罗西修斯（即普罗米修斯）在赫西俄德的诗中是个歹徒、是个骗子，在阿提刻是位小神；但是经过埃斯库罗斯的塑造，他成了一位敢于为人类的生存和幸福而反抗宙斯的伟大的神。"现在，普罗米修斯又回到了"歹徒""骗子""小神"，或者说是"越俎代庖的施惠者""人类败坏的始作俑者"的位置。跨越了四十年的"对话"，更像是"对峙"，是"一场事先张扬的谋杀案"，陈希我，或者说《花城》也许在这样一种自我追问、叩问的反思中把自己当作一个道德"问题"、一个"犯罪嫌疑人"和盘托出。

在陈希我十多岁的时候，在他受到"伤痕文学"的感召开始写作的时候，和同时期很多热爱文学、投身文学实践的作家们、读者们一样，相信"写作能促进社会变革"，相信顽强的抗争终将给"被囚的普罗米修斯"带来"胜利"："他那不幸，他的不肯屈服，/和他那生存的孤立无援：/但这一切反而使他振奋，/逆境会唤起顽抗的精神/使他与灾难力敌相持，/坚定的意志，深刻的认识；/即使在痛苦中，他能看到/其中也有它凝聚的酬报；/他骄傲他敢于反抗到底，/呵，他会把死亡变为胜利了。"（拜伦《普罗米修斯》）然而我们最终迎来的却是"父亲"睿智的"短信"："普罗米修斯已松绑"，这里的"松绑"正如余华的《十八岁出门远行》结尾"父亲"温和地说出的话："是的，你已经十八了，你应该去认识一下外面的世界了。"此时，"父亲"还是原来的"父亲"，"儿子"就只能做回原来的"儿子","普罗米修斯"纵然已经松绑,也不知道何为"火种"、何为"敌人"、何为"外面的世界"、何为"远行"的目的地……

在这个过程中,我们能在文本和那个自称"易愤,易怨,像怨妇"的陈希我身上清晰地感受到莱辛式的"悲剧性快乐":"从未与他所生活的世界和平相处。他喜欢'挑战偏见'和'……宣示真理'。尽管他为这些快乐付出了高昂的代价,它们仍然是真实的快乐。有一次,当他试图向自己解释这种'悲剧性快乐'的来源时,他说:'所有的激情,甚至最让人不快的激情,作为激情都是快乐',因为'它们使我们……更加意识到我们的存在,它们使我们感受到更多的真实。'"(《论黑暗时代的人性:思考莱辛》)为了获取这样的"真实"和"快乐",陈希我只能"袒露自己","我"与"父亲"的对话,或者说"父亲"对"我"的批判、劝诫,不过是陈希我面对"父权"的一次"和解",甚至说是懦弱地屈服,这一屈服袒露的不仅是个体的不幸,更是群体的症候。"在这种剥去了所有假面——包括社会指定给其成员的假面和个人为了在心理上反抗社会而自己造的假面——的袒露中,他们第一次让自由的幽灵光顾他们的生活。准确地说,自由的光顾不是因为他们反抗了专制和比专制更糟的东西……,而是因为他们变成了'质疑者',首先向自己开炮,进而不知不觉地创造了位于他们之间的、自由得以展露的公共领域。"(阿伦特《过去与未来之间》)尽管在陈希我的笔下,"自由得以展露的公共领域"仅仅处于隐秘的、反讽的"字里行间",但在当前过于柔软的"文学性"和文学主体面前,已经是勇敢而罕见的了。"写作是在极端点上的发问,当福柯通过监狱考察人类社会,当卡夫卡把人变成了甲虫,当鲁迅说中国历史是吃人的,虽然极端,但我们被震撼了。文学的丰沛和复杂不是写出来的,而是折射出来的。中国小说最大的问题就是没有抓住关键点,从而产生放射作用,而是去对枝叶事无巨细描摹,导致平庸。"(陈希我)《普罗米修斯已松绑》正是站在道德和政治的维度上的一种"极端点上的发问",这一"发问"的声调是陈旧的,但却保持了它最初的"嘹亮",甚至"刺耳",其实某种意义上与《花城》四十年来所追求的先锋气质构成了精神上的暗合。

作为"后新时期",或者"后先锋"时代中国当代文学先锋实践的摇篮和重镇,四十年《花城》始终秉持着一个大型文学期刊应当具备的广阔、多元的视野和厚重的现实性,这一特质首先就体现在他们对于先锋的准确理解之上。朱燕玲说,"《花城》一向认为先锋不仅是形式,更是精神。"从"作品与争鸣""实验文本",到"花城出发",再到"花城关注",《花城》固然十分地重视文本的实验性和作家独立探索的精神,关注文学内部的变革和文学边界的拓展,但这并没有让他们囿于形式主义的狭隘藩篱,一味趋新骛奇,而是始终从精神的高度理解先锋、续航先锋。吴俊教授在经由《花城》发表的《下弦月》(吕新)、《安慰书》(北村)探讨先锋文学续航的困境、可能性和方向时,已经涉及了《花城》的这种"精神"意义上的先锋对于现实的有力回应,也精确地指出了和陈希我类似的北村、吕新的文学实践的顽强性和脆弱性:"只是北村和吕新一样,在这种时代挺身而出充当了一个悲壮的角色——当文学传统的核心价值观几乎已经被瓦解了之后,当现实中的文学已经显得软弱无力的时候,当我们的历史观、人生观和我们的精神价值亟待获得拯救或慰藉的时候,需要有人对如何进行言说加以重新考量。《下弦月》是一份贡献的祭品,《安慰书》亦然。我们终将明白,北村这部小说呈现的是我们的一种命运之境。而先锋文学的续航意义,需要思考的是我们的文学对于整个时代文明变化的回应姿态和立场，或者说，现在仍需要一种新的启蒙文学，需要确立一种新的建设性的文明价值观导向。"（《先锋文学续航的可能——从吕新〈下弦月〉、北村〈安慰书〉说开去》）

"先锋"不是一种孤立的艺术行为，它是一种紧密关联个体的现实选择的精神向度，一个在文化上因循守旧、顺从压制的人无法成为一个先锋的人、反抗的人。即便他或他们在一个短暂的时期，因为"先锋"的外部资源提供的形式外壳，而能在艺术行为的表象上获得一定的创新色彩，并为艺术的进步提供了一个契机和视野，那它也无法本质上塑造真正持续的、深沉的"先锋"的"反抗"意志。而"一种新的启蒙文学""一种新的建设性的文明价值观导向"的设定，不仅不是关于文学、启蒙文学、先锋、先锋文学认识和理解的"倒退"，相反，是对它们在本质和原初层面上的有力的突进和完善。《普罗米修斯已松绑》显然要在这样一个向度上认识，才能从陈希我"悲剧性快乐"那里感受到当下作家直面现实和公共性时所遭遇的两难，以及由此表现出的回应现实逼问的能力和勇气。

从《安慰书》《下弦月》到《普罗米修斯已松绑》，走过四十年的《花城》在续航先锋的时候完成了一次艰难的"回溯"，在这一回溯的过程中，我们四十年前创新、开拓乃至反抗的"初心"，在四十年后显得异常触目、悖谬，让我们不得不痛苦地追问在阿伦特所说的"过去与未来之间"的裂隙里，文学何为？作家何为？"这类思想与书写试图找到一种方式（一种语言、一种思维方式、一种风格），以表现人与统一性之间，或者人与法律、生命、自我的限度之间的较量。人在这场较量中体验到了快感，你们当然知道，这种快感被旧的规范视为一种恶。不过，倘若这种快感得到了思考、书写和表现,那么它就是对恶的一种穿越,因此,它也许是避免这种根本性的恶、避免其中止表现和追问的最为深刻的方式。"(克里斯特娃《反抗的未来》)然而,恶,尤其是"这种根本性的恶",是那么容易被穿越和避免的吗?

追问只是开端,我们应该回溯得更远一些、更深一些、更极端一些。

再次回到"普罗米修斯"的问题。"由于过去不再把它的光芒照向未来,人们的心灵在晦暗中游荡。"(托克维尔)在《百年孤独》里,集体患上失眠症的马贡多村民,在逐渐残酷地失去记忆,奥雷良诺想到了一个治愈失忆的办法,就是用蘸了墨水的刷子给每件物品写上名称:桌子、钟、门、猪、海芋、几内亚豆……"在通往沼泽地的路口上挂着一块牌子,上面写着:马贡多;镇中心的街道上挂着一块更大的牌子,上面写着:上帝存在。"无论对于"被囚的普罗米修斯"而言,还是对于"已松绑的普罗米修斯"而言,在通往自由和压迫的十字路口上,应该竖起很多牌子,以提醒患有失忆症和健忘症的"我们"不要遗失了先辈曾经为之苦苦奋斗的那些"珍宝"和"技艺"。

普罗米修斯,或者说我们的当代文学,必须重新学习"火种"和"盗术"……

第 三 辑

亡灵的声音与晚期的界限
——欧阳江河浅议

与欧阳江河本人及其各种书写的"相遇"和"交谈",让我产生莫名的恐慌和敬畏,起因则在于他言谈和书写当中高度复杂的智力结构和不断逾越边界的诘问与辩驳。一种不太确切的直觉告诉我:这个人的内心塞满了坚硬的石块。这让我想起策兰所说的:心脏藏在黑暗中,硬如智者之石。那些形如心脏的坚硬石块交错纵横,在挤压中发出刺耳、锐利的声音,这些声音不在任何一处停留、沉思,而是呈放射状朝着不同的方向穿越而行,带着种种强烈的分离的"愿望"。这些声音的雄辩性、"煽动性",使得欧阳江河时时表现得如同一个不再合时宜的"革命者",也让我产生如张清华一样的疑问:谁是那狂想和辞藻的主人?

在欧阳江河的《交谈》一诗中,他有一个形象的说法:一个小时的交谈,散发出银质的寒冷。在我与他的六七个小时的交谈中,我常常在那些寒冷的锋利时刻驻足,当他像一个迷狂的演说家一样阐释着自己新作中那些智力和语言的轨迹时,我深深体会到了曼德里施塔姆所说的那个"不可拂逆的逻辑":"将我们推进交谈者怀抱的唯一的东西,就是一种愿望,一种想用自己的语言让人吃惊、想用那预言的新颖和意外让人倾倒的愿望。"[1]这是一种强烈的"交谈"的愿望,更是一种对诗歌、对生命和灵魂律动强烈关注的表现,诚如斯蒂文森所言:"诗人必须将同等强烈的专注投入诗中,一如漫游者的专注要投进冒险。"[2]这的确是冒险的,最明显的误解就是欧阳江河时时散发的那种"自鸣得意的唯我独尊",但在布鲁姆看来,这种气息恰恰是"诗歌的力量"的来源之一,不是吗?在诗人的专注那里,"自鸣得意""自我陶醉"恰是灵魂在场的标志,而灵魂在场于欧阳江河及其诗歌而言,就是他一再言及的"用亡灵的声音发言",或许,亡灵就是"那狂想和辞藻的主人"吧?然而,冒险又怎么会如此简单呢。

晚期

亡灵,活在生前的阴影中,周身缠绕着死亡给予的"邪恶"和"暴力",但在这里,也即欧阳江河所讲的那些"词语造成的亡灵"那里,暴力只能施加于自身、施加于诗歌,变成斯蒂文森意义上的那些抵御外在暴力的"内在的暴力",变成活力、反抗、分离、中断、衰败,乃至死亡本身。正是在亡灵的声音对死亡的迷恋那里,欧阳江河最终寻找到了自身对晚期风格的认同。尽管只是近期欧阳江河才开始专注于对萨义德的《论晚期风格——反本质的音乐与文学》的理解和阐释,但是一旦我们对他八十年代至今的创作做一个

---

[1] [俄] 奥·曼德里施塔姆:《论交谈者》,《时代的喧嚣》,刘文飞译,云南人民出版社1998年版,第161页。

[2] [美] 华莱士·斯蒂文森:《最高虚构笔记——斯蒂文森诗文集》,陈东飚、张枣译,华东师范大学出版社2009年版,第252页。

简单的梳理,就能清晰地辨识到:他一生都在等候晚期风格的更触目的显现,或者说,他的诗歌创作从最初就具备明确的晚期风格的指向。

从《悬棺》到《手枪》《玻璃工厂》《最后的幻象》(组诗),再到《快餐馆》《傍晚穿过广场》《哈姆雷特》《去雅典的鞋子》《感恩节》,乃至一直延续到《在VERMONT过53岁生日》《泰姬陵之泪》,欧阳江河几乎全部作品都游走在死亡的阴影和烛照中,到处都是词语的亡灵与现实、与历史、与心灵的对峙、和解和相互穿越。在《1989年后国内诗歌写作:本土气质、中年特征与知识分子身份》这样的代表作中言及"死者""死亡""反复死去",提出"中年写作""词语造成的亡灵""先行到死亡中去"等诗学命题,包括在我与他的谈话中提出"诗歌就是死亡""没有死亡冲动就不要碰诗"等极端的宣言,他始终以浓厚且深邃的死亡意识为核心来阐释自己的诗学理想,进而引导自己的诗歌创作。而死亡也正是晚期风格的开端和结局,正如阿多诺在谈及贝多芬的晚期风格时所说的:"这种法则正是在对死亡的思索中被揭示出来的"[1]。死亡进入作家晚期作品之后,常常会实现一种"非尘世的宁静",充满着深刻的冲突和一种难以理解的复杂性,经常与当时流行的东西形成直接的反差,最终的"圆满"却只是留下不妥协、艰难和无法解决的矛盾。萨义德是这样描述他的晚期风格体验的:"它包含了一种不和谐的、不安宁的张力,最重要的是,它包含了一种蓄意的、非创造性的、反对性

---

[1] [美]爱德华·W·萨义德:《论晚期风格——反本质的音乐与文学》,阎嘉译,生活·读书·新知三联书店2009年版,第7页。

的创造性。"[1]晚期的实现都是灾难性和悲剧性的,它没有明确的动机,躲避一切形式的整体性。我们在欧阳江河的那些代表作中,尤其是晚近那些作品中发现这些诗学特征是不难的。

然而,死亡只是起点,词语的亡灵要经由知识和声音才能嵌入晚期风格的深层结构中,欧阳江河对知识的精确把握、对声音(包括语言和音乐)的敏感和迷恋,保证他的晚期风格最后到达那种"非尘世的宁静"、非创造性的创造性,或者如他自己所描述的"逍遥游"、反现代性的"空的状态"。但是,没有比关于死亡的言说更可疑的了,知识和声音都有明确的边界,而逾越这些边界又是那样的容易,这就使得晚期风格的界限变得既重要又模糊,有时候甚至是漫无边际的,也使得很多晚期风格的作品与对立面的那种兴致勃勃却又空洞的刺激难以区分开来。或者正如阿多诺对晚期的指认:晚期相当于衰退……

死亡

"来到死者的命令和步伐之中"(《阅览室》),对于欧阳江河而言,成为一名死者,或者说是亡灵,不仅仅是宿命,更是律令,对于生者的律令。"反复死去是有可能的:这是没有死者的死亡,它把我们每一个人都变成了亡灵。"[2]反复死亡是否还是死亡?"死者是第二次死去"(《晚餐》)死亡不再是一种终极体验,它的反复和拖延成了建构生命与时时笼罩自身的毁灭性之间关系的语言结构,有着

---

[1] [美]爱德华·W·萨义德:《论晚期风格——反本质的音乐与文学》,阎嘉译,生活·读书·新知三联书店2009年版,第5页。
[2] 欧阳江河:《1989年后国内诗歌写作:本土气质、中年特征与知识分子身份》,《站在虚构这边》,生活·读书·新知三联书店2001年版,第63页。

一种强烈的虚构性。在勒维纳斯看来,"被语言命名为死亡的东西,——那被当作某人之终结的东西——也会是一种能转移到自己身上的或然性。这转移不是一种机械的转移,它隶属于自我本身的错综或混杂,它来隔断我自身之持续的连线,或者在这连线上打一个结,就仿佛自我所持续着的时间拖延得很长很长。"[1]因此,欧阳江河的死亡意识也不过是当他面对时代及自身的错综复杂性的时候,悄悄地打的一个个结,这些结不代表自身面对混杂性的清醒、勇敢,而是相反,是一种怯懦的表现,是对一种反复到来的衰退、衰败等死亡趋向的经验。

在欧阳江河早期的诗歌作品中,死亡的深刻感悟已经异常触目,尽管仍旧缠绕着一些可疑甚至敌对的力量——来自尚未坍塌的政治整体性,但那些卓异的力量和针对现实的分离性倾向,仍旧让他的诗歌透露着时代罕见的成熟和深邃。萨义德在谈到晚期风格的代笔人物时所列举的品质,比如"不合时宜""容易受到责难的成熟""可以选择和不受约束的主观性方式的平台""一种在技巧上进行努力和准备的一生"[2]等,在欧阳江河那里都有着非常鲜明的体现。"人们告诉我玻璃的父亲是一些混乱的石头。/在石头的空虚里,死亡并非终结,/而是一种可改变的原始的事实。/石头粉碎,玻璃诞生。"(《玻璃工厂》)死亡早已挣脱了时代遗留的创痛提供的绝望提示,进入到"透明""寒冷""易碎"的超验性和语言的自觉层面,天鹅之死"是一段水的渴望""是不见舞者的舞蹈""或仅是一种自

---

[1] [法] 艾玛纽埃尔·勒维纳斯:《上帝·死亡和时间》,余中先译,生活·读书·新知三联书店2003年版,第16页。
[2] [美] 爱德华·W·萨义德:《论晚期风格——反本质的音乐与文学》,阎嘉译,生活·读书·新知三联书店2009年版,第114页。

忘在众物之外/一个影子摇晃一座围城/使六面来风受困于空谷/使开过两次的情窦披露隔夜之冷"(《天鹅之死》)。死亡在这里成了一段"公开的独白",一段空无一人的"独舞",一个主观性虚构的事件,"我真正的葬身之地是在书卷,/在那儿,你们的名字如同多余的字母,/被轻轻抹去。"(《公开的独白——悼庞德》)。作为词语的亡灵,死亡已经开始在语言的虚构性那里获取更多的"时间"。

《最后的幻象》被欧阳江河看作一组"告别青春的抒情诗",实质上在那之前的某些时刻,他早已远离青春的狂躁、兴奋和强烈的抒情冲动了。在这组欧阳江河少有的抒情诗中,他用死亡最终解构和诀别了抒情的可能性及意义。"花瓶""月亮""落日""黑鸦""蝴蝶""彗星""秋天""老人",所有的意象都是死亡的前兆,到处弥漫着衰退、衰落、衰亡、衰败的气息,"谁能听到我无限怜悯的哀歌?""先是一片疼痛,然后是冷却、消亡,/是比冷却和消亡更黑的终极之爱",这是他"反抒情的抒情"时代到来之前,最后的告白,为了极端的抒情,他把自己肆无忌惮地扔回了青春的核心地带,最像死亡的死亡还可信吗?"我看见毁容之美的最后闪耀。"这是可能的吗?欧阳江河很快给出了回答。

"我们被告知肉体的死亡是预先的。/一个每天都在死去的人,还剩下什么/能够真正去死?死从来是一种高傲/正如我们无力抵达的老年。"(《快餐馆》)老人是无力抵达的背影,那看见"毁容之美的最后闪耀"无疑就是虚构的了。"每天都在死去",死亡不意味着终结,而是一个反复性的事件,"真正可怕的是:一个人死了还在成长"(《纸币、硬币》)。"晚期风格并不承认死亡的最终步调;相反,死亡以一种折射的方式显现出来,像是反讽。"[1]还有比死亡的反复性、死亡中的成长更有反讽意味的吗?进入了九十年代,欧阳江河终于把早期死亡意识中那些天才的自发性成分观念化了,这个时候他提出了"中年写作""词语造成的亡灵"这样让人震撼的命名。"对中年写作来说,死作为时间终点被消解了,死变成了现在发生的事情。"[2]"中年写作"意味着重复、差异、消解整体、事物的短暂性和一个不断缩减的过程,这正是晚期风格的范畴。在这种成熟的晚期风格的导引下,一种更广阔、更生动、既复杂又清晰的死亡意识缓缓上升,虽有斧凿和经营的痕迹,但却把诗学的探究带向了一个更加难以揣度的无主之地。"关于死亡,人们只能试着像在早晨一样生活/(如果花朵能够试着像雪崩一样开放。)"(《哈姆雷特》)如此,亡灵才成为尼采所说的"一切来客中最不可测度的来客",这才是以"亡灵的声音发言",而不是描述死亡,或者做一个亡灵的他者,我们就是那词语的亡灵。但亡灵真的是一个集体现象吗?亡灵真的能发出声音吗?到了声音的最远方,也许只有声音而没有亡灵,或者只有亡灵,声音安在?

声音

希尼说:"诗歌可以被看作神奇的咒语,基本上是声音的一种物

---

[1] [美]爱德华·W·萨义德:《论晚期风格——反本质的音乐与文学》,阎嘉译,生活·读书·新知三联书店2009年版,第22页。
[2] 欧阳江河:《1989年后国内诗歌写作:本土气质、中年特征与知识分子身份》,《站在虚构这边》,生活·读书·新知三联书店2001年版,第63页。

态以及声音的威力——它把我们心智和身体的忧惧束成声学的复合体。"[1]因此,诗人必须要有敏锐的听觉,一首诗歌发出的声音不仅仅关联于语言的韵律、节奏这些外在的形式因素,它是"神奇的咒语",它有一种特殊的内在形象几乎不受控制地发出声响。"一首诗靠内在的形象存活,而一首诗却已在鸣响了。这是内在的形象在鸣响,这是诗人的听觉在把它抚摸。"[2]没有倾听的直觉和丰富的感受经验的话,就很难为作品塑造那些内在的形象,声音是跨越任何界限和障碍的锐利"武器",包括政治、道德等社会的律令,甚至包括时间。

欧阳江河是一个聆听的痴迷者,这里的聆听既包括语言,更包括他一生的挚爱——音乐。

在《倾听保尔·霍夫曼》一文中,他说:"我认为,在词语世界中,人只能听到他早已听到过的声音,那个声音是不加限定语的,但却具有相当迷人的陌生性质,仿佛你在听到它时也显得像是没有在听。""那个声音带来的震动,甚至不能称之为感情反应,因为它的起点若能在经验世界中找到,其加速度就肯定会受到时间推移的某种削弱,而实际情况是,时间在这里似乎不起作用。我每一次倾听'那个声音'时所感受到的震动与初次倾听时并无区别。"[3]就像死亡的反复一样,词语的亡灵发出的声音将时间取消,或者将时间

---

[1] [爱尔兰]希尼:《测听奥登》,《希尼诗文集》,吴德安等译,作家出版社2001年版,第341页。

[2] [俄]奥·曼德里施塔姆:《词与文化》,《时代的喧嚣》,刘文飞译,云南人民出版社1998年版,第153页。

[3] 欧阳江河:《倾听保尔·霍夫曼》,《站在虚构这边》,生活·读书·新知三联书店2001年版,第236、237、238页。

无限期地推延。然而，欧阳江河显然并不满足反复倾听那些"早已听到过的声音"，即便他们有着某种陌生的快感，他希望得到的是声音最本质上的可能性，或者是纯粹的声音。

欧阳江河与音乐的相遇是一次奇特的听觉体验，这似乎影响了他的一生，这种影响是一把双刃剑。童年，一切都被压制，包括声音在朋友的家中，大家用棉被蒙上窗户和门，战战兢兢地偷听老式留声机里传出的贝多芬《第九交响曲》。那样一个密闭的空间，那样一个听觉的官能被伟大的艺术咒语充分激发的时刻，为欧阳江河培育了一种特殊的听觉意识，细微、清晰、异端，而且对音乐、声音中的中止、中断、沉默，乃至彼此的张力有着特有的敏锐感应。他与贝多芬、舒伯特的相遇与此有关，他与古尔德、米凯兰杰利、富特文格勒、切利比达克、萨巴塔的相遇与此有关，他与萨义德和晚期风格的契合同样脱胎于此。

晚年的尼采，音乐是其一切的一切，日常现实让他恐惧，一切现实都如魔鬼，他曾写道：没有音乐，生活就是一个谬误。音乐赋予正确感觉的瞬间。[1]对于欧阳江河来说，同样如此，他同样极端地说过："没有德国古典音乐，我就活不下去。"而且曾经在与我的谈话中如此清晰地描述了自己迷狂的音乐体验："有时半夜一个人听的时候……听着听着就呆立在那，有时候热泪盈眶，连哭都不知道，浑然不觉，有时候完全感受到一种死亡状态的存在。"尽管欧阳江河说，亡灵是词语造就的，但在我看来，亡灵的灵性和魔性来自他的音乐体验，亡灵的声音某种程度上更是音乐的声音，死亡是一个听

---

[1] ［德］萨弗兰斯基：《尼采思想传记》，卫茂平译，华东师范大学出版社2007年版，第4页。

觉问题。

欧阳江河的诗歌自八十年代到现在，到处鲜明地彰显着他的听觉体验，《肖斯塔科维奇：等待枪杀》《一夜肖邦》《秋天听已故大提琴家DU PRÉ演奏》《聆听》《歌剧》《舒伯特》等诗歌，《蝴蝶钢琴书写时间》《我听米凯兰杰利》《格伦·古尔德：最低限度的巴赫》等散文作品。当然，这些作品都是在名称这样最浅表的层面上传达着他聆听音乐的历史轨迹，真正深入的聆听则在于诗行中俯拾皆是的与万事万物的声响的深度照会中。"它是声音，但从不经过寂静"（《玻璃工厂》），"节奏单一如连续的枪/一片响声之后，汉字变得简单"（《汉英之间》），"站在冬天的橡树下我停止了歌唱/橡树遮蔽的天空像一夜大雪骤然落下"（《寂静》），"男孩为否定那耳朵而偷听了别的耳朵/他实际上不在听/却意外听到了一种完全不同的听法——/那男孩发明了自己身上的聋"（《谁去谁留——给Maria》）……聋也是听觉之一种，正如死亡之为成长之一种。欧阳江河的诗歌整体上就是一场听觉的盛宴，也是听觉的灾变和灾难。

他的《在VERMONT过53岁生日》是一首靠声音结构起来的"晦涩"的杰作，他曾经在一个疾驰的汽车上像一个煽动家一样给我描绘了诗中声音的奥秘，婴儿的尖叫、马克思的尖叫、钻头的尖叫、电话铃声、庄子的脚步、洪荒般的寂静……在这里，欧阳江河最为接近他亲近的艺术的晚期风格，碎裂、漫无边际，但在一种隐性的规则中；远离现实，却又内在于现实，挑衅现实，从而安置一个令人迷惑的、不合时宜的未来。而恰在同样一个时刻，一个容纳了太多话语的阐释性空间中，声音、亡灵乃至晚期的界定都开始变得危险而可疑。

于坚在一篇引起争论的文章中认为："对于诗人，最大的诱惑来自声音的诱惑,诗歌的沉默是被动的,它只是在这,如此而已。但声音是主动的,声音可以通过技术来无所不在的侵入世界。诗歌没有任何技术,但它一旦依附声音,它就可以获得技术的支持。"[1]当然,于坚并非否定诗歌的声音,只是在他看来,现代诗歌的声音应当是隐匿的,在这一点上,他与欧阳江河对声音的依赖并无本质的区别。但声音一旦扩大成声音的狂欢,它里面肯定裹挟着一些异质性的、甚至是不言自明的敌对事物。比如说,技术,技术在本质上与知识相关。

音乐一如诗歌当中的语言,有着明确的隐喻的向度,它不过是知识的声音形式之一。正如萨义德所说的:"音乐是一种理性的、被建构起来的系统;它是人为的,因为它是根据人的经验和知识建构起来的,而不是天然的……"[2]对音乐、声音的迷恋、迷狂当中并非都是非理性的成分,在一种强大的控制性力量后面潜藏着知识的"险境"。

知识会让亡灵丢失声音,也会让声音失去亡灵的反抗、颠覆、自由乃至"邪恶"的秉性,变得虽然繁茂、庞大、乖戾,但却干瘪、平庸、温顺。

知识

"作为90年代'知识分子'诗歌的倡导者之一,我坚持认为当

---

[1] 于坚:《朗诵》,《作家》2006年10月号。
[2] [美]爱德华·W·萨义德:《论晚期风格——反本质的音乐与文学》,阎嘉译,生活·读书·新知三联书店2009年版,第123页。

代诗歌是一门关于词的状况和心灵状况的特殊知识。"[1]事实上，谁都无法回避诗歌写作对知识的一种常识性需求，没有知识的诗歌是无法想象的。知识有可能陷入一种语言性的自我愉悦、自我沉溺和自我麻痹，但并不必然导致人与现实之间的诗学阻隔。在欧阳江河那里，"诗歌对于'关于痕迹的知识'的倾听，并不阻碍它对现实世界和世俗生活的倾听。"[2]现实感的获得不仅是"策略问题"，更是"智力问题"。

但在中国的现实语境和诗学语境中，知识分子的概念要比知识的概念复杂得多，前者关联着更多的政治、道德、责任等权力结构。但知识分子写作只能用知识分子命名，而不可能提出"知识写作"这样的概念。因为，对于一个写作者而言，在这个境遇中，所有的压力迫使你向知识分子的向度行走，但你又不可能成为知识分子。尽管欧阳江河在提出知识分子诗人的时候，极力强调它的边缘化、怀疑特征，以及偏离权力、消解中心、个人化写作的立场，但对于他们这一代人而言，似乎谁也逃不脱王家新的界定：在"自由"与"关怀"之间，"纵使他执意于成为一个纯诗的修炼者，现实世界也会不时地闯入到他的语言世界中来，并带来它的全部威力。"[3]对于欧阳江河的诗歌创作而言，或者对于他的晚期风格的追求而言，他一直在竭力避免这种无意义的关怀，而不顾及因此产生的责难。最

---

[1] 欧阳江河：《共识语境与词的用法》，《站在虚构这边》，生活·读书·新知三联书店2001年版，第271页。

[2] 欧阳江河：《〈谁去谁留〉自序》，《站在虚构这边》，生活·读书·新知三联书店2001年版，第284页。

[3] 王家新：《当代诗歌：在"自由"与"关怀"之间》，《为凤凰找寻居所——现代诗歌论集》，北京大学出版社2008年版，第19页。

终，他放弃了知识分子写作的概念，改用"文人写作"的命名，这不是一种进步，只是一个特殊的策略。

《傍晚穿过广场》是一个分水岭，也是一场告别仪式。这首诗影响很大，给欧阳江河带来了巨大的赞誉："我们看到了一个当代知识分子的良心"[1]，但恰恰是所谓的批判性、公共性和知识分子性，让这首诗在欧阳江河的写作范畴中成为一部"失败之作"，或者称之为"悼亡之作"。而在此之后的作品，包括诸如《阅览室》《快餐馆》《纸币、硬币》《去雅典的鞋子》《一分钟天人老矣》《舒伯特》等，也包括《在VERMONT过53岁生日》《泰姬陵之泪》，构成了一个萨义德在论述晚期施特劳斯时所说的"明确的组群"："它们在主题方面是逃避现实的，在音调方面是沉思性的和自由的，最重要的是用一种精炼、纯净的技巧上的控制写成的，那种控制，相当令人惊异。"[2]尽管欧阳江河强调《在VERMONT过53岁生日》等是"放弃控制的产物"，但他又强调"写作本身并未放弃走向性和规定性，这是我写作的特点"。显然，这种规定性仍然是一种明确的控制，而且这种控制无论是显得多么具有"天命的自在性""不可控制的状态"，它都仍在知识的范畴之中，只是拥有了新的知识形式。

"驻足于隔世的月光，我等待你的足音，/等待一个刹那溢出终极性。""空，落地，我俯身拾起无限多的空。/每一片具体的碎片里，都有一个抽象。/词和肉体，已逝和重现，拼凑/并粘连起来，形成一个透彻。/世界回复最初的脆弱/和圆满，今夜深梦无痕。"

---

[1] 刘春：《一个人的诗歌史》，广西师范大学出版社2010年版，第173页。
[2] [美] 爱德华·W·萨义德：《论晚期风格——反本质的音乐与文学》，阎嘉译，生活·读书·新知三联书店2009年版，第43页。

（《在VERMONT过53岁生日》）"诗歌并无自己的身份，它的彻悟和洞见/是复调的，始于二的，是其他事物施加的。/神与亡灵的对视"。"是否人在神身上反复老去，死去，/而神/是个新生儿？""或许，你在你不在的地方，而我不是/我是的人。我有两个旧我，其中一个/刚刚新生：一个53岁的/吾丧我。""我被自己丢失了吗？"（《泰姬陵之泪》）再联系《舒伯特》一诗中出现的"佛""孔子"，我们不觉得似曾相识吗？

中国诗人习惯于在创作的晚期找寻到宗教，宗教在这里仍旧是一种知识的形式，因为我们没有笃定的信仰。我们看到，在欧阳江河的新的死亡意识和亡灵的声音中，晚期风格中所谓"非尘世的宁静"似乎实现了；这使在美学上努力的一生达到了"圆满"，诗歌成为"神与亡灵的对视"，在这种对视之中已经不可能再有仇恨和决裂，红孩儿成了观音旁边的"善财童子"，齐天大圣成了如来旁边的"斗战胜佛"。因此，从某种意义上说，在欧阳江河的晚期那里，亡灵的声音已经喑哑了，或者即便是响亮的，也失去了主体。亡灵，已不再是"那狂想和辞藻的主人"了，或许，它也从未是过。尽管他仍旧在强调："诗歌就是死亡"，但这里的死亡已经成为一种知识。"关于死亡的知识是钥匙，用它才能打开午夜之门"[1]，正如我们清楚地看到的，北岛拿着死亡知识的钥匙，显然是无法打开午夜之门的。那这种悖谬的境遇是否属于晚期那"不妥协、艰难和无法解决之矛盾"呢？如果是的话，那艺术的晚期风格便无所不包，它的界限何在？

---

[1] 北岛：《午夜之门》，江苏文艺出版社2009年版，第75页。

结语：晚期的界限

在迈克尔·伍德为萨义德的《论晚期风格——反本质的音乐与文学》所写的导论中，关于萨义德本人是否有"晚期风格"，他认为，"他肯定具有他与晚期风格相联系的政治和道德，一种对于不和解之关系的真理的热爱。"[1]但就"本质的晚期"而言，他显然还没有到达。把政治、道德和真理与晚期相联系，正如萨义德把那些具备晚期风格的艺术家命名为"作为知识分子的艺术名家"一样，本身是极其矛盾的，与晚期的那种分离的、拒绝整体性的界定是相违背的。我们如果认真梳理那些被命名为晚期风格特征的各种界定时，就会发现那些极具蛊惑性但又极其模糊的说辞本身就深陷各种矛盾之中。用萨义德自己的话讲，晚期风格的地带不过是一个不稳定的放逐领域，领会到的只能是"不可领会的艰难"。

我们看到，在萨义德的分析那里，文学的现代主义本身也被他纳入了晚期风格的现象之中，仅仅这一个"纳入"就不知把晚期风格的界限扩展了多远。事实上，晚期风格里混杂着很多现代主义的、后现代主义的特征，无论是欧阳江河自身找寻到的对晚期风格的认同，还是笔者从晚期的角度对他创作的解析，都在极大的程度上仍旧在一个或几个相互缠绕的诗学范畴中绕圈。晚期，不过是一个混杂着各种只能相互解释、相互印证，但却缺乏明确逻辑指向的知识网络。但却不能因此证明欧阳江河努力和探索的无意义，因为这是一个颇有意味的症候，在拒绝妥协、摆脱流行和世俗的创新冲动中——借用晚期风格的命名——感受艺术的衰退性和灾难性。这一路径印证着中国知识型写作艰难而凶险的未来和没有故土的归路，

---

[1] [美]爱德华·W·萨义德：《论晚期风格——反本质的音乐与文学·导论》，阎嘉译，生活·读书·新知三联书店2009年版，第10页。

无论他们如何努力，仍旧难以摆脱那些曾经发生和曾经遭遇的严厉的诟病。中国的诗人，也许仍旧是亡灵，是那些词语的神秘亡灵，只怕他们再也发不出任何不祥又动人心魄的声音。

《有生》与长篇小说的文体"尊严"

长篇小说不能为了迎合这个煽情的时代而牺牲自己应有的尊严。

长篇小说不能为了适应某些读者而缩短自己的长度、减小自己的密度、降低自己的难度。

——莫言《捍卫长篇小说的尊严》

讲述最早的发现之一就是命运,这一点不足为奇。命运虽然让我们觉得恐惧和不人性,但它将秩序和稳定带入现实。

——托卡尔丘克《温柔的讲述者》

2015年,胡学文在接受《中华读书报》采访的时候把长篇小说写作形容为"长跑","需要持久的心力和耐力",考验的"是综合实力",并表示"时机成熟"的时候"会写长篇的"[1]。2020年,煌煌五十万字的长篇新作《有生》在《钟山》长篇小说A卷隆重推出。

---

[1] 舒晋瑜:《胡学文:我就是小人物中的一员》,《中华读书报》2015年4月29日。

在后记中他写道:"我一直想写一部家族百年的长篇小说。写家族的鸿篇巨制甚多,此等写作是冒险的,但怀揣痴梦,难以割舍。"[1]《有生》就是他"冒险"为自己也为读者成就的"痴梦",也是他主动考验自己心力、耐力的一次写作长跑。五十万字,在一个长篇小说崇尚越写越短、越读越短的时代,的确算作一次写作"冒险"。在此之前,胡学文已经写过多部长篇,但无疑,《有生》是最考验他的"综合实力"的一部,也是最能验证是否已经"时机成熟"的一部。

莫言在谈到长篇小说时留下了一句意味深长、掷地有声的话:"长度、密度和难度,是长篇小说的标志,也是这伟大文体的尊严。"[2]陈应松去年谈论长篇小说的文章中有一句话有力地呼应了莫言,他认为:"长篇小说是一个国家文学的象征,是一个作家安身立命的重器,是作家全面成熟并收割的标志。"[3]在这样的意义上,一位成熟的小说家在他的创作的高峰期推出的长篇作品,不能简单以"新作"视之,而必须放到"文体尊严""文学象征""作家重器"和"全面成熟"的层面上考量,这不是对于作家的预设的褒奖,而是赋予他们一种压力和责任感。

在《有生》中,胡学文再次深入他的故乡、他的"写作根据地"营盘镇(宋庄),那里是他的约克纳法塔法县、高密东北乡;从营盘镇出发,通过一系列成功的中短篇写作,胡学文造就了属于自己的丰厚的乡土世界。为什么选择在新的长篇再次回到自己熟悉的疆域?他能否在这片已经深耕的文学土壤上拓展出一个熟悉又新颖的五十

---

[1] 胡学文:《我和祖奶——后记》,《有生》,《钟山》长篇小说专号2020年A卷。
[2] 莫言:《捍卫长篇小说的尊严》,《当代作家评论》2006年第1期。
[3] 陈应松:《长篇小说的突破》,《长篇小说选刊》2019年第5期。

万字的文学世界？在后记中，胡学文再次造访那个虚构的"祖奶"，与她相遇、对酌、聊天。从构思到写作，前后七八年的时间，胡学文与这个虚假的同时又无比真实的"祖奶"朝夕相处，他不断在疲惫和焦虑的折磨下"逃回"宋庄，在"祖奶"旁边、故乡旁边"过滤"掉一切不快。胡学文曾经这样描述"故乡"对于他写作的意义：

> 故乡是资源，但又不那么简单。我回顾自己的写作，多数与故乡有关，确实难以掘尽。就算我停下来，也非远离，而是为了看得更清晰。……常常是写一篇与故乡有关的小说，再写别的，不然，就感觉断了根基。写到乡村，脑里便会呈现完整的图景：街道的走向，房屋的结构，烟囱的高矮，哪个街角有石块，哪个街角有大树。如果写到某一家，会闻见空中飘荡的气息。真的，几乎不需要想象，是自然而然的呈现。[1]

故乡是胡学文写作的根基，是他最有信心和最有控制力的文学空间；《有生》选择再次回到故乡应该是胡学文深思熟虑后的结果，也是这部带有"中年变法"性质的长篇巨制必然的选择——无论对于胡学文而言，还是对于他丰富而驳杂的文学世界而言，这次"返乡"的文学性"扎根"都是水到渠成、自然而然的：

> 扎根（enracinement）也许是人类灵魂最重要也是最为人所忽视的一项需求。这是最难定义的事物之一。一个人通过真实、活跃且自然地参与某一集体的生存而拥有一个根，这集体活

---

[1] 姜广平：《"我想寻找最佳的路径"——与胡学文对话》，《莽原》2014年第1期。

生生地保守着一些过去的宝藏和对未来的预感（pressentiment d'avenir）。所谓自然的参与，指的就是由地点、出生、职业、周遭环境所自动带来的参与。每个人都需要拥有多重的根。每个人都需要，以他作为自然成员的环境为中介，接受其道德、理智、灵性生命的几乎全部内容。[1]

《有生》在文体上表现出的那种长篇巨制独有的"长江大河般的波澜壮阔之美"、那种"有大沟壑、大山脉、大气象"的"长篇胸怀"[2]，无不与这样一种"扎根"有关。这里的"扎根"与1980年代中后期的"寻根"和近几十年乡土书写的现代性焦虑不同，也有异于所谓的反对宏大叙事、回到乡村或民间的本真性书写、个体性书写。胡学文在有意识地削减附着于乡土中国之上的意识形态、文化观念等固有范畴的同时，也在《有生》中做了另一种"加法"，这一加法就是通过有血有肉的人物群像，在一种宏阔的命运感中，复现他们如何"通过真实、活跃且自然地参与某一集体的生存而拥有一个根"，其中最重要的并不是这个"根"，而是"自然地参与"这样一个有时间跨度的、动态的过程："由地点、出生、职业、周遭环境所自动带来的参与。"胡学文一旦写到故乡，那里作为一个完整的图景和世界就会显现出来，人、风景、营生、表情乃至气息，用他的话说：几乎不需要想象，是自然而然的呈现。正是这样一种最朴素、本真的"自动""自然"，让《有生》的乡土世界真正触及了坝

---

[1] [法]西蒙娜·薇依：《扎根——人类责任宣言绪论》，徐卫翔译，生活·读书·新知三联书店2003年版，第33页。
[2] 莫言：《捍卫长篇小说的尊严》，《当代作家评论》2006年第1期。

上、北中国的"根",也给读者带来了一个长篇小说独有的真实、丰富又浩瀚无边的文学世界。正如陈应松所说的,"独特的生活场域是构成一部好长篇的基本空间,没有这个空间,你施展拳脚的地方就会局促,逼仄。空间即视野。空间即生活。在一个大的场域里,持续性地对某种生活进行描写,对社会和内心不停地叩问,有集束炸弹的动能,有摧枯拉朽的力量。"[1] 胡学文的"营盘镇"就是陈应松深居二十年的神农架八百里群山怪岭,是独属于一个成熟作家的"独特的生活场域"。

在《有生》中我们能看到上百年时间跨度里的数十个生动的人物,他们不是"农民",也不是"底层人物",胡学文拒绝把他们符号化、阶层化(甚至只是保留了最低限度的历史化)而是用自己全部的感知、理解、同情和尊重,把所有人物还原为文学意义上的"自然人"。环绕着这些人的那些植物、动物、昆虫、风景,以及人们赖以谋生的那些手艺、职业,赋予他们地方性的风俗、风物、民间文化……所有与他们的"道德、理智、灵性生命"有关的全部内容,都经由胡学文沉稳又灵动的叙事,结构为《有生》的壮阔和浩瀚。这就是胡学文"独特的生活场域",他有能力、有热情在这个空间中持续描写和叩问,在一种随时共鸣、共振的浩瀚的总体性中爆发出"集束炸弹的动能"。由此我们想到《有生》五十万字的长度,想到莫言在谈到长篇小说的长度时说的那句可能引发争议、误解的话:"没有二十万字以上的篇幅,长篇小说就缺少应有的威严。……长篇就是要往长里写!当然,把长篇写长,并不是事件和字数的累

---

[1] 陈应松:《长篇小说的突破》,《长篇小说选刊》2019年第5期。

加,而是一种胸中的大气象,一种艺术的大营造。"[1]《有生》的叙事时间从晚清到当下,百余年,是一个大型文体应有的时间跨度,但这并不是它拥有五十万字体量的根本原因,《有生》不是胡学文《〈宋庄史〉拾遗》的加长版,《有生》是胡学文"胸中的大气象"。

"营盘镇"(宋庄)是胡学文大气象的根基,而"祖奶"(乔大梅),这个为一万多人接生的接生婆形象,则是以"营盘镇"为代表的北中国的灵魂和象征。在《有生》的女性人物群像(麦香、如花、宋慧、李二妮、黄师傅、李桃、养蜂女、白凤娥、喜鹊等)中,"祖奶"一方面具有胡学文以往小说作品女性人物谱系性格的延续性:坚韧、执拗、"一根筋";另一方面,则因为她的漫长人生背负的生命繁衍、包容博爱的"地母"属性,而在《有生》中被赋予了命运的无常性、生命的庄严感和民族的寓言性。"地母"是人类学的重要原型,以繁衍、爱、包容、守护为主要内涵,象征着生命、温暖和博爱。不过需要强调的是,尽管"祖奶"有"地母"的文化属性,但胡学文在《有生》中并没有刻意强调、渲染这一属性,而是让她"自然地参与"到自己和他人的生命中去,以饱满的生命细节和日常的温度呈现出"祖奶"作为一个女人、母亲的宽爱、坚韧、贤德,同时对于历史长河中的芸芸众生,尤其是升斗小民投以最深情的注视。我们都知道,莫言的长篇小说《蛙》中,姑姑万心的形象也是一个曾经为一万个孩子接生的妇产科医生,当她回忆起自己的接生岁月的时候"双眼发亮""心驰神往地说:那时候,我是活菩萨,我是送子娘娘,我身上散发着百花的香气,成群的蜜蜂跟着我飞,成

---

[1] 莫言:《捍卫长篇小说的尊严》,《当代作家评论》2006年第1期。

群的蝴蝶跟着我飞。现在,现在他妈的苍蝇跟着我飞……"[1]而在《有生》中,没有蜜蜂、蝴蝶绕着"祖奶"飞,也没有从蜜蜂、蝴蝶到苍蝇的落差,自始至终,围绕着接生婆"祖奶"的是蚂蚁。整部小说三百余次出现蚂蚁,"祖奶"八十六次看到或感受到"蚂蚁在窜"。胡学文一方面避免了对"祖奶"及其"地母"形象进行过度神圣化、生命哲学化的修饰;另一方面,也剥离了"祖奶"这样一个形象可能遭遇的生命政治、生育制度的意识形态冲突,而是以蚂蚁的意象,书写着大历史中繁衍不息的万千生民,彰显出他们卑微又坚忍不拔的生命精神。这是区别于莫言长篇写作中追求的"描写了人类不可克服的弱点和病态人格导致的悲惨命运""具有'拷问灵魂'的深度和力度"的那种"大悲悯"[2],《有生》的"大悲悯"尽量蜕去关怀和悲悯中的戏剧性和知识分子视角,胡学文把自己的生命和《有生》这样一个巨大的文本完全消融在土地、乡民和文化的肌理之中,追求的是超越了历史、阶级(阶层)、性别等话语之上的更为平静也更为壮阔的"大悲悯"。这一点与《有生》的结构意识、叙事节奏、文本密度密切关联。

胡学文把《有生》的结构称为伞状结构,大意即"祖奶"的视角是伞柄,如花、罗包、喜鹊、毛根、北风等其他视角是伞布或伞骨,除此之外,他并没有对所谓伞状结构进行过多的解释。其实一切都脱胎于胡学文在《有生》中对长篇小说文体意识、乡土观念、生命意识等方面的"删繁就简",伞状结构其实是一个简洁而稳固的结构,但同时又是一个对局部要求很高的结构,任何细节的问题都

---

[1] 莫言:《蛙》,上海文艺出版社2009年版,第22页。
[2] 莫言:《捍卫长篇小说的尊严》,《当代作家评论》2006年第1期。

有可能导致"漏"或"散"。因此，胡学文在《有生》这样的长篇巨制中非常重视文本的细节和叙事的节奏，他没有像近几年长篇小说那样过于侧重"叙事方式的多向度实验与探索"[1]，回避了大开大阖的张力，一步一个脚印，保持着动静、急徐、疏密、轻重、浓淡的协调，在具体的文本细部饱满、密实，毫无堆砌浮泛之感。孟子说："源泉混混，不舍昼夜，盈科而后进，放乎四海。有本者如是，是之取尔。苟为无本，七八月之间雨集，沟浍皆盈；其涸也，可立而待也。"（《孟子·离娄下》）胡学文胸怀中的"大沟壑、大山脉、大气象"就是《有生》的源泉，借此方能"盈科而后进"——源头活水注满文本中任何一个深浅的局部，然后再浩荡从容地流向远方，而不似"夏天的暴雨"，贪多求快。因此，《有生》煌煌五十万言才能够成为帕慕克意义上的"小说的大海"：

> 在一部优秀的小说、一部伟大的小说中，景观的描述，还有那些各种各样的物品、嵌套的故事、一点点横生枝节的叙述——每一件事情都让我们体会到主人公的心境、习惯和性格。让我们将小说想象为一片大海，由这些不可缩减的神经末梢、由这些时刻构成——这些单元激发了作者的灵感——并且让我们绝不要忘记每一个节点都包含主人公灵魂的一部分。[2]

正是这样的"不可缩减"的密度成就了《有生》的有说服力的

---

[1] 王春林：《叙事方式的多向度实验与探索——2019年长篇小说一个侧面的理解与分析》，《中国当代文学研究》2020年第2期。
[2] [土耳其]奥尔罕·帕慕克：《天真的和感伤的小说家》，彭发胜译，上海人民出版社2012年版，第74页。

长度,也形成了它在长篇文体实践上的难度。吴义勤在谈到长篇小说的难度的时候,着重强调了作家的文体意识:"事实上,对长篇小说来说,其关注的根本问题和深层主题可以说是亘古不变的,无非就是生与死、爱与恨、人性与灵魂、历史与现实等等,真正变化的是它的文体……对于长篇小说来说,也只有文体才最能显现作家的个性。"[1]也就是说,作家在进行长篇小说写作之前必须要对这一文体的内涵、边界有充分的理解和认知,对于当前长篇小说经常出现的诸如"倾斜的'深度模式'""技术和经验的失衡"(吴义勤语)等要有充分的警惕。胡学文显然为此做了充分的准备,正如我前面反复强调的,他有意识地在长篇小说的主题、形式、结构、内容等方面做了中年写作的"减法",追求的是自然、温润、清晰、壮阔、浩瀚,而不是哗众取宠的惊奇、峭拔;他书写了自己流淌在血液里的、与自己的生命浑然一体的经验,拒绝攀附那些可能给作品带来所谓关注度、辨识度的符号。《有生》让我再次想起托卡尔丘克在诺贝尔文学奖的获奖演说中特别期待的那种"新型故事的基础":"普遍的、全面的、非排他性的,植根于自然,充满情景,同时易于理解。"[2]

  正是在这样一个"反难度的难度"的意义上,胡学文和《有生》在长篇小说写作喧嚣、浮躁的当下,顽强而成功地捍卫了这一伟大文体的"尊严"。

---

[1] 吴义勤:《难度·长度·速度·限度——关于长篇小说文体问题的思考》,《当代作家评论》2002年第4期。
[2] [波兰]奥尔加·托卡尔丘克:《温柔的讲述者——托卡尔丘克获奖演说》,李怡楠译,《世界文学》2020年第2期。

关于胡弦诗歌的四个关键词

风景

甘南诗人阿信反复阅读胡弦的诗歌《过洮水》，巨大的疑问在他的内心不可遏制地疯狂生长：一个匆匆过客对风景、地理的重新命名竟然实现了这么可怕的"精确极性"，让他，一个在洮水边、在甘南生活了几十年的诗人无地自容，这种错位是如何实现的呢？那些被词语唤醒的风景中为什么饱含着陌生又熟悉的力量和动人心魄的乡愁？

柄谷行人说："只有在对周围外部的东西没有关心的'内在的人'（inner man）那里，风景才能得以发现。风景乃是被无视'外部'的人发现的。"走过河流、山川、名胜古迹的胡弦，凝视"戏台""讲古的人""烟缕""祖母发黄的照片"的胡弦，已经将视觉意义上的"看"转变为感知活动、思想活动的"看"，此时，诗之"思"便发生了。于是，风景被"颠倒"，作为一种认识论的装置，诗人给予了风景新的起源，而原有的起源被掩盖起来："代替旧有的传统名胜，新的现代名胜得以形成。"（柄谷行人）

"中国的风景思想早于欧洲一千年，并且位于中国文人文化之核心而毫无间断地发展。"法国学者朱利安（François Jullien）这一判断无疑是准确的，而诗人胡弦无疑是中国传统风景思想经过现代转化之后的最卓越的继承者之一，他为当代诗歌风景学、地理学视野留下很多典范之作。多少自然景观、文化遗迹乃至被忽略、遗忘的琐碎物象，都被胡弦的风景的内在化、风景的现象学注入不尽的机趣和哲思，我们借此得以窥视朱利安意义上的理想"风景"："它可以把我们吸入其中关联呼应的无尽游戏里，用它各式各样的张力激起我们的生命活力；它也可以用其中独特化的事物来唤醒我们对自己存在着的感觉。因它的远，它让我们做梦，使我们变得'爱遐思'（songeur）。其中，'视觉的'变成了'感性的'，事物的物质性变得缥缈不定，弥漫着一种无穷无尽的'之外'（un infini au-delà）。'可感的'与'精神性'之间的断裂终于在其中消解了。因为那儿不再是世界的一个'角落'，而是顿然全面性地出现那些形成世界的事物，因而揭示了组成世界的成分。从此，该处（celieu）悄悄地成为一种联系（un lien），我与它建立了一份默契而无法离开它。"

反乡愁

从胡弦诗歌的视觉风景提供的启示来看，他应该是一位典型的"乡愁"诗人，但是，我们在他的诗歌中看不到乡愁。比如，《讲古的人》讲的不是"乡愁"，是"亘古愁"，是逾越了乡土和时间的"困境"和"疼痛"；《高速路边》饱含的机警的讽喻，揭示的是"人"的困境，复杂的情感情绪不是乡愁，而是"反乡愁"。

诗人朱朱认为，"对于中国人而言，乡愁是一种极其强大的内部存在，伦理学的法令，宿命的宇宙观，并且，也构成了文学传统中最重要的主题之一；……乡愁或与本土的创伤体验结合在一起，或与倾听者的缺席及知音传统的感怀结合在一起，或通过对古老的东方哲学文本的沉浸来移近彼岸的距离，然而，这种内嵌于诗歌史的抒情模板，如今已日渐演变为一条廉价的国内生产线，那些产品充满前现代的呻吟和失守于农耕社会的哀号，在事实上沦为了无力处理此时此地的经验的证据，……我们应该通过渗透性的方式重新回来，而不是躲在一撮灰烬里相互取暖。"于是，他提出了"反乡愁""'反乡愁'也是乡愁的一种"，只不过是倾向于对"乡愁"进行反思，"并不贪图重建被称为家园的神话式的地点；它'热衷于距离，而不是所指物本身'"。

在一次学术会议上，胡弦曾经呼应了朱朱"流动的乡愁""反乡愁"的观念，提出了"面向未来的乡愁"，他将自己及其诗歌实践放置在一个"过去"和"未来"之间的某种高处："一个由过去和未来两股力量创作和限定了的巨大的、不停变动的时-空；他会在时空中找到一个足以让他离开过去和未来而上升到'裁判'位置的处所，在那里他将以不偏不倚的眼光来评判这两股彼此交战的力量。"（阿伦特）因此，胡弦得以像阿伦特描述的卡夫卡那样，"以其具体存在的全部现实性活在过去与未来的时间裂隙中"，"它完全是一个精神场域，或者不如说是思想开辟的道路，是思考在有死者的时空内踩踏出的非时间小径，从中，思想序列、记忆和想象的序列把它们所碰触的东西从历史时间和生物时间的损毁中拯救出来。"

河谷伸展。小学校的旗子
噼啪作响。
有座小寺，听说已走失在昨夜山中。

牛羊散落，树桩孤独，
石头里，住着一直无法返乡的人。
转经筒转动，西部多么安静。仿佛
能听见地球轴心的吱嘎声。
……

——《春风斩》

反抗

  胡弦是一个强劲有力的诗人，这种力量来自先天的"反抗"性，他始终处于一种精神的"流亡"状态，不断生成种种来源复杂的"反抗"意愿和批判意志，经常构成胡弦诗歌某种不可或缺的动力，同时使得他的诗歌始终保持着充满张力的"现实性"和"当代性"。

  耿占春在分析《讲古的人》时发现："胡弦待人有着玉一般的暖意，但他对于暴力历史及其隐秘话语资源的批判却如此犀利。"霍俊明则把胡弦比喻为"一根带锯齿的草"，"在测量着风力和风速，也在验证和刺痛着踩踏其上的脚掌。"的确，胡弦专注于在"虚静"中操练精神的"隐身术"，看起来面目和善、与物无伤的他，事实上是"异类"，是"现实"吃剩下的"两只羊角"，无用而坚硬，一旦在诗歌中开启个人灵魂的语言，他的诗歌就会迅速释放出充满张力、对峙性和挑衅性的"内在的暴力"，制造出巨大的心理回响："群鸟鸣啭，天下太平。/最怕的是整座山林突然陷入寂静，/仿佛所有鸟儿在一瞬间/察觉到了危险"（《异类》）；"老虎已经闯进你心里，特别是你突然发现：/一座可爱的树林，/竟然愿意承担所有的恐惧"（《遇虎记》）；"佛在佛界，人在隔岸，中间是倒影/和石头的碎裂声。那些/手持利刃者，在断手、缺腿、/无头的佛前下跪的人，/都曾是走投无路的人"(《龙门石窟》);"我爱这一再崩溃的山河,爱危崖/如爱乱世。/岩层倾斜,我爱这/犹被盛怒掌控的队列"(《平武读山记》)……

主体的犬儒和语言的禁欲是胡弦不能忍受的,他无时无刻不在警醒自己,一定要为诗歌注入"惊雷",注入史蒂文斯所说的"向那必定成为我们生活的主宰的人提议的阳刚性"。

完整性

"风景"带来思想,"反乡愁"带来冷峻的当代性,"反抗"带来可贵的"阳刚性",这一切给胡弦带来希尼所说的"一流诗歌"的面相:"它的音度偏低,它在毫不装腔作势的情况下着手履行其职责,它行进的信心赋予它一种表演不充分的自我克制。"霍俊明也认为,"胡弦是一个慢跑者和'低音区'的诗人,声调不高却具有持续穿透的阵痛感与精神膂力。"

在风的国度,戈壁的国度,命运的榔头是盲目的,这些石头不祈祷,只沉默,身上遍布痛苦的凹坑。

——许多年了,我仍是这样的一个过客:

比起完整的东西,我更相信碎片。怀揣一颗反复出发的心,我敲过所有事物的门。

——《嘉峪关外》

尽管胡弦更加相信碎片,相信碎片的力量,但当他的诗歌把所有的碎片整合成独特的、彼此交织呼应的、涵义富丽的形体时,世界的隐秘区域都发出了震颤的绝对化的力量,诗人胡弦的"完整性"

也开始逐渐浮现。阅读胡弦的诗给人最大的愉悦是感受诗人的受难性话语，目睹诗人如何在痛苦思考自己的进程：生活的进程、诗的进程，然后我们清晰地看到克罗齐在1933年的牛津演讲中所说的"完整的人"："如果……诗歌是直觉和表达，声音和意象的联合，那动用声音和意象的形式的物质是什么？是那完整的人，那思考和决意的、爱的、恨的人，那强壮而软弱、高尚而可悲、善良而邪恶的人，处于生的狂喜和痛苦中的人；并且与那人一起，与他融合为一，它是永久的进化之劳作中的全部自然……诗歌是冥想的胜利……诗的天才选择一条窄道，在其中激情是平和的，而平和是激情的。"

静默与无名的"问题性"
——《我的名字叫王村》读札

一

  我越来越固执地认为，当一个阅读者的智识达到了某种成熟的状态时，就应该放弃从一部当下的小说中获取真正意义的滋养了。对于我来说，过量的、不加选择的阅读小说的职业行为是一种特殊的惩罚，冷酷又狡黠地制造着种种由贫乏、粗陋和重复引发的阅读性痛苦。就像苏珊·桑塔格所强调的，小说难以提供"新感受力"，但这一断言并不能阻止源源不断的小说文本及其相应的阐释行为的灾难性累积，由此形成的复杂的消费景观和生产景观，使得真正意义的当代小说阅读变得愈发吊诡。由此，寻找一部值得阅读并迫使你思考的小说成为一个很难实现的"遭遇"。

  法国学者让·贝西埃在他那部晦涩的著作《当代小说或世界的问题性》中重新定义了当代小说："当代小说不是小说阅读之定义传统所设定的认同（I'identification）小说或互动（I'interaction）小说，而是意向性的辨认小说。这种辨认与行将定义的这种小说的定位（statut）分不开，它明显不再是小说再现对象的问题，而是任何人类行为、人类形象化的根源问题。"[1]而这一类当代小说意味着它必须昭明某种"问题性"（Ia problématoicité）："任何语言、任何文化的读者，都可以从小说中读出人类所有类型的意向性和'原动力'（agentivités）[2]，而它们并不必然得到小说的明显展现。"由此形成的某种"问题域的游戏"或者"人物、行动、社会场景"的缺失，使得当代小说可以"把玩某种悖论：给出人的最广泛和最多样化的认同，并由此把它们置于最明确的叩问之下。"[3]

正是在这样一个"问题性"的视域里，我把范小青最新的长篇小说《我的名字叫王村》称作一部真正意义上的"当代小说"（而不是褊狭的"乡土小说"），或者是一部值得去思考和玩味的小说。在阅读这部小说之前，仅凭它的名字我就失去了期待，因为在现代以来业已形成的关于乡村、乡土小说的庞大的经验范畴的阴影里，任何新作的出现都势必要面临米兰·昆德拉所定义的"重复的耻辱"。从目前有限的关于该作品的评论、阐释，以及傅小平对小说作者的访谈[4]来看，《我的名字叫王村》仍旧深陷一个写作传统提供的"某种范式、某种形式、某种系统"之中，譬如雷雨先生所总结的城市

---

[1]［法］让·贝西埃：《当代小说或世界的问题性》，史忠义译，北京大学出版社2012年版，第1页。

[2]"系英语词'agency'的改写，意谓当代小说青睐行动的再现，不是为了凸显行动本身。而是因为该行动蕴涵着种种意向的某种范式、某种形式、某种系统，而这一切都是阅读的主要支撑点。"［法］让·贝西埃：《当代小说或世界的问题性》，史忠义译，北京大学出版社2012年版，第2页。

[3]［法］让·贝西埃：《当代小说或世界的问题性》，史忠义译，北京大学出版社2012年版，第2页。

[4]傅小平：《范小青：中庸是一种强有力的内敛的力度——长篇新作〈我的名字叫王村〉即将推出》，《文学报》2014年4月10日。

化、城市与乡村的博弈、沉默大多数的牺牲品、知识分子等[1]，王侃先生所强调的"山乡巨变"、批判资本主义社会的寓言文本[2]，以及访谈中所涉及的现代社会人的困境、疑惑与温情、对现代社会压迫之抗争、社会底层、民间意识等，这一切在已经出现和正在出现的汗牛充栋的乡土题材的杰作或劣作中都已经被充分乃至过分地呈现了，而范小青又该如何区别于或超越于这些题材美学的乃至意义的拘囿呢？当我阅读完这部小说之后，这一疑问释然了，它蜕变为一个或多个其他的更具叩问功能的新的疑问；小说最后"弟弟"说："我知道我的名字，我的名字叫王村"，此刻的断言如此实在又如此虚空，它统摄了整部小说从结构到内容上所有的晦暗不明、模棱两可，从而凸显出惯有的阐释逻辑（包括他人和作者自我）是如何消耗和削弱着小说的复杂性，是如何掩盖着范小青在写这部小说时所遭遇的"静默"又"无名"的围困。

二

范小青在接受傅小平的采访时，经常表现出某种持续性的、莫可名状的"不确定性"："《我的名字叫王村》这部小说，可能没有一个十分明确的主题，也可能有数个主题、许多主题"；"我说不清楚，我难以用语言表达出来"；"这个问题，在写作中其实并没有考虑得很清楚，写作这部小说的过程，就是跟着'我'的内心在走"；"我不知道"……访谈中范小青也具体描述过自己这部新作的"不确定

---

[1] 雷雨：《中国有多少王村——范小青〈我的名字叫王村〉读札》，http://rushuiqingliang.blog.163.com/blog/static/206507148201452210520370.
[2] 王侃：《声声慢》，《收获》2014长篇专号"春夏卷"。

性":"一部长篇小说从头到尾弥漫充斥贯穿了不确定,这应该是一个尝试。既是艺术创作上的尝试,更是作者内心对历史对时代对于等等一切的疑问和探索。……所有的确定,都是为不确定所做的铺垫,确定是暂时的、个别的,不确定是永恒的、普遍的。比如小说中'我是谁''弟弟是谁''我到底有没有弟弟',都是没有答案、也就是没有确定性的。"与同一访谈中那些关于目的、意义、价值等"确定性"相比,这些让范小青自己都无法把握的"不确定性"才真正把小说与复杂的"当代性"联系起来。"不确定性"是后现代哲学描述当代社会的一个基本判断,这一观点被米兰·昆德拉引申到他的小说理论中去了,他认为小说的智慧就是"不确定性的智慧"。当然,随着米兰·昆德拉在中国文学场域中逐步的"时尚化",作家们标榜自己作品的"不确定性"成为某种惯例,但《我的名字叫王村》的确以其异质、断裂、矛盾和丰富的可能性完成了一次纯粹意义上的"不确定",而它所依据的就是小说思维的"中间"状态。在《文学报》的访谈中,傅小平敏锐地捕捉到了范小青新作中人物的"中间"状态,而作者也坦承自己追求"中和之美",不忍心把人物推向极致,刻意在小说美学中省下"一把力"。但事实上,《我的名字叫王村》所呈现的总体的"中间"状态要比这些简单的描述复杂得多、深刻得多,作者省下的那一把力最终把小说推向了"不确定性"的"深渊"。

阅读过小说的人也许都有类似的感受:起初觉得很容易归类、命名,后来又觉得无法归类、命名。一方面,文本缺乏那种由复杂的故事和人物脉络编织的取悦读者的戏剧性,单一的、缠绕往复的叙事方式以狩猎者的耐心考验着读者,"去人性化""非人性化"的人物特征使得荒诞的美学氛围中分明闪烁着卡夫卡式的寓言性;另一方面，当你真的在詹姆逊的第三世界文学的寓言化过程中分析它时，又被文本中醒目的写实策略和随处可见的日常经验范畴阻隔了；但这些诸如基层贿选、非法征地、精神病院、救助站等现实经验，作者又无意于凸显其批判现实主义或魔幻现实主义层面上的明显的反抗性，也不着力塑造属于未来的理想形象或醒目的现实英雄，不宣泄愤怒与创痛，不刻意揭示触目又疲惫的真相，也不装点人道主义的虚假同情和生态主义的田园怀旧，这一切似乎又把文本推回到寓言性之中……总之，无论是在人物形象、小说美学，还是在一种形而上学、本质论意味上的小说思想、小说的智慧方面，范小青都有意无意地贯彻着这种欲言又止、欲说还休的"中间"状态，在任何一个层面上都"省下一把力"，极力避免把任何的描述、断言和抒情推向"极致"；既没有让小说重复成为浅薄的社会问题小说，被意义的暴政劫掠为日常经验的拙劣注脚，也没有堕入纳博科夫对《芬尼根的守灵》的嘲讽：简单的、太简单的寓言。最终，读者在这种微妙又简洁的"中间"状态中遭遇了太多的省略、断裂和留白，小说似乎涵盖了太多关于时代、关于乡土、关于人性的"原动力"（正如让·贝西埃所解释的，"这一切都是阅读的主要支撑点"），但这一切并没有"得到小说的明显展现"，它们都只是各种醒目又简单的"意向性"的聚集：一切喧嚣之处都被"静默"所笼罩，而一切熟悉的经验范畴都陷入了叩问的"无名"状态。

三

"现代艺术家示范性的对静默的选择很少会发展为最终的简单化，以致他真的不再说话。更常见的是他还在继续说话，不过是以一种他的观众听不见的方式说。"[1]《我的名字叫王村》有一个《变形记》式的开始：我弟弟是一只老鼠。比格里高利·萨姆沙变成一只甲虫还要直接，还要"迫不及待"，因此这是一个让人疑惑和厌倦的开始——它"愚蠢"地让读者带着先行的主题和熟悉的美学面孔进入文本。但随着阅读的深入，我们才发现"我弟弟"不是格里高利·萨姆沙，不是变成蝴蝶的庄子，不是《狂人日记》里的"我"，不是《爸爸爸》中的丙崽，不是《生死疲劳》里的驴牛猪狗、大头婴儿，也不是《黄雀记》里的"爷爷"，更不是安昌河《鸟人》里的"鸟人"、《鼠人》里的"东郭"，他是一个极其静默的主人公，除了发出几声"吱吱吱……"，说几句"老鼠老鼠，爬进香炉——""我的名字叫王村"等之外，在绝大部分时间是失语的，甚至在文本中总是处于一个被寻找的"缺席"状态，但正如桑塔格所概括的现代艺术家示范性的静默："我弟弟"真的不再说话，却又在以观众听不见的方式继续说话。在小说中，"我弟弟"很难说是一个具体的人，他更像一个"阴魂不散"的、结结实实的幻影，像一个百思不得其解的莫名追问，又如同每个人身上一处可能随时浮现、随时褪去的隐秘的胎记，你可以忽视他、羞辱他，甚至践踏他，但是你似乎永远摆脱不了他。这典型属于雅斯贝斯在描绘"人类可能的未来"时所希冀的"无名者"。

"我"是弟弟的隐秘的同盟者，前者对后者的依赖是先验的，无需论证，也无需解释，而"我"的滔滔不绝、往复周旋与弟弟的沉默、静默既构成矛盾性，又折射出深刻的默契。"我们承认静默的力

---

[1] ［美］苏珊·桑塔格：《静默之美学》，《激进意志的样式》，何宁等译，上海译文出版社 2007 年版，第 8—9 页。

量,但还是继续说话。当我们发现没什么可说的时候,就想方设法来说出这一境况。"[1]卡夫卡在修订《城堡》的时候有意识地删掉了K知晓或者思考、陈述自我动机、自我困境的句子,他希望读者自己去感悟K对抗的徒劳无功,而类似的句子在《审判》中还有所遗留。当女房东认为约瑟夫·K被捕"里面很有学问"时,后者坚决予以否认:"在我看来,它甚至不是挺有学问的,而根本就什么都不是"。在《我的名字叫王村》之中,"我"承担的就是类似的功能,"我"做了很多,说了很多,但都是于事无补、徒劳无功的:用语言和劳作的无效性来凸显更为广袤的"静默"。周旋于家庭、村庄、医院、救助站、精神病院的"我",某种程度上就如同范小青所说的,"通过这种设置,体现现代人迷失自己、想寻找自己又无从找起,甚至根本不能确定自己的荒诞性。"[2]而这一境况并不需要"我"的诉说,也不需要任何心理活动的暗示,如同"弟弟",在"我"身上同样看不到任何具体的立场,也看不到任何旗帜鲜明的异质性。傅小平认为"我"有着一种"根本的不可调和性","是极其坚韧的承受者","而这种承受最后都体现为一种不可摧毁的,带有圣洁光彩的力量"。范小青同意这样一种判断,并高度评价了"我"这种类型的人物:"他们沉在最底层,他们懵懵懂懂,混混然,茫茫然,常常不知所措,但同时,他们又在历史的高度上俯视着,一切尽收眼底,

---

[1] [美]苏珊·桑塔格:《静默之美学》,《激进意志的样式》,何宁等译,上海译文出版社2007年版,第13页。

[2] 傅小平:《范小青:中庸是一种强有力的内敛的力度——长篇新作〈我的名字叫王村〉即将推出》,《文学报》2014年4月10日。

看到一切的聪明机灵、一切的设计争夺,都是那样的混沌和不值一提。"[1]但这种对"我"乃至弟弟的理想化归类显然脱离了文本的实际,也有违"中间"状态写作的基本边界,剥夺了文本丰富而复杂的"问题性",把它削减为一部潜隐的"励志小说",把"我"或弟弟从一种"无名"状态拉回到"有名"状态,或者把文本这样一种深刻的"无名"改写为"无名英雄""无名的裘德",而不是"道常无名"(《道德经》第三十二章)的"无名"。

四

"无名者是无词的、未经证实的和不严格确定的。它是在看不见的形式中的存在之萌芽——只要它依旧还在生长的过程中,并且世界还不能对它有所响应,那么它就是如此。它好像一束火焰,可以点亮这个世界,也可能只是一堆在一个焚毁了的世界中幸存的余烬,保存着可能重新燃起火焰的火种,或者,也可能最终返回它的起源。"[2]雅斯贝斯对"无名者"的描述是"中间"状态的、不确定的,似乎隐隐地契合着鲁迅对"大时代"的概括:"中国现在是一个进向大时代的时代。但这所谓大,并不一定指向可以由此得生,而也可以由此得死。"[3]无名的力量就是这样一种悬空的、"中间"状态的力量,它以"静默"维系着这个时代、这个世界特殊的丰富性、多元

---

[1] 傅小平:《范小青:中庸是一种强有力的内敛的力度——长篇新作〈我的名字叫王村〉即将推出》,《文学报》2014年4月10日。
[2] [德]卡尔·雅斯贝斯:《时代的精神状况》,王德峰译,上海译文出版社1997年版,第162页。
[3] 鲁迅:《〈尘影〉题辞》,《鲁迅全集》(第三卷),人民文学出版社1981年版,第554页。

化和复杂化。因此，我们没有必要把无名知识化、历史化，甚至"感官化"，我们应该允许他或他们成为一种不确定性的力量，成为《我的名字叫王村》中那些脆弱的、随波逐流的历史中间物，成为一个面对时代困境既不回避又不明确回答的界桩。

但当代人的言说或者当代小说之所以缺乏必要的"问题性"，就在于"在普遍提倡艺术的静默的时代，喋喋不休的艺术作品却日渐增多。"[1]这些喋喋不休的作品注重于贩卖同情、标榜立场、显现情怀、指明方向……在一个语言已经变得虚假空洞、卑屈无力的舆论时代，专注于宣告和断言无疑在回避主体面对世界的那种特殊的矛盾性。《我的名字叫王村》没有陷入这种普遍性的"喋喋不休"，并非作者范小青不熟悉那些批判性的日常经验范畴和当代乡土小说的美学、社会学边界，只是她不想再创作另外一部《城市之光》《城乡简史》或《赤脚医生万全和》，做一个"知识分子"、生态保护主义者、文化悲观主义者或道德理想主义者，比做一个有"问题意识"的小说家要容易得多。所以，有"问题性"的小说就像让·贝西埃所说的，有能力去"把玩某种悖论：给出人的最广泛和最多样化的认同，并由此把它们置于最明确的叩问之下"。"我的名字叫王村"印证的不是认同的溃败，而是认同的重构。现代性作为一场战争显现着人与自我的无休止的缠斗，我们必须隆重地面对自己努力创造的这个世界的威胁，同时又必须或主动或被动地延续和维系这种威胁。我们不能一方面抱怨和批判现代性及其后果，另一方面又从身

---

[1] [美]苏珊·桑塔格：《静默之美学》，《激进意志的样式》，何宁等译，上海译文出版社2007年版，第29页。

体到精神上成为寄生在世俗化、城市化之上的享乐主义者。如同查尔斯·泰勒对现代认同的重新理解：人类的困境不是一种暂时的状态，我们必须学会承认这种几乎难以遏制的"堕落"的状态也是我们另一种"在家的感觉"；自我不是一种可以框定的形态，而是一种不断生长的、有巨大的可塑性、无限的可能性、无限的内在深度的"过程"。站在失去的故土上，或者站在城市的人流中平静地说"我的名字叫王村"，与说"我的名字叫北京"有什么区别吗？此时那个悖论式的"最明确的叩问"很简单：我或我们该怎么办？之所以是悖论就在于它既不能回避，也无法回答；既不给你提供希望，也不促使你绝望。这就是《我的名字叫王村》经由"静默"与"无名"所提示的深刻的"问题性"。

坦率地说，你很可能"不喜欢"《我的名字叫王村》，因为你喜欢的是"中国好声音"或《后会无期》。不要在喜欢、不喜欢的层面上考量这部作品，它于我们而言更像是一场不得不面对的"遭遇"，它的意向性的"问题性"、它的"中间"状态拒绝给我们任何具体的答案和方向，给我们的只有思考的疲惫和莫可名状的哀婉。"静默隐喻着纯净，不受干扰的视野，正适合那些本质内敛，审视的目光也不会损害其基本的完整性的艺术作品。观众欣赏这种艺术如同欣赏风景。风景不需要观众的'理解'，他对于意义的责难，以及他的焦虑和同情；它需要的反而是他的离开，希望他不要给它添加任何东西。沉思，严格来讲，需要观众的忘我；值得沉思的客体事实上消解了感知的主体。"[1]《我的名字叫王村》对于当代小说而言最重要的也就是它对那些漫无边际的、喋喋不休的"感知的主体"的拒绝，

---

[1] [美] 苏珊·桑塔格：《静默之美学》，《激进意志的样式》，何宁等译，上海译文出版社2007年版，第18页。

而这一拒绝又严格区别于现代主义的那种封闭的寓言性的晦涩，它的拒绝是开放性的、可感的，通过自身特殊的"问题性"，它把我们带到无法忍受的静默和无名之中，有所从来，无所依傍，永远不能放弃那消极的寻求……

关于"局部"作家曹寇

作为"后他们"时代南京最风格化的小说家,曹寇具有某种"承上启下"的功能,而且这种"承上启下"有着一种潜在的破坏性,也即,曹寇一方面继承了"他们"对宏大叙事、乌托邦、希望原则的无情嘲弄和坚决摒弃,另一方面,在"日常主义""平民化"等维度上,他走得更远,或者说走向了极致,所谓的"无聊现实主义""屌丝文学"中那些新的"漫无目的游荡者"(葛红兵)、"卑污者"(郜元宝),已经消解了"他们"一代纠缠始终的创新、突围的焦虑,反抗、断裂的冲动。曹寇是一个懂得自嘲的虚无主义写作者,他的写作没有明显的文学目的性和流行的"野心勃勃",也不刻意建构"旗帜""符号",他真正实现了韩东所说的"无中生有又毫无用处""降低到一只枯叶的重量"。他在《我看"创作"》中说,"我已经写了十多年小说,却觉得自己完全不会写小说,眼前一片黑暗。"在一篇"自传性"小说中,他借人物之口再次申明,"时至今日我仍然认为,书法家是个笑话,就好比小说家是个更大的笑话一样。我只是无事可做。"拉波尔特在谈论布朗肖的时候写到,"瓦雷里:'乐观主义者写得很糟糕'。但是悲观主义者不书写"。(《今日的布朗肖》）曹寇是悲观主义、虚无主义者中还在坚持写作的人，这成就了他的锋利和睿智，也在消解着一些曾经生机勃勃的野蛮力量。某种意义上讲，当代文学最具活力和野性的"他们"文脉，被曹寇的冷静和"虚无"一手"终结"，韩东、朱文、顾前、鲁羊、吴晨骏、刘立杆、外外，还有曹寇、赵志明、李樯、李黎、朱庆和，以后的南京乃至全国再也很难有这样的"一群"作家了，这是一个令人伤感的现实，正在"生动"地实现——已经不可逆转。

曹寇代表着南京乃至当代中国文学，尤其是青年写作的某种特殊的质地和倾向，在他的作品和小说观念的影响下，一个结构松散但旨趣亲近的文学群落已然形成。曹寇代表着这个群落的"文学形象"，由此也戏剧性地印证了韩东对他的"夸奖"："小说大师的年轻时代"。与韩东类似，曹寇不仅仅是一个小说家，而且是一个突兀的、持续性地制造着"不适之感"的文学形象。同时，作为一个风格化极其突出的小说家，曹寇引领和召唤出一种风靡一时的写作倾向，在启发了一批青年写作者的同时，曹"大师"也成了一些年轻人无法摆脱的与风格、表现力和智性有关的阴影，这一阴影最后也将长久地"限制"和影响着曹寇自身的创作和"生长"。

这么多年来，曹寇与这个时代的"文学性"格格不入，尽管他也曾努力化解这种对立，但秉性中对于真相的迷恋、对于直言的渴望（性话语和粗口是必然的美学伴生物），最终腰斩了这些世故性的努力。与此相应的美学后果却是可爱的，无论是他的小说作品，还是随笔、散文和言谈，几乎看不到虚伪的、大而无当的"蠢话"，这是一种越来越罕见的文学品质。当然，这是通过极大降低话语和叙事的戏剧性和丰腴性为代价的，这一代价给曹寇的写作带来了某种"局部"性或者所谓的"局限性"。把曹寇称为"局部"作家源于他的一个短篇小说《文艺生活的局部趣味》。曹寇的风格是局部的、题材是局部的、经验是局部的、优点是局部的,当然,缺点也是局部的。局部即对应着某些局限性,与那些焦虑于自身局限性的青年作家不同,曹寇并不急于通过嫁接历史和知识的策略,扩张自身的经验和视域,而是几乎"故步自封"于自身的"局部趣味"。对于曹寇的写作而言,这种"局部"或"局限"就像是建筑的层高,其实是很难突破和逾越的。比如《市民邱女士》《塘村概略》(如同阿乙的《下面,我该干些什么》)就试图为日常化叙事植入一些评论家、阐释者乐于"发现"的那种日常生活、热点事件的"复杂性",此时,曹寇摆好阵势,想与强大、顽固的世俗人性的愚蠢和偏见短兵相接,并且生发出与众不同的"观点"和"意义",结果是"层高"不够,就像是小孩穿上了大人的衣服,显得有些笨拙和滑稽。所以,某种意义上讲,曹寇必须坚守这种"局部",正如其自己的辩解:"事实上,关于局限性的问题本来就是个伪问题,它所指涉的其实是成功学,而非文学。在我看来,无限放大我们的局限性,才是文学的价值所在,也唯有在局限性中,我们才能获得诚实和切肤。好的作品,无非是灵与肉无比合身的结果。"而问题在于,"局限""局部"该如何面对重复和贫乏。

具体谈论曹寇写作的特点,几年前我有一个短评,由于曹寇写作对"局部性"的固守,因此,其中某些论述仍旧有效,现在撷取片段赘述如下:

阅读《越来越》的时候就准备为曹寇的小说写一篇观感,题目草拟为《草寇曹寇的草性、操行和操性》,如今仍然适用于这本新的小说集。

《屋顶长的一棵树》延续了曹寇小说在故事和人物上的平庸的、日常的、琐碎的"草性",那些"野火烧不尽,春风吹又生"的杂碎的、卑贱的人物身上的欲望、梦想、呓语乃至毁灭,都在曹寇徐缓有致、絮絮叨叨的日常化叙事之下,呈现出琐屑与宏阔的奇特张力;人性在孩童时代观看、赏玩事物的不厌其烦的耐性,被曹寇顽固的青春记忆无限推延,然后经由他粗鲁、俏皮、反叛却又无比真实的语言风格,结构成一幅幅看似了无生趣,实际趣味丛生、机锋不断的生动画面。曹寇写作的"草性"或者"庸常性",严格区别于那些自然主义的"新写实"和矫揉造作的"批判现实主义",更不屑于与那些伪造的"民间""底层""草根"等名目繁多的阶层性书写为伍,他只是一个小声说话、絮叨些无聊的事的人,他的那些偶然性的写作既不想供人娱乐,也不想启蒙、教化。那些边缘的、平凡的、失败的小人物身上的顽固的、无聊的庸常性及其苦痛,映射的并不是某一个阶层、某一类人的病症,而是包括他自己在内的每一个人的、每时每刻都无法脱离的困境。由此,曹寇写作的这种顽强的"草性"也就成就出他在当代青年写作和当代小说美学上不可多得的独特"操行"。

　　实际上,真实、真诚、真相三个"真"就足以完成曹寇小说的"操行评语"。他以真实得让人厌倦和绝望的现实,与真诚得荒诞不经乃至让人啼笑皆非的生存态度,逼迫出日常生活每一个缝隙中或赤裸裸或妙不可言的真相。这种特征在《屋顶长的一棵树》中尤其明显,证明他已经基本上从他的南京前辈的"影响的焦虑"中走出了,那种为了表现反叛姿态而生的"为真实而真实"的日常化、粗鄙化、欲望化叙事,也已逐步被一种从容、萧散、机敏的叙事方式取代了。曹寇不为潮流写作，不为批评家写作，甚至也不是为读者写作，他的这些小说"习作"不过是一个平庸、卑微的人的自我慰藉，或者就像叶兆言所说的，曹寇不过是南京那些"玩小说"的人之一，只是他玩得很好。这种创作态度在当下的中国小说家中还是比较少见的，如今，文坛上充斥着太多大而无当、虚与委蛇、"假模三道"的小说劣作，真实而有趣的小说成了一味"药"，来暂时性地解一解那些虚伪的陈词滥调的"毒"。不过，也就仅此而已，曹寇及其小说不会给我们带来那么多如今被屡屡标榜的"附加值"，庸常就是庸常，不要指望生出高贵的、理想的蛋来；他的身上痛苦地反映出当代那些心怀义愤却又做不到义无反顾的文艺青年共同的"操性"：真实又虚弱的反抗。

如今，这仍旧是曹寇的"局部"，或者说是"局部"的曹寇。多年之后，当我重新引用以上的文字时，时间和当代文学的整体性贫乏已经耗尽了当年文字中包含的某种"批评""批判"的合理性、必要性，此时，我竟然觉得这种"局部"未必需要更改或者超越。就好比以下的文学"如果"是毫无意义的：如果曹寇和顾前少喝几顿酒、少打几把掼蛋，那他们就有时间写出更多的好作品，或者不至于像现在这样"故步自封""后劲不足"。因为我们无法在一个单纯文本的、进化论式的观念系统中评价这样一些作家，他们并非绝对忠诚于所谓"文学"，或者说一般意义上作为一种观念系统和生活方式的文学不过是"他们"人生的"局部"，而且并非是最重要的"局部"。

以下引述的两段布朗肖的话，曾经在一个评论中"赠与"了黄孝阳（他与曹寇是南京小说界两种迥异风格的代表，始终处于表面互相恭维、背后互相"鄙视"的极端分裂状态中），现在再次赠与"局部"作家曹寇：

  文学的本质目的或许是让人失望。
  我们这个时代的任务之一，要让作家事前就有一种羞耻感，要他良心不安，要他什么都还没做就感觉自己错。一旦他动手要写，就听到一个声音在那高兴地喊："'好了，现在，你丢了。'——'那我要停下来?'——'不，停下来，你就丢了'。"

"人在最饥饿的时候会做什么？"
——关于孙频的《松林夜宴图》

这是一部有关"饥饿"的小说，不过这里的"饥饿"与"外公"在特殊时期的生理性"饥饿"没有本质的关系——仅仅是一个女性"创伤"的心理学开端，因此，作为一部"饥饿小说"的《松林夜宴图》显然就与我们熟悉的《绿化树》《狗日的粮食》《米》《许三观卖血记》《棋王》《夹边沟纪事》等作品不同，前者更像是《饥饿的郭素娥》与《饥饿的女儿》的当代变体，有着显而易见的女性写作特征，并呈现出诸多与当代性相称的复杂的、悖论性的镜像，从而把"饥饿"从历史、生理、性别的层面推向小说观念、主体建构的层面，并最终将文本和叙事主体彻底消解。

《松林夜宴图》设置了一个历史性、政治性"创伤"的开端，当然，这一开端不过是一个假象，小说的叙事朝向宏大叙事、历史化经验虚晃一枪，然后经由"创伤"的代际传播急速奔向"女性"及其身体，完成了一次关于女性命运、女性创伤的不无"奇特"之处和戏剧化的"重述"。"外公"的故事和他的"饥饿"，以及白虎山上的累累白骨、《松林夜宴图》那隐秘的沉默，构成了"李佳音"无法忘怀的、个人性的"创伤"记忆。在加布丽埃·施瓦布(Gabriele Schwab)关于"创伤"记忆与书写的研究中,她指出:"集体创伤以各种曲折的方式传给个体。有些个体一次又一次地承受灾难性创伤的重创。然后,借如影随形的生存策略,创伤变成一种悬而未决的状态。防卫和否认、不断重复的创伤变成了第二自然。作为一种存在方式,创伤粗暴地中断了时间之流,瓦解自我,戳破记忆和语言之网。""李佳音"就是这样一种集体创伤的承受者,她几乎是命定地陷溺于回忆的"灵魂监狱",患上弗洛伊德所讲的"命运神经症",生活在可怕的诅咒之中,无论如何逃离、流浪、反抗都似乎无法挣脱。她与"罗梵"的爱以及这一"爱"的消失、重现、死灭,构成了"李佳音"独特的精神"秘穴":"秘穴是失败的悲悼的结果。它是自我在心中为失去的爱恋对象准备的墓地。失去的爱恋对象如活着的死者,被藏存在自我内部。秘穴是内在空间中充满忧郁和悲哀情调、模仿创伤损失的建筑结构。"这一"秘穴"对于"李佳音"而言,既是女性的一种防卫机制,类似于很多女性主义观念和女性主义写作中的"私人性",以及相应的"幽闭倾向"与"逃离冲动",同时又是《松林夜宴图》的最为重要的叙事动力,这两者被孙频冒险性地纠结在一起,或者在她看来,女性精神和身体的"秘穴"就应当淋漓尽致地去呈现"饥饿"、探究"饥饿",哪怕最后被"饥饿"吞噬。

当年红极一时的"私人化写作",曾经陷入这样的悖论:女性作家们试图"突围",但最后却变成了一次"突围表演",一切渴求都更加无助,一切"创伤"都沦为毫无意义的"符号"。孙频在《松林夜宴图》里实际上是在有意无意地重复着这样一种悖论,"李佳音"的"秘穴"需要保持内在的沉默以隐藏秘密和创伤,以保持一种与世界的微妙的分离状态,而孙频却采取了相反的叙事策略,她把女性主体的"秘穴"植入现实和日常生活的核心地带,让它去面对甚至回应它根本无法安置自身的各种"喧嚣"。一方面,政治创伤被以"秘密"和"恐惧"的形式植入女性的成长经验,"李佳音"与作者孙频、诗人余秀华和横行胭脂(小说中大量引用和化用她们的诗歌)、"常安"、"白小慧"等结成一个潜在的女性同盟,她们自由而浓墨重彩地表达着女性的诉求、渴望、痛苦、纠结、抗争、流浪、溃败、哭泣……悖谬性地凸显出了女权主义者所否定和批判的、男权的期待视野里的"女人气"(womenliness)或"女性性"(femininity)。另一方面,孙频又策略性地把女性的"秘穴"与艺术的神圣化、神秘化,把女性的孤独与艺术家的孤独构置在一个平行的叙事空间中,始终保持着某种依存关系和对话关系;小说中植入了大量艺术经验,古典的、当代的、美学的、资本的……以期用"艺术"来强化和烘托"女性"的经验、命运。这两个方面在"李佳音"(或者也同时在作者孙频)那里形成这样一种特殊的主体想象:"艺术家,一种怪兽与斗士的混合体。一个被大众嘲笑的符号和意淫的诺亚方舟。她是被贬黜到人间的地藏菩萨,即使她身上的泥塑金粉败落,可她的内胆也仍然是一尊菩萨。所以当她和她们同处于一间办公室里的时候,尽管她让自己处在一个位于她们下方的水底世界,她们乘坐的划艇恰恰位于她的头顶之上,但她的每一寸神情每一条丝巾每一只耳钉都在无声地叫嚣着,她和她们是不一样的,她是不可能和她们一样的。就算她每天早晨乘两个小时的地铁来上班,就算她三十多岁了还一无所有,她也是和她们不一样的。"

然而,真是不一样的吗?"不一样"不过是女性艺术家关于艺术和性别"界限"的一种抽象的假想:"到最后,生活中的一切必须要被给予某种形式,甚至连反叛也是如此。最终,一切都会变成生活中巨大的陈词滥调。"(马洛伊·山多尔《伪装成独白的爱情》)"人在最饥饿的时候会做什么?"孙频把"饥饿"作为窥探"当代性"的一个心理学窗口,她把"李佳音"塑造成一位阿甘本意义上的"既依附于时代,同时又对它保持距离"的"当代人":"紧紧凝视自己时代的人","感知时代的黑暗而不是其光芒",并"将这种黑暗视为与己相关之物,视为永远吸引自己的某种事物,与任何光相比,黑暗更是直接而异乎寻常地指向他的某种事物。当代人是那些双眸被源自他们生活时代的黑暗光束吸引的人。""外公""罗梵"就是这黑暗光束,而自身内部的"秘穴"、共同体的"秘穴"、时代的"秘穴"亦是这黑暗光束。然而,"与恶龙缠斗过久,自身亦成为恶龙;凝视深渊过久,深渊将回以凝视"(尼采)。《松林夜宴图》探究"饥饿"最后却成为"饥饿"的表征,小说成为一个有关"饥饿"和"喧嚣"的文本,一个总是被饱满的"饥饿感"控制的文本:女性是饥饿的、艺术是饥饿的、历史是饥饿的、当下是饥饿的……过多喧嚣的"饥饿"事实上把"饥饿"解构了,"饥饿"失重了,"李佳音"最后所谓"失去了恐惧之后的任性与骄傲""生活失重之后近于荒谬的喜悦和轻盈"不过是一种自我慰藉的错觉,而"她对她即将看到的东西越来越确切,清晰和渴望",也同样不过是一种幻想:一切都会变成生活中巨大的陈词滥调,你越是穷形尽相地试图去呈现它,就越是如此。

小说的结尾有一种奇妙的"不合时宜"感,或者说是孙频有意识地把小说"封闭"起来,既然未来是不可期的,那就把一切生硬而决绝地交付给"历史":"画中的女子静静地站在雨中,不知在那里等待什么。"

等待什么? 等待"饥饿"在下一刻继续占有我们,等待疑问在下一刻继续拷问我们:"人在最饥饿的时候会做什么?",或者,进而言之,小说、小说家在"最饥饿"的时候会做什么?

这也许才是《松林夜宴图》给予我们的最有益的"启示"。

天真的、感伤的，或"成为另外一个人"
——《月光宝盒》读札

> 小说家越是能更好地同时表现出天真和感伤，他的创作就越好。
>
> ——奥尔罕·帕慕克

> 我一直在想，今天我们是否可能找到一个新型故事的基础，这个故事是普遍的、全面的、非排他性的，植根于自然，充满情境，同时易于理解。
>
> ——奥尔加·托卡尔丘克

从汤成难的创作谈我们了解到，小说《月光宝盒》来源于2014年的一桩新闻事件："四个河南耍猴人在黑龙江被捕，罪名为'非法运输珍贵野生动物'。这个案件折腾了半年多，最终耍猴人无罪释放……"后来，汤成难看到一张耍猴人的照片，"被照片中耍猴人的面部表情和眼神打动"，"于是我想借一个与猴子一同成长的孩子的视角，展现猴戏家族的兴衰"。

"猴戏家族的兴衰"，是作者认为的这篇小说的一个重要主题，很容易让我们以为这将是又一篇类似于《百鸟朝凤》那样，承担着表现传统文化消亡、民间艺人无奈坚守等沉重的文化命题的小说。事实上，那桩新闻和与之有关的"猴戏家族"根本没有成为这部小说的主题，这部小说唯一可以描述为主题的是"成长"，这也是汤成难自称"迷恋的主题"，她近期的另一篇小说《寻找张三》同样是优秀的童年视角的成长小说。

成长，更确切地说是，"一个孩子与一个动物共同成长的岁月"是这篇小说的所谓的主题，或者不如说是帕慕克意义上的"小说的中心"。我不愿意用"主题"这个概念简单化这篇小说的核心，其实，几乎没有中心性的主题这一特点构成了它最动人的"氛围"。"阅读现代小说……是为了感受其氛围"（帕慕克），因此，毋宁说我们阅读《月光宝盒》就是为了感受"一个孩子与一个动物共同成长"的氛围，我认为它几乎没有延伸出什么清晰、明确的主题。我想这就是托卡尔丘克特别期待的那种"新型故事的基础"：普遍的、全面的、非排他性的，植根于自然，充满情景，同时易于理解。一个耍猴家族的孩子正在经历着她幸福又悲伤的童年，她悲伤的不是家族、家庭的贫寒和奔波，悲伤的是那个自己心目中的"哥哥"、玩伴儿、"踩筋斗云的齐天大圣"阿圣，其实不过是一个"父亲"猴戏里的道具；而她为了维护自己的执念而建立的与"父亲"、与世界充满仪式感的对立，在成长的历程中又是那么脆弱不堪——阿圣不过是她人生的过客，却是"父亲"无法割舍的"骨肉"；然而，当"我"觉得一切不过已是往事的时候，一定会有"一只小手拍在我的后背上"……成长是命运，是各种纯真的执拗与误解，是我们每个人都能感受到的普遍性的天真、感伤。

托卡尔丘克说："文学正是建立在对自我之外每个他者的温柔与

共情之上。这是小说的基本心理机制。""温柔是对另一个存在的深切关注,关注它的脆弱、独特和对痛苦及时间的无所抵抗。"也许因为与自己童年的成长经验有关,汤成难在塑造猴戏家族的独生女——"我"的时候投入了极大的"真诚",这使她一开始就成了一个"温柔的讲述者"——以帕慕克所说的小说家的天真的、感伤的语调。

并不是童年视角就能获得小说的天真,"孩子一般,顽皮的,可以设想他人"是"小说家天真的一面",但要真正实现小说家的天真,就必须同时意识到要探索小说家"感伤——反思性的一面",也即小说的技术性层面。这在帕慕克看来就是模仿别人的生活、把我们自己想象成他人的能力,也即在小说的总体布局和综合世界,或者说小说的景观中"成为另外一个人""创造一个更加细致、更加复杂的自我的版本。"

从一个"四个河南耍猴人在黑龙江被捕"的新闻,到《月光宝盒》这样一篇小说,汤成难必须要通过成为那个耍猴人的独生女"我"来实现和完成。她体验过童年与狗成长时获得的"最残忍的道理",并且感受到那个把一个动物遗忘的毫无痛楚的过程不过是"突然从一间屋子走进另一间屋子,听到身后的门锁咔嗒一声关闭了"。这些深刻但有限的经验距离"创造一个更加细致、更加复杂的自我"还很远,但这种独特的体悟的确给了汤成难"成为另外一个人"的虚拟的制高点,让她以及读者得以体验到"小说艺术可以提供的主要快乐和奖赏":"小说带来的挑战和极大乐趣并不发生在我们根据主人公的行为推测其性格之时,而发生在我们至少以灵魂的一部分设想他之时——以这种方式,即使只是暂时地解脱自我,成为另外一个人……重要的不是个人的性格,而是他或她与世界的多样形态打交道的方式——我们的感官呈现给我们的每一种颜色、每一个事件、每一个水果和花朵、每一件事情。依据这些实在的感知才产生了我们对主人公的认同感，而这才是小说艺术可以提供的主要快乐和奖赏。"（帕慕克）

《月光宝盒》得以成为一篇优秀小说的原因，也正在于汤成难以灵魂的一部分参与了那个耍猴家族的"我"的成长，以温柔的深切关注呈现了那个被周遭世界和现实边缘化的执拗、纯真又不乏冷酷的"我"。小说从一开始就呈现出成熟小说家的心胸，景观的呈现、人物的出场、故事的嵌套、旁逸斜出的枝节……都在虚构的现实幻境中扎实地围绕着"我"的心境、性格展开，都是帕慕克所说的让小说成为一片大海的"不可缩减的神经末梢"，"每一个节点都包含主人公灵魂的一小部分"。借用帕慕克对安娜·卡列尼娜这一形象的认可，我们也可以说：《月光宝盒》之令人难以忘怀在于无数个精确描绘的小细节。

> 我抵着嘴笑起来，笑声溜出来，在黑暗里微微震荡。我使劲捂着嘴，即便如此，笑声还是从指缝里奔跑而出，像豆子似的散落在我四周，弹跳着，起伏着。我继续笑着，笑得前俯后仰，笑得眼泪横飞，笑得脸上涂满了泪水，笑得——不敢睁开眼睛。

小说的结尾让人感伤、动容，同时也伴随着简单的快乐。我们读到了汤成难所希望我们读到的"感动"和"真诚"，但这一切和所谓的"致敬耍猴人，以及我们消逝的童年"没有关系，她其实是在一个新闻性的、社会学意义上的"中心"之外，缔造了一个更加有价值的小说的中心。而这个"中心"本身是去中心化的，它虽然有自身稳定的秩序感，但却仅仅模糊地指向"命运"这样一种小说的景观或小说的"伟大的整体"。这让我再次想起托卡尔丘克在她的诺奖获奖演讲中想念的"那个茶壶所代表的世界"："创作一个故事是一场无止尽的滋养，它赋予世界微小碎片以存在感。这些碎片是人类的经验，是我们经历过的生活，我们的记忆。温柔使有关的一切个性化，使这一切发出声音、获得存在的空间和时间并表达出来。是温柔，让那个茶壶开口说话。"

是温柔，让那张"耍猴人的照片"开口说话。

霉味的火焰,时光的小漩涡
——读禹风《蜀葵1987》有感

> 在记忆的蜂巢里为自己营造容纳思想幼虫的房屋。
>
> ——本雅明

禹风的上一部长篇《静安1976》被他自己命名为一种"怀旧小说",通过几名小学生的童年视界,怀念1970年代末上海弄堂里小市民热闹、卑微、局促、平庸的日常生活。新长篇《蜀葵1987》可以视作他把怀旧的时空顺延到1980年代的续作,小说的主人公自然成长为高中生和大学生,聚焦于他们的青春、爱情、成长和历史选择,因此从延续性上来看,这部作品也可以题为《圆舞浜1987》。

陈丹燕由圣彼得堡浪漫的、凋败的、梦幻的古典气息,想到了上海租界精美的老房子里年久失修的水龙头、废弃不用的暖水管子、生了锈的黑色栏杆,以及堆满废物的黑暗走廊上雕花的漂亮木楼梯,她感慨道:"一个城市不被赞同的历史就用这样的方式存在于人的生活中,用自己凋败的凄美温润着他们的空想。于是在圣彼得堡,有了无边无际的忧郁,而在上海,有了无穷无尽的怀旧。"从1990年代开始,文学和流行文化中就涌动起无穷无尽的"上海怀旧",对接的是二十世纪三十年代十里洋场的"海上繁华梦",然而那些大量文学书写中的"上海并非实指,而是一幅超级幻象,一个象征,一则寓言和神话,它是充分'非在地化'或'去地域化'的,既和上海的现实缺乏联系,也和历史没有瓜葛"(刘复生《一曲长恨,繁花落尽——"上海故事"的前世今生》)。禹风的"怀旧"显然是要规避这样一种空心化和去地域化的书写实践,比如,他在《静安1976》里选择了安静、克制、较少人注意的七十年代,初稿"极端"地采用了上海方言的语言形式,力图以"私历史"的方式,释放城市的宝贵记忆:"如果我不讲述,我便不曾存在;如果我不记录,半个世纪的'我的上海滩'就长眠记忆中。也许要为自己的惆怅找到烟囱,也许为那些不懂讲述和不愿讲述的亡者发出被迟滞的声音……"禹风像本雅明笔下的普鲁斯特那样,力图在小说中以时间流逝的最真实的形式(即空间化形式)、以"幸福的挽歌观念","将生活转化为回忆的宝藏"。(本雅明《普鲁斯特的形象》)

"《静安1976》是文字铺设的道路,是等待在那里的路径。顺着它,你足以返回时间深处,找寻令你逐渐失去安宁的那一条隐秘分界线。"《蜀葵1987》无疑更符合禹风的这种写作"预设"。在这部长篇新作中他返回了1980年代后期盛夏来临前的喧哗和躁动,以戏谑、讥诮又温存、诚挚的语调,通过几个年轻人成长中情感纠葛、前途命运的跌宕起伏,生动呈现了大时代前奏中潜隐的暗流涌动,精雕细刻出一个时代的青春期,一个特殊的、转瞬即逝的年代的魂魄,从而为那个后来真正使时代"失去安宁的隐秘分界线"留下文学记忆的深深的折痕。

禹风在《蜀葵1987》中为上海1980年代选择的"空间化形式"不再是弄堂、石库门,而是半城半郊、正在走向蜕变、衰落的工人

新村,其中蕴含着丰富的时代隐喻。高中生秦陡岩眼里的圆舞浜是这样的:

> 他惊奇地观赏镶了花岗岩栏杆名声四扬的圆舞浜:死水宁静清澈,好比情夫被集体枪毙后的那个荡妇。深绿色老蜻蜓世故地在浜面上滑翔,圆球状复眼偷窥大城这著名工人新村。这里曾是苏维埃工人新村翻版,工人的乐园,工人的疗养地,工人的好房子好街坊,如今是工人历史性光辉的余斑,工业时代遗落于今天的活墓园……

旁边的臭河道"带来咳嗽药水、臭鸡蛋、薄荷粉和敌敌畏充分同流合污后的气息"。那个在《百炼成钢》(艾芜)、《钢铁世家》(胡万春)、《上海的早晨》(周而复)、《曹杨新村的人们》(唐克新)等二十世纪五六十年代的文学作品中环境美丽、光彩照人的工人新村,在1980年代已经凋敝为"活墓园"。建筑空间有展示和教化的作用,其背后是清晰可见的制度、秩序和意识形态。最初的工人新村不仅是一种建筑形式和居住制度,还是工人阶级的"幸福生活"的历史见证,更是工人阶级当家作主的现实体现及其文化的自我投射,而它的衰落和凋敝其实也就象征和隐喻着其背后的文化的蜕变。

> 秦陡岩看来,工人阶级是这么一种人:他们衣着寒酸心思很重;他们走路没有声音,眼睛却盯着你上下看;他们不看报纸不听广播,他们只对烟酒涨价指天骂娘……

工人新村的出现表明城市由商品和服务型行业占据主导的"消

费城市"向以产业工人占重要地位的"生产城市"的转变,工人阶级在这种政治变革中以城市新主人的身份起到了关键的作用。但到了《蜀葵1987》中的1980年代后期,城市正在悄悄发生着功能的反转——由生产到消费,于是我们看到以秦陡岩、丁芬芳为代表的生活在工人新村的年轻人,越来越无法忍受它的偏僻和"土气",越来越向往黄浦江、向往大城核心地带的"腔调"和"高级"。"石库门对工人新村的胜利,意味着传统意义上的工人阶级经过1950年到1976年的'主宰期',已经从城市的意识形态中心退出,成为上海的边缘阶层,取而代之的是更为庞杂而有活力的市民阶层。"(朱大可《石库门VS工人新村》)此后,工人新村将日益衰败,直至成为"旧型社区在新世纪的钢筋水泥";生活在那里的人也更加边缘化,直至成为张怡微、王占黑等80、90后作家怀旧书写、现实书写中的"细民"和"街道英雄":"衰败的工人群体,日益庞大的老龄化群体,以及低收入的外来务工群体。他们共生于一处,以迟缓的脚步追赶城市疯狂的发展速度,吞吐着代际内部的消化不良,接受一轮一轮的改造,也等待着随时可能降临的淘汰……"(王占黑《不成景观的景观》)《蜀葵1987》是这一切的"前史",它着眼于通过工人新村新的代际主体的精神裂变,以成长小说的躁动和感伤,揭示出1980年代后期空间秩序瓦解的隐秘心史。

王德威曾经这样评价王安忆九十年代的写作:"也许正是她被所居住的城市所赋与的风格:夸张枝蔓、躁动不安,却也充满了固执的生命力。"(《海派作家又见传人》)禹风的写作也有类似的特点,并不是每一个上海书写者都可以构筑这种风格,这一切必须建立在对上海这座城市的精神气质和市民生活的肌理完全把握的基础之上。《蜀葵1987》中旁逸斜出的"夸张枝蔓",以及那种张爱玲、苏青式的世俗讥诮、机敏讽喻，都是得益于禹风对"圆舞浜"乃至上海的时代生活的深刻体察和精确雕镂。禹风既是建筑师，又是造梦人，他再造了1987年前后的上海圆舞浜，读者可以通过他细腻的笔触感受到那个时代、那个地方特殊的气味、氛围、景观、日常生活，秦陡岩、沈桐、丁芬芳、虹、潘海礁、甘婷婷……这些青年人诚挚、纯真、喧闹的友谊，对于爱情和性的迷恋、沉溺，对于个体选择和时代命运的迷惘、困惑，对于未来生活和广阔世界的好奇、渴望，那么多看起来极其平常、琐碎，同时又最隐晦不明、多愁善感的时刻，都以"幸福的挽歌形式"凝聚成时间和回忆的"梦境"。

禹风没有在他的八十年代讲述中迎合宏大的时代共名，他仍旧执着地呈现着普通人的平淡庸常，他们的青春成长、个人主义和市民气息似乎游离于时代的波澜壮阔的主调之外，但其实却无可避免地共振于动荡的时代精神。

> 来吧，快快来吧，我们各怀心病，你是我良药。……
> "这鸟城市灰蒙蒙死沉沉有啥了不起？你说你为啥不去香港、不去纽约、不去伦敦或者巴黎呢？"……
> 青春是一个巨大的广场，他站在广场中央，眼巴巴看着他舍不得的人朝各个方向走远。

就像秦陡岩不再适应圆舞浜干干净净的家、丁芬芳刻意远离自己的亲人，当许多个个体已经不满足于原有的稳定的文化系统和空间秩序，那也就意味着时代的大变革迫在眉睫——那个"花瓣带隐隐血色的大黑蜀葵"的出现看起来是奇迹，实际上是时代绕不过去的壮美的"灾异"。秦陡岩悲伤无奈地对沈桐说："我只知道自己生活在潮湿的地方,也许,这种地方的火焰带着霉味,看起来都不像火光呢。"尔后,他与丁芬芳仪式性地完成了最后一次做爱,"一起投入时光织就的小漩涡"。这就是大时代每一个个体共同的经验和命运,他们并不是时代英雄,也无法成为自外于时代的袖手旁观者,他们不由自主地燃烧,带着自己的私心和局限,成为"时光织就的小漩涡"里"霉味的火焰",不知道前途,也不知道归路。

"地方的形象是通过对感觉敏锐的作家的想象力形成的。通过他们的艺术光辉我们有幸品味到那些人们原本已经淡忘的经验。这里似乎存在一个悖论,即思想创造了距离,从而破坏了直接经验的即时性,然而,我们通过认真的反思在当前的现实中又找回到了过去那些难忘的时刻,并使其有了永恒的意义。"(段义孚《空间与地方:经验的视角》)这就是"圆舞浜"的意义,也是"1987"的意义,更是"黑蜀葵"的意义。禹风找回了那些难忘的时刻,并通过隐秘的反思构建了兼具个人性和历史性的特殊时空的永恒意义,但这意义就像秦陡岩永远无法找到原来的沈桐,不是实在的事物和观念,而是"寻找"这一行为自身——寻找并导向虚无。也即禹风自己对怀旧的定义:"载上不惧返回的灵魂,穿越那不可逆之境,回到抛荒时空,赶上从前那一场雪:一面面窗棂迸发幽蓝冰花……"

"结尾将走向开放 或者戛然而止"

我不独自思考我所思考的东西

——乔治·巴塔耶

早在 1995 年,翟永明就清晰地描述过她所主张和期待的"女性诗歌"的"成熟阶段":"女诗人正在沉默中进行新的自身审视,亦即思考一种新的写作形式,一种超越自身局限,超越原有的理想主义,不以男女性别为参照但又呈现独立风格的声音。女诗人将从一种概念的写作进入更加技术性的写作。无论我们未来写作的主题是什么(女权或非女权的),有一点是与男性作家一致的:即我们的写作是超越社会学和政治范畴的,我们的艺术见解和写作技巧以及思考方向也是建立在纯粹文学意义上的,我们所期待的批评也应该是在这一基础上的发展和界定。"(《再谈"黑夜意识"与"女性诗歌"》)写作的"超性别"甚至无性别、独立风格的声音、技术性、对一般社会学和政治学范畴的超越、纯粹文学意义等观念,是这样一种女性写作愿景的核心,二十几年过去了,在"新女性写作"的范畴中出现的翟永明这组题为《灰阑记》的诗歌,似乎正是对这一愿景在写作学意义上的"呼应"或实现。

站在"时间中的裂隙","跳出战场,到战场之外或之上的领地中去",这是阿伦特描述的离开过去与未来、上升到"裁判"位置的卡夫卡的"目光",我想这也是翟永明的"目光"。由此,这样一个非历史时间和生物时间的、写作学范畴的"裂隙",就成为一个反映当代思想状况的精神现象,而翟永明的诗歌写作所展示的也就不仅仅是个人经验、扩展了的日常生活,甚至不是更具深度的"历史想象力",而是阿伦特所说的,"它完全是一个精神场域,或者不如说是思想开辟的道路,是思考在有死者的时空内踩踏出的非时间小径……"。但这种"之外"或"之上"又显然不是精神的自我孤立、简单向度的文学逃逸,它内含着"之中"或"之间"。"你总会找到最适当的语言与形式来显示每个人身上必然存在的黑夜,并寻找黑夜深处那唯一的冷静的光明。"(翟永明)"黑夜"不是个人的黑夜、女性的黑夜,而是"每个人"的黑夜,诗人所要处理的经验必须要有与"每个人"分享的"共通"性。

在此我借用了巴塔耶、南希、布朗肖、阿甘本等思想家提出的"共通体"的概念,一方面强调翟永明诗歌面对一切共有经验和现实的分享性与参与性(即巴塔耶所说的,"我不独自思考我所思考的东西"),强调她的写作在思想层面上对文学疆域的拓展(通过"共通",将哲学、艺术、语言、宗教等的思考引入诗歌文本内部),强调她的写作的敞开性和开放性;另一方面,更是从"共通体"的悖谬("无用的共通体""否定的共通体""那些无共通性者的共通体"等)出发,指出"共通"并非导向统一体、同一性,而是凸显"共通体"对差异、间隔、分裂的依赖:"'我必须时刻刺激我自己走向极限,必须时刻在我自己和其他那些我渴望进行交流的人之间制造一种差异.'这暗示了某种含混：有时并且同时，体验只有保持可交流性，才能够如此（'走向极限'），而它是可以交流的，只是因为它本质上就是一种向着外部的敞开，一种向着他人的敞开，这样的运动激发了自我和他者之间的一种强烈的不对称关系：分裂和交流。"（布朗肖《不可言明的共通体》）从而有助于我们理解翟永明诗歌在经验的"共通"中如何建构出多义、分裂、无尽的"独立风格的声音"，以及文本中随处可见的"延异"和对完成的抵抗。

"结尾将走向开放 或者戛然而止"（《三女巫》），我无法证明我读懂了《灰阑记》这组诗歌，只能说是通过"分享"感受到了这些诗歌所指向的可能性的向度。《灰阑记》出人意料地质疑了"母性"——这一支撑母题的最具合法性的依据，追问的是作为争夺物的"我"："我呢？我是什么？""我可否说 我仅仅是路过此地/我只是偶然 掉进灰阑"，然而事实是，"无论向谁吩咐 母爱都像/滚烫的烙铁 死死将我焊住/一生都在灰阑之中/一生"。所以布朗肖在论述杜拉斯和"绝对的女性"时强调："而这意味着，她无法把自己限定为母亲，限定为母亲的替代者，因为她超出了一切将她形容为如此这般的特殊性。由此，她也是绝对的女性（l'absolument féminin）……"《狂喜——献给一小块舞台上的女艺术家》有一种宏大的戏剧感，作为男性他者的"女艺术家"们成为围观之物，"我曾经被他压碎 形神俱散"，但通过"狂喜""自恋"，"我为自己捏泥成形"，最终，"……我将它们聚于眼底 盈手成握/如呼吸般吞吐出去"，由此女性通过标示自身匮乏、匿名的历史场景而实现了"在场"："在场不是在空无面前的自我消解，而是自我消解于在场的倍增，这种倍增清除了在场和缺场之间的对立。"（波德里亚《致命的策略》）这也许是对男性白日世界同一化秩序的最大的僭越。《去莱斯波斯岛》表达的是女性写作永恒的"逃离"主题,这一逃离不是"娜拉走后怎样"的女性主义追问,因为它的发生根本与男权无关,毋宁是自我凝视、质疑之后的一次次主体的"分裂——生成"的循环,"留在原地"还是"驾诗而去""躺在莱斯波斯岛"已然没有了区别。《三女巫》也许是与《麦克白》的一次深度的对话,在这一对话关系中莎士比亚有关于人生、生存的无意义的观念被推得更远,或者说是对"无意义"本身的消解:女巫的预言已经失效,但女巫还在、不详和死亡还在,只是剧本和舞台早已变得寡淡无趣,而且在开放式的结局那里,末日都不是终点……

《寻找薇薇安》是这组诗歌中一个趋近"共通体"的总结,无论是"女性"对薇薇安的寻找,还是"我们"对薇薇安的寻找,目的都是达成一种"秘密的分享",但正如南希所说的,"'分享'本身并不存在,它不是事物,也不是个体或某种制度。'分享'(partage)——这个词在法语中同时意味着分离和参与……"(《无用的共通体》)"寻找薇薇安/不关乎一个答案/为什么?……"翟永明在诗中非常清楚地予以了回答:"她不愿与世界分享"。这就是"共通体"的悖谬:薇薇安以拍摄十五万张照片昭示着她参与世界和分享自我的"愿望",又以"从未冲洗"这样一种"不愿"的"分离"建立起间隔和差异。所以,"寻找"没有"答案"("她未曾来到人间"),而"共通体"永远是"无用的共通体""缺席的共通体"。那为什么我们还要彼此"分享""寻找"?还要努力实现文学的"共通体"?因为,"如果这个世界没有被彼此找寻的诸存在的痉挛运动所不停地穿透……那么,它看上去就像是一个为其所诞生者而准备的笑话。"(巴塔耶)我想借此我也提出自己对于"新女性写作"的期待和理解:"新女性写作"的价值在于其"无用性",她们(主体及文本)

聚集在一起形成的任何看起来言之凿凿、目标一致的统一性、同一性都是"不合理"的,她们"不应该"聚集在一起,她们根本无法聚集在一起,而使她们在文学书写的意义上应该聚集在一起的唯一的合法性在于,她们渴望"分享"和"共通",她们在向彼此、向世界无限敞开的同时,又努力构筑出醒目而"突兀"的间隔、差异、边界……